LA DOUZIÈME PROPHÉTIE

JAMES REDFIELD

LA DOUZIÈME PROPHÉTIE

L'heure décisive

Traduit de l'anglais (États-Unis)
par Carisse Busquet

ÉDITIONS FRANCE LOISIRS

Titre original : *The Twelfth Insight*

Édition du Club France Loisirs,
avec l'autorisation des Éditions Robert Laffont.

Éditions France Loisirs,
123, boulevard de Grenelle, Paris.
www.franceloisirs.com

ISBN : 978-2-298-07572-4

À Kaelynn et McKenna

Dans les temps de tromperie universelle,
dire la vérité devient un acte révolutionnaire.

George ORWELL

Maintenir la synchronicité

Je m'engageai sur l'autoroute et j'appuyai sur la commande du régulateur de vitesse pour essayer de me décontracter un peu. J'avais suffisamment de temps devant moi avant de rencontrer Wil à l'aéroport. Je m'obligeai à me détendre, à absorber le soleil d'automne et l'ondulation des collines du Sud. Sans oublier les volées de corbeaux qui avançaient furtivement le long des bas-côtés de l'autoroute.

Les corbeaux, je le savais, étaient un signe de bon augure, même si je m'étais battu avec eux tout l'été. Selon la croyance populaire, leur présence suggère le mystère, évoque un rendez-vous imminent avec son propre destin. On dit même qu'ils vous mèneront directement vers cette rencontre si vous réussissez, par hasard, à les suivre des yeux suffisamment longtemps.

Ils ont malheureusement le don de se manifester très tôt le matin pour picorer les plants de petits pois dans votre jardin ; à moins, bien sûr, que vous ne vous arrangiez avec eux. Ils se moquent des épouvantails et des fusils de chasse. Mais si vous leur octroyez, en lisière de forêt, leur propre rangée de graines, il y a de fortes chances qu'ils ne touchent pas au reste.

Soudain, un corbeau solitaire vola au-dessus de la voiture et disparut. Puis il fit demi-tour, revint vers moi et poursuivit son vol. J'essayai de le suivre des yeux dans mon rétroviseur, mais la seule chose que je remarquai fut un 4 × 4 bleu foncé à cent mètres environ derrière moi.

Je ne prêtai pas attention au véhicule et continuai à observer le paysage ; j'inspirai profondément et je parvins à un état de détente plus profond. « Rien de tel qu'une balade en voiture », me dis-je. Je me demandais combien de gens, dans le monde, partageaient en cet instant précis la même sensation que moi : échapper aux tensions d'un monde incertain, attendre simplement ce qui peut se produire.

Quant à moi, j'étais à la recherche de quelque chose. Cela faisait plusieurs mois que j'avais rencontré par hasard de parfaits inconnus qui tous discutaient de la même question : la diffusion secrète d'un ancien Manuscrit anonyme. On supposait qu'il provenait d'une alliance des différentes traditions religieuses du monde entier. On en parlait déjà beaucoup, du moins parmi ceux qui étaient intéressés par ce genre de sujets. Et cependant personne ne semblait avoir d'informations plus précises. Le bruit courait que ce Manuscrit avait été diffusé, par nécessité, plus tôt que prévu.

Ces rumeurs m'intriguaient et m'amusaient à la fois. L'idée d'une alliance entre les religions n'était certes pas nouvelle, et elle s'était toujours avérée impossible à réaliser. Les divergences de croyance étaient tout simplement bien trop importantes. En dernière analyse, chaque tradition tentait de l'emporter sur les autres.

En fait, j'avais été sur le point de rejeter cette idée lorsqu'un événement était survenu : j'avais reçu un fax de Wil. Il m'avait envoyé deux pages manifestement traduites de cet ancien Manuscrit. Dans la marge de la première page, Wil avait écrit à la main : « Ce texte a des origines à la fois hébraïque et arabe. »

Au fur et à mesure de ma lecture, il m'était apparu que ces pages faisaient référence à l'époque actuelle, annonçant qu'une conjoncture importante allait s'amorcer dans la seconde décennie du XXIe siècle. La date m'avait fait froncer les sourcils ; j'estimais qu'il s'agissait encore de l'une de ces prophéties proclamant la fin du monde, une de plus dans cette longue liste qui mélangerait tout, depuis le calendrier maya jusqu'aux prédictions de Nostradamus en passant par l'Apocalypse. Et qui hurle aux quatre coins de la terre : « Réveillez-vous, le monde s'achève en 2012 ! »

Depuis des années déjà, les médias parlaient beaucoup du scénario de la « fin des temps », ce qui interpellait profondément les gens. La grande question était : pourquoi ? Qu'est-ce qui provoquait une telle fascination ? Était-ce l'excitation d'être vivant au moment où le calendrier maya était supposé s'achever ? Ou s'agissait-il d'autre chose ?

On pourrait peut-être avancer avec prudence que notre fascination pour la fin du monde révélait l'intuition latente, et de plus en plus sensible, que quelque chose de mieux était sur le point de naître.

Quoi qu'il en soit, plus je lisais le fax de Wil, plus ces pages exerçaient sur moi une sorte d'attirance sacrée. Le style était enlevé et d'une certaine façon vaguement familier ; la tonalité d'ensemble se confirma lorsque je vis la seconde note que Wil avait griffonnée sur la dernière page : « Ça vient d'un ami ; c'est parfaitement vraisemblable. »

Je jetai un coup d'œil sur ces mêmes feuillets faxés, étalés sur le siège du passager à côté de moi. La lumière du soleil de l'après-midi dansait sur le papier. Je savais que le commentaire de Wil signifiait que l'original était authentique, du moins selon lui. Et prolongeait sans doute le message de ce qui avait toujours constitué son obsession personnelle : l'ancienne Prophétie des Andes qui avait été découverte au Pérou.

Cette pensée déclencha une foule de souvenirs et je me rappelai avec quelle rapidité la rumeur des neuf premières révélations de cette Prophétie avait fait le tour de la planète. Pourquoi ? Parce qu'elles avaient un sens dans un monde futile et trop matérialiste. Le message de la Prophétie était clair. La spiritualité va plus loin que le simple fait de croire en une divinité abstraite. Elle implique la découverte d'une dimension de la vie totalement différente, une perspective que seule la spiritualité permet.

Une fois que l'on a fait cette découverte, on prend conscience d'un univers foisonnant d'innombrables rencontres fortuites, d'intuitions et de mystérieuses coïncidences qui, toutes, révèlent un but plus noble au-delà de nos vies ordinaires, au-delà de l'histoire de l'humanité. La seule question qui se pose alors à celui qui s'éveille à cette réalité est de comprendre le fonctionnement réel de ce mystère sous-jacent et la façon de s'ouvrir à ses secrets.

À cette époque-là, je savais que quelque chose avait jailli dans la conscience humaine, une chose qui avait directement débouché sur deux autres révélations, la dixième et la onzième. La dixième approfondissait le mystère de la vie après la mort et décrivait en détail une décennie de recherches consacrées au Paradis et à ses habitants ; elle dissipait, par là même et à jamais, la censure séculaire sur la mort et sur ce qui advenait au-delà. Une fois ce blocage levé, l'exploration de la dimension spirituelle semblait avoir commencé.

Très vite était apparue la vision suivante : la onzième, issue d'un savoir collectif selon lequel nous sommes tous venus ici-bas afin de participer à un programme jusqu'à présent indéterminé ; une sorte de plan d'ensemble. Elle révélait comment nous pourrions actualiser nos rêves les plus profonds et élever le monde aux idéaux de cette vision. Dans les années qui avaient suivi, cette intuition avait donné lieu à toutes sortes de théories concernant les Secrets, le Pouvoir de la Prière et les Lois de l'Attraction, autant de conceptions qui semblaient justes mais partiellement incomplètes.

Je savais que ces théories nous avaient amenés jusqu'à une époque récente et avaient perduré jusqu'à ce que le monde matérialiste se soit effondré sous nos pieds, événement qui s'était concrétisé par une débâcle financière mondiale. Ensuite, nous avions dû faire face à des problèmes plus immédiats : payer nos dettes et ne pas laisser les prophètes de malheur nous entraîner trop loin dans la peur. Nous étions encore conscients et nous voulions de plus amples réponses spirituelles. Mais dès lors, ces réponses devaient être également d'ordre pratique. Il fallait qu'elles puissent s'appliquer à la réalité du monde, quel que soit le niveau de mystère qu'il recelait.

Je souris intérieurement... Il était étonnant que Wil ait trouvé ces écrits maintenant. Il avait depuis longtemps prédit l'émergence d'une autre révélation, la douzième, dont il pressentait qu'elle inaugurerait une découverte décisive pour l'humanité, poursuivant le fil de cette révélation à l'endroit où la onzième s'était arrêtée. Je me demandais si la douzième révélation allait enfin nous montrer comment « vivre » cette connaissance spirituelle à un niveau plus profond. Ce changement allait-il inaugurer un monde nouveau et plus positif dont nous semblions sentir intuitivement la venue ?

Je savais qu'il nous fallait attendre. Wil m'avait simplement dit de le retrouver à l'aéroport d'où nous nous rendrions ensuite au Caire si tout se passait comme prévu. Si tout se passait comme prévu ? Qu'est-ce qu'il voulait dire par là ?

D'un bond, un daim traversa l'autoroute, coupant court à mes ruminations ; je donnai des petits coups de frein pour ralentir. Le grand cervidé franchit à toute vitesse les six voies de l'autoroute et sauta par-dessus la clôture de l'autre côté. Un daim était aussi un signe de bon augure, un symbole d'attention et de vivacité d'esprit.

En regardant les collines que la lumière automnale du couchant inondait d'une nuance rose pêche, je compris à ce moment même que je me sentais exactement dans cet état d'esprit : plus alerte et plus vivant. Toutes ces pensées avaient induit en moi un plus haut niveau d'énergie, m'élevant à un état où je prêtais attention à chaque détail – le coucher du soleil, le paysage qui défilait à toute allure, les pensées qui surgissaient dans mon esprit –, comme si tout cela était devenu plus important qu'avant.

De nouveau, un large sourire éclaira spontanément mon visage. C'était un état d'esprit dont j'avais maintes fois fait l'expérience auparavant. Et chaque fois, cela m'avait totalement pris au dépourvu : j'avais été surpris par la soudaineté de cet état, mais tout aussi étonné de l'avoir laissé se dissiper alors qu'il me semblait si naturel et si évident.

Cette expérience portait différents noms ; on

l'appelait « Zone[1] », « Perception accrue », ou « Flux de Synchronicité », ce dernier terme étant celui que je préférais. Toutes ces appellations tentaient de cerner sa caractéristique essentielle : un soudain accroissement de l'acuité de l'expérience qui permet de transcender la vie ordinaire et de découvrir une signification plus profonde dans le flux des événements. D'une certaine façon, cette perception synchronistique nous « centre » sur nous-mêmes et nous permet d'éprouver un sentiment qui se situe au-delà du pur hasard, comme un destin supérieur qui se révélerait à nous.

Tout à coup, sur ma droite, un bâtiment attira mon attention. Il s'agissait d'un petit bistrot fréquenté par les sportifs, baptisé le Pub, établissement que Wil m'avait recommandé il y avait des années, qui servait une bonne nourriture et des tartes maison. J'étais souvent passé devant ce café sans jamais m'y arrêter. Je me dis que cette fois-ci j'avais largement le temps de le faire. Pourquoi ne pas manger un morceau et éviter ainsi la nourriture de l'aéroport ? Je pris la bretelle de sortie qui descendait en pente douce, sans vraiment prêter attention au 4 × 4 qui me suivait, amorçant le tournant en même temps que moi.

Après m'être garé sous un gigantesque chêne,

1. Ce terme a été popularisé par la presse sportive américaine. « Entrer dans la zone » signifie parvenir au maximum des capacités dont nous sommes capables ou atteindre un niveau de conscience qui permet d'accéder à cette zone et de prolonger cet état d'efficacité maximale. *(N.d.T.)*

dans la lumière déclinante, j'entrai dans le petit bistrot et je m'aperçus que l'endroit était bondé. Des couples discutaient autour du comptoir tandis que des familles mangeaient, tranquillement installées avec leurs enfants aux six ou sept tables disposées au centre de la salle. Mon regard se fixa immédiatement sur deux femmes assises à une table placée contre un mur à l'extrémité de la pièce. Penchées l'une vers l'autre, elles discutaient avec animation. En me dirigeant vers ces deux femmes, je remarquai une petite table libre non loin de la leur.

Lorsque je m'assis, la plus jeune des deux me jeta un coup d'œil puis se retourna vers son amie.

« La première intégration, dit-elle, nous laisse supposer qu'il existe une manière de maintenir la synchronicité. Mais je n'ai pas la totalité du Manuscrit. Les autres parties se trouvent quelque part. Il faut que je les trouve. »

Je ressentis à nouveau une poussée d'énergie. Faisait-elle allusion au même Manuscrit ?

La femme qui venait de parler portait une écharpe multicolore nouée autour du cou, un jean et de confortables chaussures de marche. Tout en parlant, elle repoussait constamment derrière ses oreilles de longues mèches blondes effilées. Je humai la légère senteur de son parfum de rose. Alors que j'étais en train de l'observer, je me sentis étrangement attiré par elle, ce qui me bouleversa.

Elle se retourna instinctivement et, surprenant mon regard qui la dévisageait, planta ses yeux dans les miens. Je me détournai brusquement. Lorsque je regardai à nouveau dans sa direction, un homme de petite taille, trapu, se dirigeait vers sa table. Sa venue surprit les deux femmes et déclencha une série de sourires et d'embrassades. La femme à l'écharpe lui tendit plusieurs pages imprimées qu'il lut en silence. En attendant, je fis semblant de consulter le menu, pressentant qu'un événement important était en train de se produire.

« Pourquoi vas-tu en Arizona ? demanda l'homme.

— Parce que c'est ce qui me revient constamment à l'esprit. Je dois suivre mon intuition », répondit-elle.

J'écoutai attentivement. Les trois personnes autour de cette table semblaient être portées par un flux identique au mien.

« Je dois comprendre pourquoi ma mère a essayé de me joindre, continua la femme. Ces textes vont me le dire. Je le sais.

— Tu pars tout de suite ? lui demanda l'homme.

— Oui, ce soir », répliqua-t-elle.

L'homme intervint à nouveau : « Suis tout simplement ton intuition. La synchronicité semble bien fonctionner pour toi. Mais sois prudente. On ignore tout des autres personnes qui recherchent ces textes. »

C'en était trop. J'étais sur le point de dire quelque chose quand un homme corpulent et musclé assis à une autre table marmonna : « Quelles foutaises !

— Que... Quoi ? » bafouillai-je.

Il fit un signe de tête en direction des femmes

et murmura : « Ce qu'elles racontent ! Un tissu d'inepties ! »

Pendant un instant, je ne sus comment réagir. Il avait environ quarante-cinq ans, des cheveux châtains en désordre et une mine renfrognée ; il se pencha vers moi. « Ce genre de pensée magique va provoquer la mort de notre civilisation », déclara-t-il en hochant la tête.

Nom de Dieu ! Un sceptique, me dis-je en moi-même. Je n'avais pas de temps à perdre avec ça.

Il devina mes pensées : « Comment ! Vous êtes d'accord avec elles ? »

Je détournai le regard pour essayer d'entendre ce que disait la femme, mais il tira brusquement sa chaise vers la mienne.

« L'intuition est un mythe ! On l'a souvent démontré, dit-il d'une voix ferme. Les pensées ne sont que des décharges neuronales dans le cerveau, qui reflètent tout ce que vous croyez savoir sur votre environnement. Et cette théorie fumeuse de Jung sur la synchronicité n'est que le simple fait de voir ce que vous décidez de voir dans les événements qui se produisent par hasard dans le monde. Je le sais. Je suis un scientifique. »

Il eut un léger sourire. Il semblait satisfait de montrer qu'il connaissait l'origine de la théorie de la synchronicité. Par contre, j'étais de plus en plus irrité.

« Écoutez, je préfère ne pas en discuter », lui répondis-je.

Je me retournai à nouveau pour tenter d'écouter la conversation de la table d'à côté, mais c'était déjà trop tard. La jeune femme et ses amis s'étaient levés et se dirigeaient vers la porte d'entrée. Le sceptique m'adressa un petit sourire narquois, se leva et sortit également. J'envisageai un moment de leur emboîter le pas, puis j'y renonçai, pensant qu'on me prendrait pour un désaxé qui suivait les femmes. Je me rassis. J'avais raté cette opportunité.

Assis là, je sentis que l'énergie que j'avais accumulée dans la voiture s'était complètement dissipée. J'étais vidé, sans ressort. Un court instant, je me demandai même si l'opinion du sceptique n'était pas justifiée. Je rejetai vite cette idée. Trop d'événements s'étaient produits dans ma vie pour que je partage désormais ce genre de conception. En effet, ce que j'avais pensé qu'il se produirait avait toujours fini par arriver. Au moment où j'étais sur le point de découvrir davantage de choses sur le Manuscrit, j'étais tombé dans l'embuscade tendue par le fléau de mon existence : un sceptique qui cherchait à dénigrer tout ce qui relevait de la spiritualité.

J'aurais pu continuer à me morfondre, si je n'avais tout à coup remarqué un individu en train de me dévisager dans un coin de la salle, près de la porte. Il avait les cheveux courts et portait une veste en cuir marron. Une paire de lunettes de soleil était accrochée à la poche de sa chemise. Lorsque nos regards se croisèrent, il se glissa derrière un groupe de gens agglutinés autour du bar.

En observant soigneusement la salle, je surpris

deux autres individus qui me regardaient ; ils étaient habillés différemment mais leurs yeux reflétaient la même expression terne. Lorsque nos regards se croisèrent, ils se détournèrent.

« Manquait plus que ça ! » me dis-je. Il devait s'agir d'agents du gouvernement. Je me levai et me dirigeai lentement vers les toilettes. Aucun d'eux ne réagit. Après avoir dépassé les toilettes et longé un petit couloir, je découvris ce que j'espérais trouver : une porte donnant sur l'arrière de l'établissement. Je marchai jusqu'au parking mal éclairé sans rencontrer personne. Juste au moment où je m'approchai de ma voiture, une silhouette s'esquiva vivement derrière une camionnette. Lorsque j'avançai à nouveau, l'individu reprit sa marche puis obliqua pour me couper la route.

Je m'arrêtai ; il fit de même. Son allure me parut alors familière. C'était Wil ! Lorsque j'arrivai à sa hauteur, il me força à me baisser, puis il regarda derrière lui, en direction du café.

« Dans quelle galère tu t'es mis, mon vieux ? me demanda-t-il sur le ton familier, presque enjoué, qui le caractérisait.

— Je ne sais pas, lui répondis-je tout à trac. J'ai vu à l'intérieur plusieurs personnes qui m'observaient. Qu'est-ce que tu fais ici, Wil ? »

Je remarquai alors qu'il portait un gros sac à dos.

Il fit un signe de tête en direction de mon véhicule. « Je te le dirai plus tard. C'est ton 4 × 4, non ? Filons. Je conduis. »

En montant dans la voiture, je jetai un coup d'œil vers l'extrémité du parking et j'aperçus la femme au foulard en compagnie de plusieurs autres personnes. Je ressentis un choc : le sceptique faisait partie du petit groupe.

Je voulus les observer plus longuement, lorsque j'aperçus derrière eux quelque chose qui m'alarma davantage. Le 4 × 4 bleu foncé que j'avais remarqué et qui m'avait suivi était garé à une vingtaine de mètres de là, près de la clôture. De l'endroit où je me trouvais, je pouvais distinguer deux hommes assis, immobiles, sur les sièges avant.

J'aurais dû m'en douter. Mon visage se contracta.

Tandis que je scrutais la route derrière nous, Wil nous conduisit jusqu'à l'autoroute puis obliqua vers le nord. Personne ne semblait nous suivre.

« Pourquoi es-tu venu dans ce café ? m'enquis-je de nouveau.

— Une simple intuition, me répondit-il. Je n'avais pas d'autre moyen de te trouver. Moi aussi, j'ai vu des gens qui m'observaient et je n'ai pas voulu utiliser mon portable. Un ami devait me conduire à l'aéroport. Je me suis alors souvenu de ce bistrot et j'ai pensé que tu t'y étais peut-être arrêté. Quand j'ai vu ta voiture, je lui ai demandé de me déposer. »

Il me regarda très attentivement. « Et toi ? Pourquoi as-tu décidé de t'arrêter là-bas ?

— J'ai aperçu cet endroit depuis l'autoroute,

et je me suis rappelé que tu m'en avais déjà parlé. J'ai pensé que c'était un bon coin pour manger un morceau... »

Il me sourit d'un air entendu. Nous savions tous deux qu'il s'agissait d'un pur cas de synchronicité. En l'observant, je remarquai qu'au cours de ces dernières années il avait vieilli, mais bien. Depuis notre dernière rencontre, son visage hâlé avait pris quelques rides, mais ses mouvements et sa voix étaient ceux d'un homme beaucoup plus jeune. Et ses yeux pétillaient de vivacité.

« Il y a davantage de gens à la recherche de ce Manuscrit que je ne le pensais. Tu ferais mieux de me raconter tout ce qui t'est arrivé », dit-il d'un air songeur.

Tandis que nous nous dirigions vers le nord, je lui relatai les idées qui m'étaient venues en conduisant, le 4×4 bleu, le flux soudain de synchronicité, je lui parlai en détail de ce que j'avais ressenti dans le café, particulièrement du moment où le sceptique m'avait vidé de mon énergie et où j'avais repéré les hommes en train de m'épier.

Je n'attendis pas ses commentaires. Je lui demandai de me parler de cette filature.

« Je ne sais pas de qui il s'agit, me répondit-il. Ça fait deux jours que j'ai l'impression d'être suivi. Hier, j'en ai repéré un ou deux, d'assez loin. Ce sont des pros. »

Je hochai la tête ; je me sentais nerveux. « Qui t'a envoyé ça ? » le questionnai-je en saisissant les pages de la traduction posées près de ma cuisse.

« Un ami qui vit en Égypte, me répliqua Wil. C'est l'un des plus éminents spécialistes de textes anciens. Je le connais depuis longtemps. Lorsque nous en avons parlé au téléphone, il m'a dit que ce texte était incontestablement authentique et qu'il datait probablement du IVe ou Ve siècle. Il n'avait reçu que la première partie du Manuscrit, déjà traduit, mais il estime qu'il fait référence à notre période contemporaine, tout comme l'ancienne Prophétie. »

Nos regards se croisèrent.

« L'histoire ne s'arrête pas là, continua Wil. Le Manuscrit fait allusion à une sorte de course. Selon mon ami, ces fragments apparaissent un peu partout dans le monde. Apparemment, la personne qui diffuse ce Manuscrit envoie des extraits soigneusement choisis à différentes personnes dans un but précis. Mon ami et moi avons été coupés au milieu de notre conversation. Depuis, je n'ai pas réussi à le joindre. »

Mon esprit était en effervescence. La femme que j'avais vue au Pub possédait une partie du Manuscrit et allait en Arizona. Mais où en Arizona ? Courait-elle un danger ? Et nous également ?

Je commençai à prendre conscience de la tournure des événements. Ce Manuscrit était fascinant mais nous venions de constater qu'une instance officielle s'y intéressait également. Voulait-elle en restreindre la diffusion ? Jusqu'où irait-elle ? Un frisson de peur me parcourut.

« Bon, j'imagine que notre voyage en Égypte est annulé », dis-je en essayant de plaisanter.

Wil eut un bref sourire. « J'ai toujours eu l'impression qu'on irait ailleurs. » Tout à coup, il fixa attentivement son rétroviseur. Un autre 4 × 4 était visible, assez loin derrière nous.

« Je pense que celui-là nous suit », dit-il.

À ce moment-là, Wil amorça une série de manœuvres stratégiques. Il me demanda tout d'abord la permission d'emprunter mon smartphone sur lequel il fit apparaître une carte détaillée de la région, puis il éteignit l'appareil et en retira la pile. Ensuite, il ralentit, ce qui força le 4 × 4 qui nous suivait à ralentir également pour maintenir la même distance entre nous. Au bout d'une minute, il accéléra brusquement, manœuvre qui accrut la distance entre le 4 × 4 et nous, et permit à Wil de prendre la prochaine sortie de l'autoroute sans être vu.

Il tourna immédiatement à droite, s'engagea sur une petite route pavée, puis à gauche sur une chaussée empierrée qui, j'en étais certain, ne figurait pas sur la carte.

« Comment connaissais-tu cette route ? » lui demandai-je ?

Il me lança un bref regard sans me répondre. Cette ancienne voie défoncée, pleine de nids-de-poule, débouchait sur une autre route pavée qui, enfin, nous ramena sur l'autoroute, huit kilomètres plus au nord. Quand nous arrivâmes près de la bretelle d'accès, nous nous aperçûmes rapidement que la section de l'autoroute derrière nous était complètement bloquée. Nous distinguâmes des lumières bleues et une voiture de pompiers garée à l'endroit de l'embouteillage.

Wil prit la bretelle d'accès à toute allure et déboucha sur l'autoroute quasiment vide. Derrière nous, tous les automobilistes, y compris ceux qui étaient dans le 4 × 4, étaient coincés dans l'embouteillage.

Je regardai Wil fixement. Je l'avais vu faire des tas de choses dans le passé, mais jamais avec autant de rapidité.

« Comment savais-tu où il fallait tourner ? » insistai-je.

Il me regarda à nouveau et me répondit par une question : « Comment savais-tu qu'il fallait que tu t'arrêtes dans ce café pour que nous puissions nous rencontrer plus tard ?

— D'accord, dus-je admettre. L'intuition. Mais tu as agi avec une telle dextérité. Je n'ai jamais fait une chose pareille. »

Les phares des voitures venant en sens inverse balayèrent son visage. « J'ai parlé à des personnes qui ont lu les différentes parties du Manuscrit. Il traite des multiples capacités que les êtres humains n'ont pas encore développées. C'est vraisemblablement de ça qu'il s'agit dans le Manuscrit. Chaque partie est consacrée à ce que l'on appelle l'"intégration" de la connaissance spirituelle, et se réfère directement aux révélations de la Prophétie.

— Attends, lui dis-je. Ça voudrait dire que l'auteur du Manuscrit, quel qu'il soit, devait connaître la Prophétie depuis un bon moment.

— Oui. Je pense en fait qu'il s'agit d'un texte qui va de pair avec la Prophétie, une sorte de guide. Selon mon ami, ce Manuscrit comporterait onze parties qui circuleraient dans le monde ; chacune d'elles serait consacrée à une intégration particulière de la connaissance. Et ce Manuscrit se réfère à la douzième révélation.

— Elle en révèle le contenu ?

— Apparemment. Mais pour l'instant, personne ne semble être encore en possession de cette partie, ou du moins personne n'en parle. Le Manuscrit mentionne que chaque intégration doit être réalisée dans un ordre précis, l'une après l'autre. Et qu'il faut commencer par la première : apprendre à maintenir la synchronicité. »

Il s'arrêta un moment et ajouta en me regardant : « Ça a toujours posé un problème. »

Je savais à quoi il faisait allusion. Chacun d'entre nous a un aperçu de la synchronicité. Le défi, comme dans mon cas, était de maintenir cette expérience et de ne pas en interrompre le flux. La plupart des gens disaient que c'était là l'une de ses principales difficultés. Cette expérience semblait s'introduire dans nos vies avec une sorte d'espièglerie ; elle demeurait un instant, puis disparaissait.

Je me retournai pour scruter la route derrière nous. Je constatai qu'elle était toujours dégagée. Je me sentais encore nerveux.

« Wil, je ne suis pas sûr de vouloir m'impliquer dans cette histoire de Manuscrit. Je trouve que c'est trop dangereux. »

Il hocha la tête. « Qu'est-ce que tu veux faire ?

— Je veux aller dans un commissariat de police pour arrêter d'avoir ces gens sur le dos. Ensuite, je pourrais contribuer à diffuser le message une fois qu'il aura été révélé.

— Et s'il ne l'est pas ? Si la douzième révélation n'est jamais découverte ? »

Je le regardai et souris. Nous avions affronté beaucoup de choses ensemble dans le passé et il ne m'avait jamais induit en erreur. Je voulais entendre ce qu'il avait à me dire.

« Écoute, poursuivit-il. Tout ce que nous avons découvert, toute notre quête d'une véritable expérience spirituelle peut aboutir maintenant. Tu décideras, mais laisse-moi tout d'abord t'expliquer ce qui est en jeu. »

Wil ralentit, sortit de l'autoroute et me dit qu'il voulait se concentrer. Il repéra une petite route secondaire près de la bretelle de sortie, recula pour s'y garer et éteignit les phares.

« Ce Manuscrit est tout à fait explicite, commença-t-il. Il affirme qu'à notre époque nos conditions de vie matérielles si confortables deviendront plus dures et que nous aurons à faire face à des perturbations sociales et financières de grande envergure. Il affirme néanmoins que tous ces défis susciteront en nous un éveil spirituel encore plus fort qui nous permettra de manifester des capacités et des perceptions nouvelles.

« Toutefois, chacun d'entre nous doit prendre une décision. Adopterons-nous cette spiritualité plus profonde ou céderons-nous à l'appréhension et à la peur ? C'est un défi qui s'adresse à la fois à notre courage mais aussi à notre sens pratique.

D'une certaine façon, les événements vont nous forcer à mettre nos convictions à exécution. La seule manière de survivre aux profonds bouleversements mondiaux auxquels nous aurons à faire face sera d'adopter un style de vie différent.

« Le Manuscrit affirme que la première aptitude dont nous devrons faire preuve consistera à maintenir le flux de synchronicité. Lorsque des coïncidences mystérieuses se produiront de plus en plus fréquemment, nous finirons par comprendre que nous sommes en fait guidés, et même protégés, face aux dangers de cette période historique. »

Il fit une pause et son regard croisa le mien dans la faible lueur de la voiture. « Mais il y a plus. Le Manuscrit précise que ceux d'entre nous qui découvriront, dès le début, la façon de maintenir ce flux et d'intégrer cette connaissance faciliteront la tâche des gens qui, par la suite, voudront s'y ouvrir, du seul fait de l'influence que nous exercerons.

« Par contre, si beaucoup d'entre nous sont incapables de progresser dans cette voie, cette connaissance risque de ne jamais être appliquée et d'être perdue pour toujours.

— C'est ce que dit le Manuscrit ?

— Oui. Exactement. »

Il m'adressa un sourire plein de sympathie.

« Tu vois l'importance que ça représente, ajouta-t-il. Et pourtant, il nous incombe de faire nos propres choix.

— Tu peux m'en dire plus ?

— Le Manuscrit se concentre tout d'abord sur l'expérience synchronistique, continua Wil, parce que c'est le phénomène qui permet à chacun de progresser. Si nous renforçons cette expérience, nous prenons alors conscience que nos vies s'orientent vers un destin particulier. Nous nous sentons plus alertes. »

« Plus alerte ». C'est exactement ce que je pensais. J'avais utilisé la même expression auparavant pour décrire ma propre expérience. J'étais persuadé que la rencontre avec ces femmes n'était pas un simple hasard, car au moment même où je pensais à la diffusion du Manuscrit je les avais vues et j'avais entendu leur conversation. Il était clair que je devais me trouver à cet endroit précis.

Et puis, comme par hasard, le sceptique était apparu et j'avais perdu le fil de cette expérience. Rien qu'en y repensant, je sentis mon énergie diminuer.

Wil parut le remarquer. « Lorsque nous sommes portés par un flux de synchronicité, nous entrons dans un état de clarté et de vivacité d'esprit. Lorsque nous ne sommes plus dans ce flux, nous perdons ces capacités.

« Le fait est que nous avons maintenant l'occasion d'atteindre un plus haut niveau de clarté en ce qui concerne non seulement le phénomène de synchronicité, mais aussi notre nature spirituelle dans son ensemble. Et si nous n'y parvenons pas, notre avenir et celui de nos enfants risqueraient de s'orienter dans une direction totalement différente. »

Il s'interrompit car une voiture surgit sur la route devant nous. Elle nous dépassa ; elle ne semblait pas constituer une menace.

« Notre plan est le suivant : nous devons découvrir les différentes parties du Manuscrit, une par une. Chaque partie reprend les éléments de la section précédente de telle façon que l'ensemble forme un tout parfaitement cohérent, ce qui permet à la fois une meilleure compréhension et un niveau de conscience plus élevé tout en développant également ces nouvelles aptitudes.

« Le Manuscrit déclare que lorsque nous aurons intégré les onze révélations, nous obtiendrons la transmission finale : la douzième. Ensuite nous comprendrons l'intégralité de la spiritualité dans cette vie et nous serons à même de la vivre presque sans interruption. »

Une autre voiture passa.

« Il faut bien se rappeler que la première intégration fait progresser les choses car elle implique que nous apprenions à rester dans le flux de la synchronicité qui nous permettra d'aller de l'avant, poursuivit Wil.

— Que dit le Manuscrit sur le flux de synchronicité ? lui demandai-je.

— Il dit que la seule chose que nous ayons à faire est d'apprendre à nous souvenir.

— Nous souvenir de quoi ?

— Que ce flux est possible ! Qu'il existe ! Au début, quand tu as commencé à lire les révélations de la Prophétie, alors que nous pensions tous à la synchronicité et que nous en parlions, n'avions-nous pas l'impression qu'elle se produisait fréquemment ? Eh bien, c'est tout simplement parce qu'elle était présente dans nos esprits. C'est aussi simple que ça. La seule chose à faire est de penser à s'en souvenir. »

Pendant un moment, je réfléchis à ce qu'il venait de dire. Était-ce aussi simple ? Lorsque j'étais en train de rouler vers le Pub, j'avais vraiment lâché prise et j'avais pensé à la réalité de la synchronicité. Et puis, oui, d'un seul coup, j'étais entré dans le flux.

« Dans la pratique, me précisa Wil, ça revient à attendre consciemment une nouvelle manifestation de la synchronicité. Ce qui signifie qu'il faut adopter une attitude d'"attente vigilante", un état d'esprit qui n'est pas des plus faciles en ce moment ; nous avons toujours l'impression d'être débordés et d'avoir trop de choses à faire. Mais maintenir cet état de vigilance nous aide dans l'immédiat, car il a pour effet de "ralentir" le temps. »

Je savais que c'était parfaitement vrai. Chaque fois que l'on attend un événement en voulant à tout prix qu'il se produise rapidement, on a l'impression qu'il met un temps fou à se manifester. L'attente semble effectivement ralentir les choses.

« À l'heure actuelle, ajouta-t-il, ralentir le temps est un fait positif car nous nous sentons, pour la plupart, submergés par des problèmes qui nous assaillent à la vitesse de l'éclair. Plus nous sommes capables de ralentir les choses et d'attendre qu'un événement synchronistique nous montre la voie à suivre, plus la vie sera facile à gérer.

« Donc, pour commencer, collons un Post-it sur le miroir de la salle de bains ou demandons à un ami de nous passer un coup de fil dès le matin ; bref, faisons n'importe quoi pour nous rappeler que nous devons susciter en nous, tous les jours et dès la première heure, un état d'attente de la synchronicité. À la longue, ça finira par devenir une habitude. Et dès que de mystérieuses coïncidences se produiront et que notre destin semblera se déployer devant nous, tout ce qu'il nous restera à faire sera de rester dans la continuité de ce flux. »

Il fit une pause théâtrale avant de poursuivre.

« Et pour ce faire, nous devons apprendre à communiquer aux autres ce qui se passe en nous.

— Comment ?

— Réfléchis à ce qu'il se produit quand nous ne sommes plus portés par le flux, m'expliqua-t-il. Est-ce que ça n'arrive pas parce que nous sommes confrontés à une situation où nous entrons en contact avec d'autres personnes qui ne sont pas dans ce flux et qui ont du mal à comprendre le sens de notre expérience ? Le résultat est que nous sortons brutalement de cette continuité. »

Je songeai à ce qui s'était passé avec le sceptique. La remarque de Wil semblait s'appliquer parfaitement à mon cas.

« Quand je suis dans le flux, j'essaie généralement de m'éloigner des gens, afin qu'ils ne m'en fassent pas brutalement sortir.

— Je sais, dit Wil d'un ton faussement accusateur.

— Tu veux dire que j'aurais dû prendre le temps de parler à ce type, même si je n'en avais pas envie ? m'enquis-je.

— Non. Je voulais simplement dire que tu aurais dû être plus ouvert et sincère avec lui, tu aurais pu lui demander d'attendre un instant pendant que tu allais parler aux personnes assises à la table d'à côté. Même s'il t'a asticoté, ce n'est pas lui qui t'a fait sortir du flux. Tu as cessé d'y être parce que tu n'as pas réussi à trouver une manière de lui faire savoir franchement qui tu étais réellement et ce que tu faisais.

— Je ne pense pas qu'il avait vraiment envie de m'écouter.

— Tu n'as pas compris. Je ne te dis pas qu'il fallait te défendre ni tenter de le convaincre. Tu aurais simplement dû lui faire connaître la réalité de la situation telle que tu la voyais, l'objectif principal étant que tu restes concentré sur le flux. Qu'il soit parti ou qu'il ait pensé que tu étais grossier n'avait aucune importance, par contre, toi, tu serais resté dans cette continuité. »

Avant de poursuivre, il s'arrêta de nouveau pour reprendre avec une certaine emphase. « Et si tu avais agi ainsi, tu aurais été plus réceptif à une information qu'il aurait pu *te* transmettre ! L'ancienne Prophétie du Pérou t'a appris que tu aurais dû traiter ce que tu as perçu sur le moment comme une interruption, non pas comme une menace, mais comme un événement synchronistique potentiel qui, à long terme, pouvait s'avérer d'une importance sans doute égale aux informations de cette femme. »

Ce rappel à l'ordre me secoua et me redonna des forces. Si j'avais bien compris ce que Wil venait de me dire, exposer honnêtement la réalité d'une situation, quelle qu'elle soit, permet de se maintenir dans le flux – essentiellement parce que l'on reste concentré sur la clarté présente à un niveau très profond de notre propre expérience. Il fallait que je vérifie si c'était vraiment si simple.

Lorsque je posai la question à Wil, il eut un petit rire. « C'est aussi simple et aussi difficile que ça. Si tu veux aller plus loin et découvrir ces intégrations, tu dois commencer par te concentrer sur le fait de dire l'absolue vérité sur ce que tu es en train de vivre, à toi-même aussi bien qu'aux autres, même au risque de paraître abscons. »

Alors que je continuais à réfléchir, Wil fit démarrer la voiture et s'engagea à nouveau sur l'autoroute. Au bout d'un certain temps, il emprunta la file de gauche afin d'éviter une voiture garée sur l'accotement droit. Je distinguai, à l'intérieur, la silhouette du conducteur qui était seul. La lumière éclaira brièvement son visage.

« C'est lui ! balbutiai-je, incapable d'en croire mes yeux. Le sceptique du Pub. C'est lui. »

Wil se retourna. « Tu es sûr ?

— Oui. »

Alors que nous l'observions, l'homme s'engagea sur l'autoroute et prit la première sortie qui se présentait. Wil me jeta un regard interrogateur.

« Qu'est-ce qu'il y a ? lui demandai-je.

— On dirait que tu es à nouveau dans le flux. Une seconde chance t'est peut-être offerte.

— Tu veux dire une seconde chance de lui parler ? »

Wil observa le tableau de bord. « Eh bien, tu voulais savoir où allait la femme que tu as vue au café. Et tu m'as dit qu'il était en train de lui parler sur le parking. Comme on a besoin d'essence, on pourrait revenir en arrière et essayer de le retrouver. »

Je le regardai et hochai la tête d'un air dubitatif, sans vraiment apprécier sa suggestion. « D'accord. Ça marche. Mais je ne sais pas ce que je vais dire à ce type.

— Dis-lui simplement la vérité, que tu crois à la réalité des coïncidences significatives, qu'elles se produisent pour une raison précise... et aussi que c'est la seconde fois que tu croises son chemin », me répondit Wil.

Une discussion consciente

Nous fîmes demi-tour et prîmes la même sortie. Nous nous arrêtâmes devant un gigantesque restaurant pour routiers bien éclairé. Une douzaine de camions étaient alignés derrière le bâtiment principal qui abritait le restaurant, des douches et un magasin. Il n'y avait que quelques automobiles près des pompes à essence. La voiture de location marron du sceptique s'y trouvait.

« N'oublie pas, me rappela Wil, de maintenir tout au long de la conversation l'attitude de celui qui attend la synchronicité. J'aime comparer cette idée à un film : le flux de synchronicité te donne l'impression de ralentir tout en augmentant ton sentiment d'être le centre, ou la vedette, de ton propre film. Reste bien concentré sur cette clarté et tu sauras ce qu'il faut dire. »

Wil sourit et avança le 4 × 4 jusqu'à la pompe qui se trouvait face à celle du sceptique, puis il fit un autre commentaire.

« Le Manuscrit affirme que si tu t'engages à maintenir ta propre vérité, cela inclut toutes les idées qui te viendront intuitivement à l'esprit, même celles que tu n'aurais jamais pensé à lui dire avant. »

Je hochai la tête, puis je sortis et commençai à mettre de l'essence dans le 4 × 4. Je ressentis à nouveau cette sensation sacrée, comme s'il allait s'agir d'une conversation d'une importance cruciale pour l'avenir.

Le sceptique était juste en face de moi, occupé à faire le plein de son véhicule. Il finit par me repérer et s'esclaffa.

« Ah, voilà l'amateur de coïncidences, dit-il. Quel bel exemple de synchronicité !

— Peut-être. Nous vous avons dépassé sur l'autoroute et nous avons fait demi-tour pour vous parler », lui répliquai-je.

J'étais stupéfait d'avoir commencé cette conversation de manière aussi directe, mais ça semblait m'aider à rester concentré.

« Et selon vous, de quoi allons-nous discuter ? » me demanda-t-il.

Son ton était sarcastique, sans être toutefois inamical. Je compris soudain qu'il avait recours au style polémique employé par les scientifiques, une façon de parler qui ressemblait davantage à un débat amical. L'élément clé de cette approche consistait à faire très attention à ne pas valider par inadvertance l'idée ou la théorie défendue par l'interlocuteur. Dans le monde scientifique, entériner le point de vue d'un collègue ne se faisait jamais à la légère. Une telle validation devait se gagner. La démarche consistait donc à se montrer initialement très sceptique et à vérifier ensuite si l'interlocuteur faisait preuve d'une attitude vraiment scientifique.

Si l'adversaire s'égarait et adoptait un point de vue mal structuré ou trop spéculatif, la discussion prenait fin immédiatement. Par contre, si l'interlocuteur se montrait logique et énonçait ses arguments avec prudence, le débat pouvait se poursuivre. J'avais toujours pensé que cette manière de communiquer était ennuyeuse et représentait une perte de temps, mais je savais que j'étais capable de m'y plier.

« Je ne sais pas, répondis-je, s'il y a un sujet dont nous pouvons discuter ou pas. Je pense que c'est à nous d'en juger. J'essaie de prendre contact avec la femme que nous avons vue au Pub. Elle parlait d'un ancien manuscrit et j'ai remarqué qu'un peu plus tard, vous vous entreteniez avec elle à l'extérieur du café. Est-ce qu'elle vous a dit où elle allait en Arizona ?

— Pourquoi vous intéressez-vous à ce manuscrit ? me demanda-t-il avec circonspection.

— Ce qu'il dit au sujet de la spiritualité m'intéresse. »

Il m'observa soudain avec intérêt. « Vous croyez qu'il confirmera vos idées sur la synchronicité ?

— La partie du Manuscrit que nous possédons l'a déjà fait. »

Il secoua la tête. « Je n'accorderais pas trop d'importance à ce genre de texte. Au mieux, il accroîtra nos connaissances sur la mythologie et les superstitions des anciennes civilisations.

— Admettons. Mais vous pouvez établir un

parallèle entre son contenu et votre propre expérience, et ensuite aller de l'avant.

— Pour quoi faire ?

— Pour identifier des phénomènes qui peuvent avoir été ignorés jusqu'alors et les examiner. »

Il me regarda fixement d'un air interrogateur.

« Écoutez, lui dis-je. Je crois qu'une approche rigoureusement sceptique de l'expérience ne rend pas justice à la complexité de l'univers. Parfois vous devez mettre votre scepticisme entre parenthèses suffisamment longtemps afin d'appréhender correctement un nouveau phénomène. Vous ne vous êtes jamais demandé si l'expérience spirituelle des gens ne cachait pas quelque chose d'authentique et d'universel ? »

Il ébaucha un sourire. Je n'arrivai pas à le convaincre, mais je me rendis compte qu'il appréciait mon tact.

« Nous avons besoin de la science. Mais il faut qu'elle accepte d'examiner tous les phénomènes, ajoutai-je.

— Qu'est-ce que vous savez de la science ? me questionna-t-il en m'examinant d'un air condescendant. La science est un processus très précis grâce auquel certains individus explorent la nature du monde qui les entoure et en tirent des conclusions. Et la manière dont elle opère est aussi très précise. Un scientifique émet l'hypothèse qu'un phénomène naturel fonctionne d'une certaine façon, d'autres savants tentent de réfuter cette hypothèse en utilisant d'autres données qui leur semblent correctes. Graduellement, ils parviennent à un consensus sur cette question. Puis la conclusion sur la réalité de ce phénomène à laquelle ils sont parvenus est remplacée par une autre hypothèse qui semble encore plus juste, et ainsi de suite. C'est de cette façon que l'on établit scientifiquement un fait, ainsi que la réalité sociale qui en découle. Il s'agit d'un processus méthodique et précis. »

Il détourna le regard et ajouta : « C'est du moins la manière dont il est censé fonctionner.

— Qu'est-ce que vous voulez dire ? lui demandai-je.

— Eh bien, ces derniers temps, la corruption s'en est mêlée. Des intérêts financiers, comme ceux des grandes compagnies pharmaceutiques et de l'industrie agroalimentaire, ont pris le contrôle des écoles de médecine et des facultés universitaires. Ces sociétés leur offrent de grosses subventions qui leur permettent d'obtenir désormais les résultats qu'ils escomptent des études commanditées. D'autres industries font la même chose, mais les domaines de la santé et de l'agroalimentaire sont les pires. C'est lamentable. »

Je pensais aux travaux du Pr Russell Blaylock qui expliquent pourquoi des additifs dangereux restent dans nos aliments et, soudain, je pris conscience d'une chose : ce sceptique auquel j'étais en train de parler était un idéaliste.

Une autre pensée me vint à l'esprit, et je me rappelai que Wil avait insisté pour que de telles idées soient énoncées.

« Écoutez, lui dis-je. La solution consiste peut-être à sensibiliser davantage le public à la science et à l'appliquer à chaque domaine de notre monde. Et que se passerait-il si ce manuscrit avait vu juste en affirmant que la synchronicité fait partie de l'ordre naturel des choses ? Ne devrait-on pas effectuer des recherches sur ce sujet avec la même rigueur que dans le cas d'une étoile ou d'une bactérie ? »

Quelque chose dans ce que je venais de dire l'irrita ; il sortit le pistolet du distributeur d'essence de son réservoir et le raccrocha brutalement à la pompe.

« Ce que... ce que je veux dire, balbutia-t-il, c'est que ce genre de document n'est pas fiable. La synchronicité est trop subjective. À l'heure actuelle, le problème de la science réside dans le fait que l'on a cessé de mettre l'accent sur les vérités fondamentales. Lorsque l'on commence à accorder trop d'importance à la spéculation ou que l'on se laisse soudoyer, notre culture risque de basculer dans des idées fantaisistes ou des dérives fantasmatiques. »

Il me regarda sévèrement. « Ne voyez-vous pas que notre civilisation ne tient qu'à un fil ? Il suffit qu'une poignée de gens perdent le contrôle des lois fondamentales de la nature pour saper radicalement la pensée logique et la réalité scientifiquement établie. Et si cela se produit, nous retomberons dans la superstition et dans une nouvelle période d'obscurantisme.

— Et si la science de la spiritualité se révélait logique et méthodique ? » lui rétorquai-je d'un air interrogateur.

Plutôt que de me répondre, il hocha la tête et

pénétra dans le bâtiment pour payer. Wil était toujours assis derrière le volant ; il me sourit. Il avait entendu toute la conversation par la vitre restée ouverte.

« Tu ne vas pas t'en mêler ? lui demandai-je.

— Ben non. Je pense que c'est à toi de conclure. »

Lorsque le scientifique sortit du bâtiment, je l'abordai à nouveau.

« Écoutez, repris-je. Vous avez raison. Personne ne souhaite une nouvelle ère obscurantiste. Mais permettez-moi d'aborder le problème sous un autre angle. Que faudrait-il pour que des scientifiques comme vous puissent étudier les phénomènes spirituels d'une manière qui soit à la fois méthodique et logique ? »

Pendant un long moment il sembla réellement réfléchir à ma question. « Je ne sais pas... Il nous faudrait découvrir quelque chose qui s'apparente aux principes naturels de la spiritualité... »

Il s'arrêta et fit un geste signifiant qu'il voulait mettre fin à l'entretien.

« Bon, conclut-il. Je n'ai pas le temps de continuer à me livrer à des spéculations. Croyez-moi, rien de tout ça ne se produira. »

Je hochai la tête d'un air entendu et je me présentai. Il me serra la main et déclina son identité : Dr John Coleman.

« Enchanté de cette discussion. Nous nous verrons peut-être une autre fois », lui dis-je.

Il eut un petit rire avant de me confier : « La femme dont vous me parliez... Elle s'appelle Rachel Banks. Elle se rend dans une petite ville au nord de Phoenix, un endroit qui s'appelle Sedona. »

Je me redressai sur le siège du passager ; j'avais du mal à me réveiller. Tandis que nous roulions, la lumière du soleil filtrant par l'arrière pénétrait peu à peu dans la voiture. L'odeur douce des terres arables de l'Oklahoma emplissait mes narines. En constatant que je commençais à m'étirer, Wil hocha la tête, puis reporta immédiatement son regard sur la route ; il semblait profondément absorbé dans ses pensées.

Ce qui m'arrangeait. J'avais parlé jusqu'à épuisement. Wil et moi connaissions parfaitement Sedona et nous en avions discuté jusque tard dans la nuit, tout en nous dirigeant vers l'ouest. Pendant des années, cette ville située au cœur des célèbres « Rochers Rouges », chers aux traditions des Indiens d'Amérique, avait été un foyer de spiritualité. L'énergie y était si forte que certains affirmaient que Sedona possédait plus de lieux de culte, de centres New Age et d'artistes au kilomètre carré que n'importe quel autre endroit d'Amérique.

Hier soir, la question qui nous avait le plus intrigués était celle des motivations de Rachel. Pourquoi son intuition l'avait-elle guidée vers Sedona ? Était-ce parce qu'elle avait davantage de chances d'y rencontrer des gens susceptibles de lui parler de ces textes ? Ou était-ce tout simplement parce que l'on pouvait comprendre des informations ésotériques à un niveau plus profond, du simple fait d'être au sein de ces collines rocheuses : le célèbre « effet Sedona » ?

Je chassai ces pensées. Contempler le paysage était la seule chose que je voulais faire à ce moment-là. Nous avions traversé les montagnes de Georgie et du Tennessee jusqu'aux plaines de l'Oklahoma ; dans la lumière du matin, le ciel était immense et bleu. Pendant près d'une heure, je regardai défiler le paysage, grignotant des noix et des pommes que Wil avait emportées pour le petit-déjeuner.

Après m'être complètement réveillé, je remarquai deux piles de pages soigneusement rangées, posées sur le tableau de bord. Je regardai Wil, me doutant qu'il avait placé ces documents devant moi pour une raison précise. Il continuait de fixer la route ; il leva un sourcil, ce qui me fit rire. J'étendis le bras pour saisir la pile de gauche et commençai à lire.

Ces pages décrivaient la première intégration presque dans les mêmes termes que ceux qu'avait employés Wil auparavant, puis elles réaffirmaient que lorsque l'on était parvenu à maintenir la synchronicité, il fallait demeurer très vigilant, car c'était ce mystérieux flux qui permettrait de révéler les autres intégrations.

Poursuivant ma lecture, j'appris que le Manuscrit divisait l'ensemble des douze intégrations en deux groupes. Il dénommait les cinq premières le « Fondement » de la conscience spirituelle ; les autres s'intitulaient l'« Émergence de l'Influence Sacrée ».

L'Émergence de l'Influence ? Je n'avais aucune

idée de ce que cela signifiait, mais je me souvenais que Wil avait affirmé que ceux d'entre nous qui approfondiraient maintenant les intégrations faciliteraient la tâche de ceux qui essaieraient de le faire plus tard, grâce à une certaine forme d'influence qu'ils seraient en mesure d'exercer.

Lorsque j'eus fini de lire la première pile de textes, j'entamai la suivante qui était consacrée à la deuxième intégration. Selon ce texte, l'accroissement de la conscience commence lorsque nous sommes conscients que la discussion entre les êtres, quel qu'en soit le sujet, représente toujours un échange de points de vue ou de conceptions du monde, et constitue de ce fait même le mécanisme de base de l'évolution humaine, en nous faisant passer d'un niveau de connaissance historique à un autre.

Si l'interaction s'effectue alors que chacun des interlocuteurs est correctement centré sur lui-même, ce que l'on appelle la vérité synchronistique, ce processus d'échange des conceptions du monde atteint un niveau de pleine conscience. Le document dénommait « discussion consciente » ce niveau supérieur de lucidité dans l'interaction.

Je me tournai à nouveau vers Wil pour lui demander : « Discussion consciente : est-ce que tu sais ce que ça veut dire exactement ? »

Il me regarda comme s'il pensait que je le faisais marcher. « C'est ce que tu as fait quand tu parlais à Coleman. Mais il manquait un élément.

— Lequel ? »

Il me fit signe de poursuivre ma lecture. Dans

le passage suivant, le Manuscrit affirmait que le niveau de la discussion et la conscience des participants atteignent un degré supérieur lorsque les deux interlocuteurs sont conscients de la « perspective historique » dans laquelle a lieu cet échange.

Je me retournai une fois de plus vers Wil. « Ce passage fait donc référence à la *deuxième* révélation de l'ancienne Prophétie ?

— Exactement. Tu te souviens du contenu de la deuxième révélation ? me questionna-t-il.

— Oui, je crois », lui répondis-je.

Je me détournai. Mon esprit était en proie à une intense réflexion. La deuxième révélation consistait essentiellement en une compréhension de la longue histoire de la société occidentale, et insistait plus particulièrement sur le tournant psychologique qui avait eu lieu à l'époque moderne laïque. En fait, celui-ci représentait un éveil de la conscience – un éveil qu'il nous avait été difficile de maintenir depuis lors.

L'ancienne Prophétie avait prédit que nous serions un jour capables de garder la totalité de cette longue histoire présente à l'esprit, comme une perspective qui imprégnerait nos activités quotidiennes. Et que si nous y parvenions, cette compréhension historique réussirait en elle-même à changer totalement nos vies personnelles. Elle nous permettrait de rester pleinement conscients de l'aspect spirituel de l'existence.

Je savais que la conception moderne du monde avait débuté juste à la fin de la période sombre du Moyen Âge. À cette époque, la science n'existait pas en Occident, il n'y avait pas de pensée réellement indépendante et l'on ne disposait que de connaissances infimes sur les phénomènes naturels. Les dirigeants de la puissante Église catholique régissaient l'esprit des hommes et décrétaient que tout ce que nous appelons maintenant les processus physiques de la nature ne se produisaient que par l'intercession de Dieu – y compris la naissance, tous les défis de la vie et des maladies, la mort et ce qui lui succédait, le Paradis ou l'Enfer. Les hommes d'Église se considéraient comme les seuls interprètes de la volonté de Dieu. Et, pendant des siècles, ils luttèrent d'arrache-pied pour contrecarrer toute opposition à leur autorité.

Puis la Renaissance commença, motivée par une méfiance croissante envers les hommes d'Église et par la prise de conscience de la grande déficience de notre connaissance du monde réel. D'autres influences ne tardèrent pas à s'exercer : l'invention de l'imprimerie, une meilleure appréciation des philosophies de la Grèce antique et les découvertes des pionniers de l'astronomie qui, tels Copernic et Galilée, réfutaient l'astronomie défendue par les ecclésiastiques.

Lorsque eut lieu la Réforme protestante qui rejetait ouvertement l'autorité papale, les structures du monde médiéval commencèrent à s'effondrer et, avec elles, les idées préétablies des gens.

C'est précisément à ce moment, j'en étais convaincu, que l'époque moderne avait commencé. Pendant des siècles, les ecclésiastiques avaient assigné à l'existence et aux événements naturels une finalité strictement théologique. Puis cette conception de la vie s'était systématiquement émoussée, laissant les êtres humains dans un état de profond doute existentiel, surtout dans le domaine spirituel. Si les ecclésiastiques qui avaient toujours imposé les règles de la réalité spirituelle s'étaient trompés, alors, qu'est-ce qui était juste ?

Les penseurs optimistes de l'époque avaient une solution. Nous allons adopter le modèle des Grecs de l'Antiquité, dirent-ils. Nous allons charger la science de prendre les devants et d'explorer ce nouveau monde dans lequel nous nous trouvons. Dans le climat d'enthousiasme qui prévalait à l'époque, on pouvait débattre de tout, y compris de nos plus profondes questions spirituelles. Pourquoi sommes-nous sur terre ? Que se passe-t-il après la mort ? Existe-t-il un plan, un destin qui présiderait à l'humanité ?

Armée de ce nouveau mandat, la science fut chargée d'explorer objectivement le monde et de nous communiquer ses résultats. Au cours des siècles, la science répertoria remarquablement les réalités physiques de la nature, depuis le mouvement des galaxies et des planètes jusqu'à la biologie de nos corps, en passant par la dynamique des systèmes climatiques et les secrets de la production alimentaire. Mais elle ne nous fournit pas d'analyse objective de notre condition spirituelle.

À ce moment crucial, nous prîmes une décision psychologique capitale. En l'absence de réponses existentielles, nous décidâmes alors de concentrer notre attention sur d'autres problèmes. Durant cette période d'attente, notre objectif était désormais de nous adapter à ce nouveau monde et de nous consacrer à l'amélioration de l'humanité. Nous apaisâmes nos incertitudes en tentant de rendre notre monde laïc plus prospère et plus sûr.

Et c'est ce que nous fîmes en créant au cours des siècles suivants le plus puissant afflux d'abondance matérielle que le monde ait jamais connu. Mais tandis que nous consacrions toutes nos énergies à améliorer nos conditions matérielles, la science, quant à elle, renvoyait aux calendes grecques la mission supérieure qui lui avait été confiée.

En fait, au fil des siècles, elle délaissa de plus en plus ces questions. Dans un certain sens, ces interrogations avaient été victimes du succès de la science dans le domaine physique. Plus elle parvenait à expliquer le monde extérieur et à créer de nouvelles technologies qui permettaient d'accroître le niveau de sécurité de la population, moins les questions spirituelles devenaient importantes. Laissons les religions débattre de ces plus vastes questions, commencèrent à penser les scientifiques. Nous autres, nous nous en tenons au monde physique.

Au moment où les théories d'Isaac Newton se répandirent dans les milieux scientifiques, ce rejet était devenu total. Newton conçut une théorie mathématique qui établit le fonctionnement autonome de l'univers, obéissant à des lois mécaniques fondamentales qui opéraient de manière tout à fait prévisible, à l'image d'une gigantesque machine. Désormais, on pouvait le comprendre selon une perspective entièrement temporelle. Ce n'était pas Dieu qui ordonnait la course des étoiles dans le ciel. C'était la gravité.

La vision moderne du monde, profane et matérialiste, avait été élaborée et propagée par la science avant d'être diffusée sur toute la planète. L'idée d'un Dieu, ou en l'occurrence d'une profonde expérience spirituelle, apparaissait non seulement inutile mais également improbable. Quant aux preuves personnelles et intérieures d'une réalité spirituelle – états de conscience supérieurs, synchronicité, prémonitions, orientation intuitive et expériences de l'Après-Vie –, elles furent toutes rejetées comme relevant d'hallucinations pathologiques, de délire religieux et ainsi totalement éliminées du débat. De nombreuses institutions religieuses, affectées par une diminution de leurs fidèles, s'orientèrent même vers des activités sociales et laïques plutôt que de discuter de réelles expériences spirituelles.

L'individu suivit le même chemin que la science et les institutions. Le monde paraissait si normal, gérable et prévisible que les interrogations d'ordre existentiel ne semblaient plus pertinentes et commencèrent à disparaître de notre conscience quotidienne.

« Travaille dur et consacre-toi à l'amélioration de ta vie, disions-nous. Jouis du superflu et de toutes les bonnes choses que t'offre la vie d'aujourd'hui. Ne te préoccupe pas de savoir si le fait de connaître le but de l'existence te permettrait de mieux t'orienter, ou d'avoir des relations plus enrichissantes avec les autres. Concentre-toi uniquement sur les petits tracas de la vie quotidienne et tu te sentiras bien jusqu'à la fin de ton existence. Si la perspective de la mort pointe son vilain museau ou si des questions se pressent dans ton esprit sur ce qui se passe après, replonge-toi dans tes activités ordinaires jusqu'à ce que ces pensées soient noyées dans le vacarme ambiant. »

Je savais que c'était à ce moment précis que nous pouvions percevoir l'authentique vérité psychologique de notre longue histoire. Nous avions encouragé la science à explorer la vérité de notre existence spirituelle et comme elle n'avait pas rempli sa mission, nous nous étions consacrés à améliorer nos conditions de vie matérielles. Et puis, graduellement, nous oubliions ce que nous attendions. Petit à petit, notre constante préoccupation du monde séculier devint une obsession psychologique à part entière.

Et comme tous les comportements obsessionnels qui ont pour but de refouler quelque chose – dans notre cas, les réponses que nous n'avions pu obtenir sur la véritable finalité de la vie –, il nous fallut redoubler d'activité pour nous empêcher de penser à ce qui nous hantait.

Au moment où cette vision moderne du monde atteignit son apogée, vers la fin du XXe siècle, un tel comportement obsessionnel avait permis à des dizaines de psychologues de faire de brillantes carrières en répertoriant les différentes stratégies destinées à nous empêcher de nous réveiller : travail à outrance, compulsion d'achats, de décoration et d'aménagement de nos intérieurs, dépendance à la nourriture, aux jeux, aux drogues et au sexe, au tabagisme, à la course à pied et à l'exercice, aux commérages et à la fascination pour les célébrités et le sport ainsi qu'à la quête sans fin de reconnaissance sociale – notre petit quart d'heure de gloire.

Ces obsessions étaient universelles. Et elles comprenaient, particulièrement au cours des dernières années, la compulsion la plus ironique de toutes : le fanatisme religieux. Ses adhérents se fermaient à une authentique expérience spirituelle en se concentrant sur les doctrines et les rituels d'une religion particulière, allant même jusqu'à imposer par la violence leurs convictions à autrui.

Et puis, fort heureusement, au fil des années, nous commençâmes graduellement à nous éveiller. Au cours des dernières décennies, quelque chose émergea dans le psychisme collectif des hommes. Pourquoi ? Peut-être était-ce dû au fait que le refoulement, de par sa nature même, ne peut perdurer, ou bien à l'influence constante dans les années 1970 et 1980 des théoriciens du potentiel humain. Ce phénomène pouvait aussi s'expliquer par le poids écrasant de la génération du baby-boom, dans les années 1990 ; ces enfants qui remirent en question tous les aspects de la civilisation. Il est certain que l'ancienne Prophétie découverte au Pérou exerça également une influence.

Quoi qu'il en soit, notre focalisation sur la vie matérielle commençait à s'effondrer. Pareils à des noyés qui refont surface, nous nous mîmes à aspirer l'air d'une vie empreinte d'un sens supérieur. Depuis lors, et par à-coups, un nombre croissant de gens entrevirent un monde nouveau et merveilleux. Avec l'élargissement de notre cercle, nous finîmes par découvrir l'expérience de la synchronicité. J'étais persuadé que ce réveil représentait la véritable perspective historique qui formait le cadre de nos vies actuelles. Nous étions en train de nous réveiller de notre obsession séculière et de reprendre la route là où nous l'avions quittée. Nous voulions connaître notre véritable condition spirituelle sur cette terre. Même si les hommes qui sont encore obsédés par le sécularisme déclarent qu'une telle quête est impossible, l'intuition nous affirme le contraire.

Je m'aperçus soudain que Wil me dévisageait. Il avait continué à rouler, attendant patiemment que je sorte de ma rêverie. Lorsque je croisai son regard, il jeta avec humour un coup d'œil sur sa montre, ce qui me fit éclater de rire.

« Désolé, déclarai-je. C'est comme ça que mon esprit fonctionne.

— Dans ce cas, je suppose que tu te remémorais la deuxième révélation ? dit-il en me faisant un signe de tête.

— Oui.

— Que dit-elle à propos d'une perspective

historique plus authentique qui formerait le cadre des relations entre individus ?

— Elle affirme que nous sommes en train de nous réveiller de notre obsession du monde matériel et profane vieille de cinq siècles et que nous voulons vraiment savoir quel est le but réel de la vie. »

Le visage de Wil s'éclaira d'un large sourire. « C'est vrai. Le Manuscrit déclare par ailleurs que quiconque maintient la synchronicité et garde présente à l'esprit la perspective de l'éveil sera guidé dans un flux de discussion consciente. Et, de ce fait, il fera partie intégrante du processus d'élaboration d'un consensus mondial destiné à découvrir la vérité de notre nature spirituelle.

— Ça risque de durer une éternité, non ? » demandai-je en regardant Wil.

Au lieu de me répondre, il m'indiqua d'un signe de tête le reste du Manuscrit que j'avais dans les mains. En commençant à le lire, je me rendis compte qu'il ne restait qu'une seule page, déchirée au bas et qui ne contenait qu'un unique paragraphe. Il affirmait que chaque personne qui est à l'écoute de l'authenticité de l'expérience synchronistique de son interlocuteur, tout en maintenant la vérité de sa propre expérience, contribue à construire une nouvelle vision du monde, plus véridique. Parce qu'elle respecte cette vérité en train de s'élaborer, cette personne exerce une influence particulière sur le monde. La seule chose à faire était de maintenir notre niveau d'énergie.

Je dressai l'oreille tout en me remémorant la

référence contenue dans le Manuscrit concernant le dernier groupe d'intégrations qu'il nous restait à découvrir et qui traitait de l'Émergence de l'Influence.

Je me tournai à nouveau vers Wil. « Cette influence se développe quand nous nous concentrons sur la vérité, non ?

— Nous le saurons après avoir découvert le reste de cette intégration », acquiesça-t-il d'un signe de tête.

En effet. Je n'en doutais pas. Nous n'en étions qu'à la deuxième intégration et pourtant tout se déroulait exactement comme l'avait prédit le Manuscrit. La première intégration nous avait montré qu'être ouvert à la synchronicité et dire la vérité aux autres facilitaient l'occurrence de ces mystérieuses coïncidences. Et la deuxième intégration semblait désormais affirmer que si chacun suivait cette voie, et demeurait donc pleinement conscient, nous découvririons ce que nous devions savoir. Le concept d'influence et la remarque cryptique sur le « maintien de notre niveau d'énergie » étaient les seules choses mentionnées qui n'étaient pas encore complètement élucidées.

Tout à coup, Wil gara le 4 × 4 sur le bas-côté de la route.

« À ton tour de conduire », me dit-il.

Je roulai vers l'ouest toute la matinée. Le bleu du ciel immense et la lumière éclatante du soleil brillaient sans discontinuer sur des centaines de kilomètres de champs de blé et de pâturages. Des heures d'affilée, je fixai l'horizon plat jusqu'au moment où je commençai à éprouver un léger ennui et une petite faim.

Juste avant midi, je m'arrêtai à une pompe à essence sur le bord de la route pour faire le plein. Incapable de résister, j'achetai à l'étal du magasin une tarte aux pommes sous plastique que je mangeai lentement tout en conduisant. Elle était succulente, peut-être trop, en fait. Vingt minutes plus tard, je commençai à avoir mal à la tête et je ressentis une soudaine perte d'énergie. Ce malaise dura plusieurs heures. Lorsque Wil finit par se réveiller, je lui racontai ce que j'avais fait.

« Soyons clairs : toi, le disciple de Blaylock, tu as mangé une tarte industrielle toute faite. Tu devrais avoir un peu plus de jugeote », me lança-t-il.

Je savais qu'il faisait allusion au problème des glutamates de sodium dénoncés par Blaylock. Les glutamates, substances qui s'apparentent aux glutamates de monosodium, sont issus du traitement de protéines et d'huiles ; ils sont souvent ajoutés aux aliments industriels pour leur donner plus de goût. Ils n'ont pas de saveur en eux-mêmes, mais dès la première bouchée, ils envoient au cerveau des signaux qui donnent la sensation de déguster l'aliment le plus savoureux du monde, bien qu'ils soient en fait de très mauvais ingrédients.

L'industrie alimentaire affirme qu'ils ne sont pas nocifs ; toutefois, selon certains spécialistes, il aurait été prouvé qu'ils provoquent des inflammations du cerveau et des dysfonctionnements d'autres organes contribuant à provoquer une multitude de maladies récentes telles que le diabète, la maladie d'Alzheimer et plus particulièrement l'obésité.

« Laisse-moi deviner tes symptômes. Sans doute, un petit mal de tête persistant, les yeux qui piquent, une baisse d'énergie et aucune envie de faire quoi que ce soit. Tout ça pour un petit moment d'euphorie gustative », déclara Wil.

Il hocha la tête. « Manger est l'un des comportements les plus obsessionnels du monde moderne. Si la nourriture est la distraction que tu préfères pour te sentir bien, il faut qu'elle soit vraiment bonne, non ? Sinon, ça ne te procurera pas ce sentiment d'apaisement et de satisfaction qui se produit quand les récepteurs des glutamates sont activés dans ton cerveau. Avec les glutamates, les industriels de l'agroalimentaire ont trouvé une manière artificielle d'y parvenir.

« Le gros problème, poursuivit-il, n'est pas seulement leur impact sur la santé. C'est aussi la façon dont ils affectent ta conscience. Tu ne peux pas maintenir un haut niveau spirituel et énergétique si tu es drogué. »

Il s'interrompit et me regarda.

« Qu'est-ce qu'il y a ? lui demandai-je.

— Le Manuscrit affirme qu'il est très important de maintenir notre niveau d'énergie pour développer notre influence.

— Oui, je m'en souviens. »

Il me jeta un coup d'œil et surprit mon regard.

« La nourriture est le premier niveau d'énergie qui pénètre dans notre conscience ; elle joue donc un rôle fondamental si l'on veut réussir à mieux maîtriser notre vie. Le plus drôle, c'est qu'une nourriture saine, c'est-à-dire des aliments biologiques purs et frais, stimulent les mêmes récepteurs du cerveau et nous procurent autant d'euphorie que les glutamates, mais de manière *naturelle*, sans faire retomber notre énergie. Sais-tu que la majorité des gens n'ont jamais goûté un légume frais qui vient juste d'être ramassé ? La plupart des aliments que nous achetons dans les supermarchés datent de plusieurs semaines et n'ont aucune valeur nutritive. »

Wil s'arrêta soudain de parler et fixa la partie supérieure de la bretelle de sortie que nous étions en train de dépasser. Il fit un signe de tête.

« Qu'est-ce qui ne va pas ? lui demandai-je.

— Il y a un 4×4 garé sur cette sortie. J'ai constaté la même chose la nuit dernière.

— Tu penses qu'ils continuent à nous suivre ?

— Pas à nous suivre. À nous observer. Ils doivent nous repérer par satellite, ou par d'autres moyens.

— Quoi ? Ça voudrait dire qu'ils ont des appuis haut placés au sein du gouvernement.

— C'est ça. Mais, au moins, ils n'ont pas l'air de vouloir nous interpeller. Ils auraient très bien pu le faire dès le lever du jour. Pour une raison que j'ignore, ils veulent seulement savoir où nous allons.

— Tu penses que c'est le Manuscrit qui les intéresse ? repris-je en regardant Wil droit dans les yeux.

— On dirait bien », acquiesça-t-il en hochant la tête.

Nous ne parlâmes pas beaucoup durant le reste de la journée. À certains moments, notre sécurité m'inquiétait, mais je réussissais à chasser cette crainte et à retrouver mon attitude d'anticipation de la synchronicité. En cet instant précis, j'estimai que la recherche du Manuscrit constituait la seule solution, celle qui allait nous occuper pendant un bon moment. Quant à Wil, son souci extrême de trouver des aliments sains me parut être le seul effet que cette quête exerçait sur lui.

« Ton malaise a été un rappel à l'ordre », me confia-t-il.

Chaque fois que nous nous arrêtions pour prendre de l'essence, il demandait où se trouvaient les magasins bio et les marchés paysans ; c'est ainsi que nous pûmes nous approvisionner dans plusieurs d'entre eux. Au moment des repas, nous quittions la route pour nous garer dans un parking de camions et allumions le camping-gaz que Wil transportait toujours dans son sac à dos. En un quart d'heure, nous préparions suffisamment de légumes cuits à la vapeur pour faire un repas à la fois excellent et nutritif. Au bout de vingt-quatre heures de ce régime, je ressentis une incroyable énergie et j'avais les idées très claires. Ma vision avait même gagné en acuité.

Nous atteignîmes Albuquerque à la nuit tombée et nous pénétrâmes discrètement dans un garage fermé qui appartenait à un ami de Wil afin de passer au peigne fin le véhicule et toutes nos affaires pour vérifier si l'on n'y avait pas dissimulé à notre insu des appareils de surveillance électronique. Il n'y en avait pas. Nous passâmes ensuite la nuit dans un petit hôtel, à proximité du garage ; nous réglâmes la note en liquide. Le lendemain matin, nous nous levâmes de bonne heure pour rouler jusqu'en Arizona.

Vers midi, nous remarquâmes de nouveau les mêmes voitures ; en milieu d'après-midi, lorsque nous prîmes la sortie pour Sedona, nous dépassâmes un 4 × 4 garé bien en vue sur le bas-côté de la route.

« Ils veulent que nous les voyions, observa Wil.

— Qui sont ces gens ? lui demandai-je.

— Je ne sais pas. Mais on peut parier qu'ils ne vont pas tarder à nous le dire. »

Je me contentai de hocher la tête, en essayant de me concentrer sur les Rochers Rouges que nous traversions. Pénétrer dans la région de Sedona nous rappelait immanquablement que certains endroits étaient d'authentiques lieux de pouvoir. Si votre esprit est suffisamment clair pour le percevoir, la traversée de la petite ville d'Oak Creek et la montée vers Sedona sont un voyage vers un monde supérieur.

C'est une expérience d'une vivacité et d'une clarté d'esprit extraordinaires : contempler les spectaculaires collines et les formations rocheuses qui ceinturent la ville modifie immédiatement votre perception. Le simple fait d'être dans ce lieu exacerbe les contrastes de tout ce qui vous entoure et fait littéralement exploser la fréquence de la synchronicité.

Nous roulâmes lentement le long de la rue principale qui menait aux quartiers résidentiels, tout en observant des touristes et les habitants de Sedona, mais aussi des gens de l'extérieur qui, à en juger par leur tenue et leur comportement, ne ressemblaient pas à des vacanciers. Ils avaient l'apparence de randonneurs professionnels qui, comme nous, semblaient à la recherche de quelque chose. Nous roulâmes tranquillement dans les quartiers résidentiels, attendant de voir ce qui pourrait se passer. À un certain moment, j'eus l'impression que j'allais rencontrer quelqu'un d'important. Mais rien ne se produisit.

Comme il ne nous restait plus de nourriture, je suggérai de rouler vers l'ouest, en direction du soleil couchant, et de nous arrêter à la New Frontier Grocery pour manger une salade. Arrivés là, au lieu de se garer, Wil me fit descendre de voiture et m'expliqua qu'il allait essayer de retrouver des amis hopis qui vivaient dans cette région. J'entrai et je commandai une salade pour moi et une autre à emporter pour Wil, puis je m'assis à une table, dans un coin, pour la manger.

J'avais presque fini quand mon attention fut attirée par quelqu'un près de l'entrée : c'était Coleman. Lors de notre discussion sur le parking des routiers, il n'avait pas mentionné qu'il se rendait à Sedona. Mais il était là, en personne, et se dirigeait droit vers moi comme un homme chargé d'une mission.

« Je vous ai vu entrer, me dit-il, en extirpant

une liasse de feuilles volantes de son porte-documents. Vous avez vu ça ? C'est une partie du Manuscrit dont vous m'aviez parlé. »

Je le feuilletai rapidement. Il s'agissait effectivement des mêmes passages concernant la deuxième intégration que j'avais déjà lus, mais il y avait dix pages supplémentaires que je n'avais pas vues auparavant.

« Où avez-vous trouvé ça ? »

Il hocha la tête et sourit d'un air étonné. « La nuit dernière, ça ne faisait pas dix minutes que j'étais arrivé que je suis tombé sur votre petite amie, Rachel.

— Ce n'est pas ma petite amie, protestai-je.

— C'était une façon de parler. Quoi qu'il en soit, nous étions dans le même hôtel. Un peu plus tard, je suis descendu dans le hall pour prendre une tasse de café et j'ai surpris une conversation entre deux hommes. En me rapprochant, j'ai compris qu'ils parlaient du Manuscrit. Je suis allé vers eux et je me suis présenté. Il s'est avéré qu'il s'agissait de deux scientifiques. C'est incroyable, non ? Ils étaient en train de discuter du même sujet que celui que nous évoquions hier : comment de vrais chercheurs peuvent-ils étudier le problème de la spiritualité ? Et ce n'est pas tout. Ils avaient en leur possession la première et la deuxième partie du Manuscrit qu'ils associaient à une ancienne Prophétie révélée il y a plusieurs années. »

Il s'esclaffa. « Vous pensez que j'ai pété les plombs, non ? Plus je parlais à ces types, plus je trouvais que nous avions des choses en commun.

Nous avons immédiatement sympathisé et nous avons fini par discuter jusqu'au milieu de la nuit. Et devinez quoi ? Très tôt ce matin, nous sommes allés faire une randonnée dans le désert et d'un seul coup, j'ai pigé ! J'ai compris que la synchronicité était un vrai phénomène et j'ai réussi à la maintenir. J'ai aussi compris que nous étions en train de nous éveiller pour explorer systématiquement notre nature spirituelle. Ils m'ont remis un exemplaire de la deuxième intégration. Je n'ai pas été surpris de vous revoir. »

Il débordait d'énergie et parlait à toute vitesse de son expérience de la synchronicité. J'eus un petit rire. C'était là l'effet Sedona typique dont tout le monde parlait.

« Allez-y. Lisez-le », me dit-il.

Je repris le texte à l'endroit où j'avais arrêté de lire l'exemplaire de Wil, et je découvris qu'il développait le même point, mettant l'accent sur l'importance de la discussion consciente comme moyen de promouvoir un nouveau consensus sur l'expérience spirituelle.

Il interrompit ma lecture. « Vous comprenez ce que ça signifie ? Ce texte n'emploie pas de mots précis, mais mes nouveaux amis chercheurs et moi sommes du même avis. Le Manuscrit nous exhorte à appliquer la méthode scientifique à notre quête personnelle de la vérité spirituelle. Tout ce qu'il nous demande de faire est ce que de véritables scientifiques font déjà.

« Cette approche nous a permis d'établir toutes les lois physiques fondamentales, de Thalès à

Newton jusqu'à Einstein et je comprends maintenant comment ce texte peut s'appliquer à l'expérience intérieure de la spiritualité. Considérez, par exemple, le phénomène de la synchronicité. Étant donné que tout le monde le vit de la même manière, on peut en discuter, comparer nos notes, et parvenir à un consensus sur son mode de fonctionnement. »

Je me contentai d'écouter, incapable de croire que je parlais à la même personne. Même les expressions les plus élémentaires de son visage avaient changé. Au lieu de continuer à désapprouver ou à dénigrer la spiritualité, il avait fait l'expérience de quelque chose qu'il ne pouvait expliquer en ayant recours à ses références antérieures, et il s'était brusquement éveillé, avec une incroyable rapidité.

« Écoutez, reprit-il, c'est grâce à vous que je me suis intéressé à tout ça. Si je ne vous avais pas adressé la parole au Pub, ou si vous ne m'aviez pas demandé comment la science pourrait faire des recherches sur la synchronicité et la spiritualité, j'aurais très bien pu ne jamais rien comprendre. Jusqu'au moment où je vous ai parlé à la pompe à essence, je n'avais pas la moindre intention d'aller à Sedona.

« Vous savez, poursuivit-il en me souriant, ma carrière de chercheur n'a pas vraiment été une réussite. Je n'ai jamais accepté de me taire. J'ai été congédié du MIT[1] parce que je me suis

1. Massachusetts Institute of Technology, l'une des plus prestigieuses universités des États-Unis. *(N.d.T.)*

opposé aux intérêts commerciaux des multinationales qui cherchaient à influencer les résultats des études. Me consacrer à une méthode d'investigation qui soit à la fois honnête et dédiée à la découverte de la vérité, c'est ce que j'ai toujours voulu faire. Vous m'avez vraiment influencé. »

L'« influence », encore ce mot, pensai-je.

Il fit un signe de tête en direction des pages que je tenais toujours à la main. « Cette dernière partie correspond exactement à quelque chose qui m'a fasciné depuis très longtemps, comme si mon passé de scientifique m'avait préparé à tout ça. »

Je le regardai avec étonnement.

« Le Manuscrit évoque une idée qu'Emmanuel Kant a défendue il y a plusieurs siècles : l'impératif catégorique », reprit-il.

J'acquiesçai. J'avais quelques notions de philosophie kantienne. Je savais que Kant était à l'origine de la phénoménologie, un courant philosophique qui enjoint aux penseurs de s'abstenir temporairement d'observer de façon habituelle un phénomène naturel donné, afin de l'examiner sous un autre angle. En fait, j'avais utilisé sa propre expression *mettre les hypothèses entre parenthèses* lors de ma précédente discussion avec Coleman. J'avais même entendu parler de cette idée d'impératif catégorique – qui consistait à vivre et à se comporter comme si d'autres personnes étaient contraintes de vivre et de partager les mêmes croyances que nous – car, selon Kant, c'est l'influence même que l'on exerce sur autrui.

« Le Manuscrit en parle-t-il ? lui demandai-je.

— Non, pas en termes kantiens, me répondit-il. Mais il dit la même chose. Avant de faire de grandes déclarations, on doit être non seulement sincère mais aussi prudent en parlant de ses convictions, sinon on risque d'entraîner les autres dans une mauvaise direction, précisément en raison de cette mystérieuse influence que l'on exerce sur les autres. Le Manuscrit affirme que nous devons nous confronter au fait que notre réalité personnelle est contagieuse. »

Il s'interrompit et me regarda. « Le Manuscrit déclare aussi qu'en premier lieu nous devons "nous prouver à nous-mêmes" que nos conclusions sur la spiritualité sont vraiment valides avant de les transmettre en tant que vérités. Étant donné que nous insufflons une connaissance spirituelle à notre réalité profane, notre approche doit avant tout se fonder sur la logique. »

Il se pencha vers moi et me dit à voix basse : « Vous savez qu'il y a plein d'idées tordues qui circulent ici, à Sedona. »

Je ris. Il avait parfaitement raison et certaines de ces idées farfelues étaient propagées par des charlatans avérés qui ne cherchaient qu'à se remplir les poches.

Mais, comme Coleman s'en rendait compte, l'impact même du lieu, les collines, les rivières et la beauté du paysage étaient aussi authentiques que la lumière du jour.

« Le Manuscrit affirme encore, poursuivit Coleman, qu'au moment où nous sommes intimement convaincus de l'authenticité de nos expériences spirituelles, nous devons les vivre pleinement, ouvertement, et en faire part à tous ceux qui nous entourent, parce que s'il existe réellement une influence – et j'en suis persuadé –, elle nous aidera tous à atteindre rapidement un niveau d'expérience supérieur. »

Il se leva brusquement. « Gardez cette traduction. J'en ai fait des copies, me dit-il.

— Attendez, répliquai-je. Comment pensez-vous que cette élaboration consciente du consensus va se dévoiler ?

— Elle va se construire comme tous les autres consensus scientifiques. Au fur et à mesure que l'on discutera de nos expériences et que l'on constatera qu'elles sont communes à tout le monde, on parviendra dans un premier temps à des terrains d'entente de plus en plus larges. Puis, ces observations se constitueront en principes plus généraux, tout comme ce fut le cas pour les théories de Newton et d'Einstein appliquées au monde physique. Nous parviendrons enfin à établir certaines lois qui régiront l'ensemble : les lois fondamentales et naturelles de la spiritualité. »

Sans ajouter un mot de plus, il gribouilla son numéro de portable sur la première page du Manuscrit, me fit un clin d'œil et se précipita vers la porte.

Lorsque Wil passa me prendre, j'étais allongé sur un banc près d'un bosquet de genévriers odorants, admirant les premières traînées roses du soleil couchant. En montant dans la voiture, je vis le soleil s'enfoncer derrière de vaporeuses nuées flottant à l'horizon, et s'embraser dans un flamboiement écarlate qui teintait les bancs de nuages d'orangé et d'ambre foncé.

La beauté de l'instant était saisissante. Autour de nous, les sommets ciselés des falaises, les petits commerces de l'autre côté de la rue, chaque nuage du ciel : tout était nimbé d'une aura dorée. Les gens s'arrêtaient sur les trottoirs ou garaient leurs voitures sur le bas-côté de la route pour observer le spectacle.

Encore un de ces couchers de soleil magiques de Sedona, pensai-je tout en jetant un bref coup d'œil à Wil assis derrière le volant. Il m'adressa un grand sourire et je lui suggérai alors de nous rendre jusqu'au tourbillon[1] de l'Aéroport pour contempler la spectaculaire apothéose du couchant. Wil hocha la tête en signe d'assentiment ; dix minutes plus tard, nous gravissions une formation rocheuse de forme cylindrique, située près du tourbillon. Elle s'aplanissait au sommet, formant une plate-forme rocheuse circulaire d'un diamètre de douze mètres.

Pendant un long moment, nous ne fîmes que contempler et absorber l'énergie de la lumière. Je ne pus m'empêcher de réfléchir aux croyances qui entourent Sedona. Nombre de gens pensent qu'il y a dans les environs de cette petite ville

1. La région de Sedona est connue dans le monde entier pour ses extraordinaires tourbillons, ou vortex, qui sont si fréquents et si prévisibles que les gens leur ont attribué des noms propres. *(N.d.T.)*

des endroits particuliers qui incitent à l'élévation spirituelle. Certains tourbillons sont de dimensions imposantes, comme celui que nous contemplions. Une demi-douzaine d'entre eux ont été répertoriés et identifiés.

Selon la légende, non seulement ces grands tourbillons ponctuent le paysage de Sedona, mais d'autres lieux de pouvoir, moins importants, seraient cachés dans les ravins et les mesas environnants, attendant d'être découverts par un simple randonneur qui aura choisi par hasard de s'asseoir à proximité. D'après ces croyances, il existe un tourbillon « personnel » qui attendrait quiconque se rend à Sedona, un endroit qui lui serait propre où il pourrait atteindre un niveau de conscience supérieur et être promis à un plus grand destin. La seule chose à faire est de se promener dans les alentours jusqu'à découvrir ce lieu.

En constatant la clarté avec laquelle Coleman envisageait désormais la vie, je me demandai s'il n'avait pas déjà découvert le sien.

Je souris en regardant fixement l'horizon. Ici, près du tourbillon de l'Aéroport, on sentait qu'il fallait se détacher de toutes ses inquiétudes, s'imprégner de ce que l'on peut simplement décrire comme une énergie de soutien, curative, un sentiment de contentement et de sécurité totale. Je m'appuyai contre les rochers, me laissant aller – n'ayant aucun désir d'être ailleurs qu'en cet endroit, à ce moment précis, baigné par la lumière rougeoyante.

Nous observâmes le soleil s'enfoncer puis disparaître sous la ligne d'horizon, diffusant alors une lumière jaune pâle, puis gris clair. Je jetai un bref coup d'œil à Wil. Il fit un signe de tête, puis se leva et nous commençâmes à descendre la colline. Tout en marchant, je racontai à Wil ma rencontre avec Coleman et ma lecture du reste de la deuxième intégration.

« J'ai rencontré mes amis hopis. Ils m'ont aussi montré cette partie de la deuxième intégration, m'annonça-t-il.

— Que penses-tu de cette idée d'établir un nouveau consensus sur la spiritualité ? Coleman m'a affirmé qu'il avait l'intention d'y contribuer. »

Wil s'arrêta et me poussa vers le bord de la piste : un groupe de gens en train de monter allait nous croiser. Plusieurs d'entre eux nous dévisagèrent, comme s'ils se demandaient si le fait de nous voir en ce lieu constituait un événement synchronistique. Nous répondîmes à leurs sourires, acquiesçant d'un signe de tête. Ils poursuivirent leur chemin.

« Je pense que beaucoup de gens savent, me dit-il, que la synchronicité nous rassemble pour accomplir quelque chose d'historique. Le monde court au désastre, mais nous pouvons y remédier si nous demeurons alertes et gardons présente à l'esprit notre perspective historique. Nous devons nous tenir éveillés et aider les autres à le rester. »

Alors que Wil me regardait d'un air déterminé, je me sentis, à ce moment précis, porté dans la clarté de la deuxième intégration. Je me demandai combien de gens autour de moi avaient éprouvé cette même accélération. Étions-nous déjà en train de nous influencer mutuellement pour nous ouvrir à la discussion consciente et à la mystérieuse influence de Kant ? Et si c'était le cas, où notre conscience allait-elle nous mener ?

« Que dit la troisième intégration ? Tes amis hopis en ont-ils entendu parler ? » lui demandai-je.

Il hocha la tête et un grand sourire se dessina sur son visage. « Oui. Ils la connaissent très bien, même s'ils n'en ont pas d'exemplaires. Elle affirme que lorsque certains hommes, quelle que soit la culture dont ils sont issus, commencent à s'éveiller et à tenir des discussions conscientes, ils découvrent rapidement les "principes" spirituels clés inhérents à la structure de l'univers.

— Vraiment ? m'exclamai-je. C'est ce qu'a deviné Coleman. Il a dit que nous allions découvrir les lois de notre nature spirituelle. Tes amis t'en ont-ils parlé ? »

Wil reprit la descente de la colline. « Oui. La troisième intégration affirme que ces lois ont déjà été découvertes. Afin d'avancer, nous avons seulement à en établir la véracité dans nos propres vies, puis à nous "aligner" sur elles. Elle affirme également que, durant cette phase, nous aurons des motivations supplémentaires de le faire.

— Quel genre de motivations ?

— Nous devrons nous "aligner", répéta-t-il, car c'est la seule façon d'éviter un autre développement : l'accélération du karma. »

Se mettre dans l'alignement

Je fus réveillé par Wil qui frappait à la porte de ma chambre d'hôtel. La veille, nous avions roulé jusqu'à l'hôtel Bell Rock ; après avoir terminé les formalités d'enregistrement, j'étais allé me coucher un peu avant onze heures. Je m'attendais à un départ de bonne heure le lendemain, mais pas aussi matinal. Je jetai un bref coup d'œil au réveil près de mon lit : une heure du matin.

« Réveille-toi », murmurait Wil à travers la porte au moment où je l'ouvris. Il se précipita à l'intérieur et me tendit un gros sac à dos, des vêtements neufs et des bottes.

« Pourquoi tu me donnes tout ça ? » lui demandai-je, encore ensommeillé.

Wil s'avança jusqu'à la fenêtre et observa le parking en contrebas où était garé mon 4 × 4.

« Jette un coup d'œil », me dit-il en pointant le doigt dans cette direction.

Je plissai les yeux pour mieux voir dans la faible lumière.

« Qu'est-ce qu'il y a ?

— Nos amis sont de retour. Ils sont dans la rue, derrière ta voiture. »

Il me fallut quelques secondes pour repérer un 4 × 4 bien caché derrière des arbres. Un groupe de plusieurs hommes se tenait à côté du véhicule. L'un d'entre eux avait un récepteur radio à la main et regardait dans notre direction.

« Oui, je les vois.

— J'ai comme l'impression qu'ils sont sur le point de faire quelque chose, commenta Wil en hochant la tête. Enfile ces nouveaux vêtements, laisse les tiens et tes chaussures dans la chambre. Quelqu'un a peut-être placé un mouchard dans nos affaires depuis que nous sommes arrivés ici.

— Attends, lui dis-je. On est au beau milieu de la nuit. Qu'est-ce que tu comptes faire ?

— Il faut les semer à nouveau, ce qui veut dire qu'on doit laisser ton véhicule ici. Ne t'inquiète pas. Les Hopis jetteront un œil dessus. Selon la rumeur, il y a un groupe de gens qui campent dans le haut du canyon Boynton et qui possèdent d'autres parties du Manuscrit. Nous devons mettre la main sur la troisième et la quatrième intégration le plus vite possible et surtout ne pas courir le risque d'être retenus. Il faut nous enfoncer davantage dans ces étendues désertiques. »

Wil m'aida à empaqueter mes nouvelles affaires tout en inspectant chaque chose que je mettais dans mon sac à dos. Je connaissais la région du canyon Boynton, lequel était considéré comme un lieu sacré et possédait de nombreux vestiges des Indiens d'Amérique. J'avais tenté à plusieurs reprises d'y effectuer une randonnée, mais j'avais toujours décidé de revenir sur mes pas au terme d'une brève marche. Ce lieu avait quelque chose de sinistre.

« Le canyon est très étroit à certains endroits. Une fois dedans, on pourrait facilement être coincés », répliquai-je à Wil.

Il me lança l'un de ses regards lourds de détermination. « Il y a des points de sortie, à condition de savoir où ils se trouvent. »

Je connaissais suffisamment Wil pour savoir qu'il n'était pas d'humeur à plaisanter. Si j'en croyais l'expression de son visage, il n'appartenait qu'à moi de décider de ma conduite. Je pouvais y aller ou non. Et il ne verrait aucun inconvénient à me planter là.

« Les Hopis considèrent ce canyon comme un lieu de purification. C'est peut-être l'endroit idéal pour comprendre l'"alignement" et le karma », finit-il par dire.

Je le regardai encore un moment, constatant qu'il venait de mentionner le karma pour la seconde fois, avant de lui annoncer : « D'accord, allons-y. »

Nous rassemblâmes le reste de nos affaires, puis nous nous faufilâmes par la porte de derrière et nous longeâmes la lisière du parking plongé dans l'obscurité, avant d'atteindre les arbres. Puis Wil nous mena dans le noir vers un autre parking où une vieille Mercedes diesel, qui exhalait une odeur d'huile de cacahuète, nous attendait. L'homme au volant était de petite taille, musclé, avec de longs cheveux noirs. Je montai dans le véhicule le plus discrètement possible ;

je tentai d'identifier l'odeur. Puis je compris de quoi il s'agissait. La voiture marchait au biocarburant, fait à partir d'huile de friture recyclée.

« C'est Wolf. Mon vieil ami hopi », déclara Wil en me présentant au chauffeur.

Wolf semblait avoir la cinquantaine, mais ses yeux perçants, couleur d'ambre clair, en tous points semblables à ceux d'un vrai loup[1], étaient ceux d'un homme plus jeune. Il me fit un sourire et hocha la tête.

Personne n'échangea un mot tandis que Wolf s'engageait dans une série de rues, avant de refaire le parcours en sens inverse, pour vérifier si personne ne nous suivait. Nous nous arrêtâmes même un certain moment, tous feux éteints, pour nous en assurer. Lorsque la situation nous parut sûre, nous prîmes une rue qui se faufilait à travers un pâté de maisons avant de rejoindre la route principale qui, à la sortie de la ville, filait vers l'ouest.

« Tu ferais mieux de te concentrer », lâcha Wil avant de se détourner.

Je savais exactement ce qu'il voulait dire. J'inspirai profondément et je me rappelai à quel stade du processus nous étions parvenus. L'attente de la synchronicité étant désormais profondément ancrée en moi, je me concentrai sur le fait de maintenir présente à l'esprit la vérité d'une perspective historique plus vaste. Je me sentis immédiatement plus conscient et plus

1. Jeu de mots sur le terme anglais *wolf* qui signifie « loup ». *(N.d.T.)*

alerte, comme si je me tenais juste à la lisière des événements qui allaient se dérouler.

Au bout de quelques kilomètres, Wolf s'arrêta lentement près du début de la piste menant au canyon Boynton. À notre grande surprise, nous découvrîmes des dizaines de voitures garées le long de la route. Wil et Wolf échangèrent un bref regard. Tandis que nous rassemblions nos affaires, Wil me tendit une torche tout en m'enjoignant de faire attention aux crotales.

Wolf rit et se rapprocha.

« Souviens-toi, murmura-t-il, que les canyons sont des lieux de purification, mais que les montagnes sont des endroits où découvrir la *Vision.* »

J'étais sur le point de lui demander ce qu'il voulait dire par là, mais Wil me fit signe de le suivre. Tandis que Wolf démarrait, nous nous engageâmes dans le canyon. Au bout de deux kilomètres, je me rapprochai de Wil pour lui demander : « Est-ce qu'il y a une grande montagne près d'ici ? »

Wil s'arrêta brusquement et se tourna vers moi.

« Pourquoi tu demandes ça ?

— Wolf en a parlé.

— Il y a une vaste région sauvage qu'on appelle la Montagne Secrète, à quelques kilomètres au nord. »

Il continua à marcher devant moi puis se retourna et ajouta : « Il y a un aspect de Wolf que tu dois connaître : il sait souvent ce qui va se passer. »

J'avais entendu parler de la Montagne Secrète

mais je n'avais jusque-là qu'une idée imprécise de son emplacement. Ce qui était certain, c'était qu'elle était située dans une immense étendue sauvage. Je me rendis compte qu'il nous faudrait attendre pour comprendre ce que Wolf avait voulu dire mais, étrangement, cela ne me dérangeait pas. Notre fuite soudaine dans cette zone isolée aurait dû m'inquiéter, mais plus nous nous y enfoncions, plus mon énergie s'accroissait. Au lieu de ressentir de la crainte, comme la dernière fois que j'étais venu dans ce canyon, j'éprouvais maintenant l'émotion opposée : le sentiment d'être, d'une certaine manière, revenu au bercail, confiant dans le fait que tout ce qui pourrait arriver ici serait bénéfique.

Nous avancions désormais dans un terrain planté de genévriers et de *mesquites*[1], parsemé d'énormes blocs de pierre rouge et d'affleurements rocheux. Le ciel, constellé de lumineuses étoiles, rendait nos torches presque inutiles.

« Pourquoi les Hopis croient-ils que ce lieu accroît la purification ? demandai-je à Wil.

— À cause de son impact. Il rejette toute personne qui n'est pas prête à accepter une découverte capitale, quelle qu'elle soit. Mais si tu *es* prêt, le pouvoir de ce lieu te vient en aide.

— Tu veux dire, au niveau de l'énergie ?

— Oui. Selon la légende, si tu t'aventures suffisamment loin, au moins de quelques kilomètres à l'intérieur, tous tes présupposés sur la vie sont

1. Prosopis. Arbustes et arbres, proches des mimosas et acacias, poussant au Mexique et aux États-Unis. *(N.d.T.)*

inévitablement mis à l'épreuve et ça t'oblige à reconsidérer la façon dont tu avances dans ce monde. Encore une fois, il me semble parfaitement évident que nous sommes guidés vers ce canyon pour étudier les lois de la spiritualité.

« Tout ça est destiné à aider les gens affectés par la crise économique. Au cours de cette période matérialiste, nous avons tendance à penser que nous subvenons à nos besoins grâce à notre savoir et à notre raison. Si tu utilises ta cervelle et si tu travailles dur, tu peux réussir dans la vie ; c'est du moins l'hypothèse généralement admise.

« Mais en fait, chacun sait qu'il y a des impondérables qui entrent en jeu et qui déterminent qui réussit ou non. Tu peux être aussi rationnel et dur à la tâche que ton voisin sans réussir aussi bien que lui. Nous n'avons jamais compris pourquoi certaines ont de la chance dans cette vie et d'autres n'en ont pas, et nous sommes sur le point d'y parvenir. »

Il s'arrêta tout à coup et regarda fixement une plate-forme naturelle, au-dessus de la piste, sur la droite.

« Allons là-haut pour installer notre campement et dormir un petit peu avant l'aube », dit-il.

Après avoir gravi la piste jusqu'à ce replat, nous montâmes les deux tentes en quelques minutes, nous mîmes nos provisions dans un sac que nous accrochâmes à une grosse branche avec une corde afin de les protéger. Un peu plus tard, une autre question me vint à l'esprit.

« Tu penses que l'élément manquant est cette question d'alignement ?

— D'après mes amis hopis, la troisième intégration affirme qu'au cours de la période de transition, comme celle que nous traversons, alors que les économies sont chancelantes et que les gens se comportent comme des fous, une nouvelle façon de subvenir à nos besoins nous sera révélée, répondit Will en hochant la tête avant de se glisser dans sa tente. On verra bien ce qui se passera demain. »

Le lendemain matin, je fus réveillé par le bruit de grosses branches que l'on cassait et les hurlements de Wil. J'enfilai mes bottes et je regardai à travers le rabat de la tente. Le jour se levait à peine et Wil courait vers l'arbre où nous avions attaché nos provisions. En arrivant près de cet arbre, je constatai que la grosse branche était cassée et que le sac contenant nos provisions avait disparu.

« Tu l'as vue ? me demanda Wil en pointant du doigt le sommet de la pente. Elle était énorme.

— Non », lui répondis-je.

Nous regardâmes tout autour de nous, avant de découvrir de larges empreintes.

« C'est étrange, remarquai-je. Je ne pensais pas qu'il y avait encore de gros ours par ici. »

Non loin de là, plusieurs paquets d'aliments déshydratés étaient éparpillés sur le sol, tombés du sac que l'ourse avait traîné dans sa fuite.

« On pourrait suivre ses traces et essayer de

récupérer une partie de nos provisions », proposai-je, après avoir ramassé ce qui en restait.

Wil se contenta de me regarder ; je savais ce qu'il pensait. Ce n'était pas une très bonne idée. Nous n'étions pas armés et c'était une grosse ourse qui avait peut-être un jeune ourson à ses côtés.

Nous revînmes vers nos tentes. Wil sortit son camping-gaz et commença à préparer l'un des sachets lyophilisés. L'air était assez frais ; il tombait une petite pluie fine.

« Le problème maintenant, c'est de savoir ce qu'on fait. Sans nourriture, il faut prendre une décision. Nous aurons sans doute à passer pas mal de jours dans ces étendues sauvages. Nous avons besoin de provisions. Mais, si nous rebroussons chemin pour nous approvisionner, nous risquons de tomber sur les types qui nous suivent.

— Quel choix avons-nous ? lui demandai-je.

— On pourrait continuer. Aller jusqu'au bout.

— On ne peut pas rester ici sans nourriture », objectai-je.

Wil se contenta de me regarder. « Eh bien, c'est un défi. Mais est-ce que ce n'est pas exactement la même chose qui se produit partout dans le monde ? Réfléchis. Des millions de gens font face à la même situation. Un jour, ils vont à leur travail, apprennent qu'ils ont été congédiés et, tout à coup, ils n'ont plus d'argent pour acheter à manger. Ils sont dans la même situation que nous maintenant ; c'est encore pire dans leur cas.

— Mais comment va-t-on se nourrir ? Tu n'aurais pas des amis hopis dans les parages ?

— Non, me répondit-il. Ils sont déjà à la recherche de la quatrième intégration, plus au nord. Pour manger, nous devrons compter sur des gens de passage.

— Ça ne va pas être facile, commentai-je en le regardant du coin de l'œil.

— Non. Mais, en fait, est-ce qu'on ne compte pas tous les uns sur les autres ? On est tous dans les affaires, d'une façon ou d'une autre, non ? Même si on travaille pour le gouvernement, on ne peut pas survivre si les autres n'achètent pas ce qu'on leur vend ou s'ils n'ont plus besoin de nos services. D'une certaine manière, on doit tous compter sur la chance. Si le monde ne te sourit pas, si tu n'as pas de chance, alors tu as de gros problèmes. Et c'est surtout à une époque comme la nôtre que l'on comprend que l'on est complètement dépendants d'inconnus qui, de fait, arrivent par hasard et nous donnent à manger. »

Personne ne m'avait jamais dit les choses de manière aussi directe, mais je savais que Wil avait raison. Pour le dire crûment : nous dépendons toujours du bon vouloir d'autrui.

« Nous pouvons donc supposer qu'il existe des principes ésotériques à l'œuvre derrière les apparences, et qui déterminent si des gens vont ou non se manifester, des règles que nous pouvons pressentir et sur lesquelles nous devons nous aligner. Je te dis tout ça parce que c'est exactement ce qu'affirme la troisième intégration, poursuivit Wil.

— D'accord. Voyons comment ça va se passer », conclus-je.

En quelques minutes, nous avions avalé notre soupe, mis nos tentes et notre eau dans nos sacs à dos, et repris notre montée. Au bout d'un moment, Wil se retourna et me regarda.

« Il y a quelque chose d'autre. Souviens-toi que d'autres cultures ont connu dans le passé le même éveil que celui que nous vivons aujourd'hui. Ces cultures étaient plus circonscrites et relativement isolées, pourtant elles ont toujours découvert les mêmes principes spirituels fondamentaux à l'œuvre dans l'univers. »

Je courus pour le rattraper. « Tu es sûr que la troisième intégration va nous révéler le contenu de ces lois ?

— Oui. On connaît les lois fondamentales. Les Hopis m'ont dit que certains aspects de ces principes ne sont pas encore totalement élucidés. De plus, il est essentiel que leur validité soit éprouvée dans nos vies mêmes avant de devenir crédibles. Mais nous savons effectivement ce que sont ces lois fondamentales, à commencer par celle que nous avons déjà expérimentée.

— Laquelle ?

— La Loi de la Vérité. Nous avons recours à elle pour maintenir notre synchronicité et elle contrôle nos discussions conscientes. Rappelle-toi simplement qu'il est facile de demeurer dans la vérité quand le flux de synchronicité est là pour t'aider. Il est beaucoup plus difficile de maintenir cette habitude lorsque les enjeux économiques deviennent très importants. »

Tout à coup, j'aperçus dans le lointain deux personnes qui marchaient le long de la piste devant nous.

« Il y a des gens plus haut », fis-je remarquer à Wil.

Nous pressâmes le pas jusqu'au moment où nous pûmes les voir distinctement. Deux hommes en tenue de randonneurs, portant des chapeaux à larges bords et de gros sacs à dos de marque, avançaient côte à côte.

« Qu'en penses-tu ? demandai-je à Wil en lui jetant un coup d'œil.

— Ils m'ont l'air bien. Je crois qu'il n'y a pas à s'inquiéter, répliqua-t-il en haussant les épaules.

— D'accord, lui répondis-je, estimant pour je ne sais quelle raison que je devais m'occuper de ce problème. Je vais devant pour voir si on peut leur acheter un peu de nourriture. »

Wil sembla légèrement surpris que je prenne cette initiative, mais il sourit et hocha la tête en signe d'acquiescement.

Je savais que les campeurs étaient généralement des gens extrêmement gentils et serviables. J'étais sûr que tant que je n'aurais pas l'air menaçant, ils seraient prêts à partager leurs provisions. Lorsque j'arrivai à leur hauteur, ils se retournèrent vers moi. Je leur fis un grand sourire et je me présentai ; ils firent de même : Paul et David, venant de Californie. Je compris immédiatement que c'étaient des touristes et qu'ils ignoraient probablement tout du Manuscrit.

Ils se montrèrent d'abord très amicaux, mais juste au moment où je me concentrai pour aborder le sujet des provisions, ils me regardèrent avec méfiance et reculèrent.

« Écoutez-moi, leur expliquai-je. On a eu un ennui. On devait apporter des provisions à des amis qui campent un peu plus haut et elles ont été volées. Il faut qu'on les rejoigne au plus vite, c'est très important. » Je sortis mon portefeuille de ma poche en leur disant : « Peut-être avez-vous un excédent de nourriture que je pourrais vous acheter ?

— Il faut qu'on y aille, dit Paul qui commença à manifester des signes d'impatience.

— Il y a des gardes forestiers partout sur cette piste. Je suis sûr que l'un d'eux ne va pas tarder à venir », ajouta son ami David d'un ton bref.

Ils remontèrent la piste à vive allure, tout en se retournant comme s'ils pensaient que j'allais les poursuivre. Ils pressèrent le pas jusqu'au moment où je les perdis de vue.

Wil, l'air perplexe, s'approcha derrière moi.

« On dirait que les choses n'ont pas bien tourné. Que s'est-il passé ? » s'enquit-il.

J'étais tout aussi déconcerté que lui, et je lui répétai la conversation mot pour mot. Il hocha la tête en souriant. Lorsque j'en arrivai au moment où je leur avais dit que nos provisions avaient été volées et que nous en avions besoin pour les remettre à des amis, Wil eut une moue désapprobatrice. Je me sentis embarrassé, mais je justifiai ce bobard en lui disant que j'avais craint qu'ils nous prennent pour des fous ou des déséquilibrés parce que nous n'étions pas revenus sur nos pas pour acheter des provisions.

Wil me regarda fixement, en silence, secouant la tête en signe d'incrédulité. À ce moment-là, je pris conscience de l'état de faiblesse et de nervosité dans lequel j'étais. J'avais perdu ma clarté d'esprit et ma concentration.

« Nous étions justement en train de parler de l'importance de dire la vérité, fit remarquer Wil.

— Je suppose que j'ai voulu faire le malin, lui répondis-je. Et ça m'a joué un sale tour. »

Il me regarda avec bienveillance. « Lorsque tu accrois, en toute authenticité, ta clarté d'esprit et ton énergie, alors les conséquences des mensonges que tu fais peuvent être assez désastreuses. C'est une catastrophe immédiate. »

Je fis quelques pas et allai m'asseoir sur un rocher ; Wil me rejoignit.

« Écoute, ajouta-t-il, c'est l'effet du canyon. Il intensifie toute chose. Ça n'a pas marché, mais ce qui s'est passé est néanmoins un événement synchronistique utile. Comprends simplement ce qu'il te montre. À l'époque moderne, nous avons déformé la vérité au profit d'une recherche obsessionnelle du gain personnel ou pour atteindre un objectif politique. C'est pourquoi, en nous éveillant, nous voyons partout la corruption et l'avidité.

« Mais comme tu peux le constater, quand nous atteignons des niveaux de conscience plus élevés, aucun mensonge ou distorsion des faits ne fonctionne plus. La Loi de la Vérité est absolue. Si nous ne demeurons pas sincères, au plus près de notre conscience, tout le monde en est affecté : nous-mêmes, parce que notre clarté d'esprit et notre énergie s'effondrent ; et les autres car nous sommes incapables de les faire bénéficier de la vérité et de l'influence positive que nous exerçons. »

Il se releva et redescendit la piste ; je le suivis.

Il ajouta : « Ce qui nous mène au principe spirituel suivant dont les Hopis m'ont parlé : la Loi de la Connexion. »

À ce moment précis, nous aperçûmes un groupe de gens devant nous. En nous approchant, nous constatâmes qu'ils regardaient tous dans la même direction, dans la profondeur du canyon. Puis nous comprîmes l'objet de leur attention : le bruit d'un hélicoptère dans le lointain.

Wil me lança un regard, et nous nous approchâmes lentement de l'endroit où se trouvait le groupe. De là, nous pouvions voir l'hélicoptère planer à quelques centaines de mètres au-dessus de nous. Il s'immobilisa quelques instants, puis descendit lentement jusqu'au sol et coupa les moteurs.

« Ce n'est pas un hélicoptère pour touristes. C'est un appareil militaire », murmura Wil en se penchant vers moi.

Certains, apparemment des touristes, reprirent leur marche avec désinvolture. Mais un groupe, formé d'une douzaine d'hommes d'origines culturelles différentes, resta en retrait. Quelques-uns étaient, de toute évidence, européens et américains, mais à en juger d'après leur façon de parler, la plupart semblaient venir de l'étranger, probablement du Moyen-Orient. Tandis qu'ils se déplaçaient, je distinguai également deux femmes parmi eux.

L'une d'elles se retourna pour nous faire face ; je la reconnus immédiatement. C'était Rachel, la femme que j'avais vue au Pub. Elle s'éloigna alors et commença à s'entretenir avec l'autre femme dans une langue qui semblait être de l'hébreu. Tandis que je les observais, je sentis monter en moi la même émotion pour Rachel que celle que j'avais connue auparavant.

Au moment où Wil me saisit par l'épaule, je détournai rapidement le regard. La plupart des hommes qui composaient le groupe de Rachel nous avaient surpris en train de les observer et nous dévisageaient avec insistance.

« Avançons », murmura Wil.

Nous nous enfonçâmes plus profondément dans le canyon, soucieux de maintenir une distance avec ces hommes. Tandis que nous nous éloignions, je les observai du coin de l'œil, et je constatai qu'ils nous lançaient des regards furieux. Lorsque nous disparûmes totalement de leur champ de vision, Wil quitta précipitamment le chemin et obliqua vers la droite.

« Je pense qu'il faut sortir de cette piste », conseilla-t-il. Il nous fit gravir une pente abrupte sur une centaine de mètres jusqu'à un gros affleurement rocheux derrière lequel nous nous accroupîmes. Là, j'eus l'impression d'être plus à l'abri, même si nous apercevions une partie de la piste principale en contrebas, à travers les pins et les genévriers rabougris. Derrière nous, se dressait la face est du canyon.

Je confiai à Wil que j'avais vu Rachel.

« Vraiment ? s'exclama-t-il. C'était bien elle ? Je me demande qui sont les gens qui l'accompagnent.

— Ils n'avaient pas l'air très sympathiques », fis-je remarquer.

Nous attendîmes un long moment ; beaucoup de randonneurs descendaient encore la piste. Comme aucun bruit d'hélicoptère ne nous parvenait, j'en conclus qu'il devait toujours être à l'endroit où il s'était posé. Le problème était de savoir qui était à l'intérieur. Et où se trouvaient maintenant ses passagers ? Faisaient-ils partie du groupe qui nous avait suivis ?

« Écoute, je pense que tu dois comprendre ce que les Hopis m'ont dit sur la Loi de la Connexion, me dit Wil au bout d'un certain temps.

— D'accord.

— Tu m'as dit que ces deux types auxquels tu avais demandé de la nourriture tout à l'heure avaient commencé à s'éloigner de toi avant même que tu ne leur adresses la parole.

— C'est vrai.

— Est-ce que tu sais pourquoi ?

— Pas vraiment.

— C'est à cause de la connexion que nous

avons les uns avec les autres. Elle est intégrée dans nos cerveaux. Le Manuscrit affirme que nous percevons ce que les autres ressentent et pensent parce que nous sommes tous connectés les uns aux autres. Il déclare en outre qu'au fur et à mesure que nous progresserons dans les intégrations, nous développerons davantage cette faculté. Mais chacun d'entre nous possède déjà cette perception de base.

— Tu es en train d'insinuer qu'ils avaient senti que je n'allais pas leur dire la vérité ? Je n'avais pas l'intention de leur nuire. Je voulais les rétribuer en échange de leurs provisions. J'ai juste omis quelques détails. »

Il fit non de la tête. « Ils ne connaissaient sûrement pas tes intentions exactes. Ils percevaient seulement ce que tu ressentais, et comme le mensonge que tu envisageais de faire t'a vidé de ton énergie, eux aussi ont ressenti cette baisse d'énergie, ce qui les a plongés dans un état de confusion et d'incertitude. Pour eux, ça a été le signal inconscient que quelque chose n'allait pas, et que tu préparais probablement un mauvais coup. Ils ont donc pris leurs distances. »

Il marqua une pause, comme pour laisser ses mots pénétrer mon esprit.

« Et cette sensibilité s'accroît au fur et à mesure que notre conscience se développe elle aussi, poursuivit Wil. L'humanité est en train d'atteindre le point où il vaut mieux ne pas mentir, même de façon minime, parce que si tu mens, il y aura de plus en plus de gens qui seront capables de le percevoir. D'ici peu, raconter des mensonges ne marchera plus. »

Nous fûmes de nouveau interrompus ; nous remarquâmes d'autres groupes qui empruntaient la piste principale en contrebas.

« Il y a beaucoup de gens qui viennent dans ce canyon, me dit Wil, soudain soucieux. Nombre sont équipés pour faire du camping de longue durée, mais ils n'ont probablement pas de permis. Ils vont finir par se faire repérer par les gardes forestiers. Il nous faut obtenir toutes les informations possibles avant qu'ils ne nous repèrent. Déguerpissons.

« Ouvre l'œil, poursuivit-il en me regardant avec gravité. Fais bien attention à tout ce qui peut se passer. »

Nous redescendîmes prudemment jusqu'à la piste principale. Il n'y avait aucune trace de Rachel ni du groupe avec lequel elle se trouvait. Tandis que nous avancions lentement au cœur du canyon, nous constatâmes qu'il y avait des gens assis, partout, en train de discuter. Nous trouvâmes un endroit à l'écart où nous arrêter.

« Écoute, reprit Wil. Je pense que je dois monter un peu plus haut pour voir si quelqu'un sait pourquoi cet hélicoptère est ici. Tu surveilles les sacs, je vais m'occuper de ça et je reviens tout de suite. »

Je hochai la tête en signe d'assentiment et je m'assis. Ça me convenait parfaitement de rester là, car je voulais réfléchir davantage à la Loi de la Connexion. S'il s'agissait d'un authentique principe de notre spiritualité, cela signifiait qu'il s'appliquait à chacun de nous. Je me demandais jusqu'à quel point nous pouvions développer cette connexion mutuelle. Deviendrions-nous des télépathes ? Pendant un long moment, je m'interrogeai sur cette éventualité.

Tout à coup, j'entendis quelqu'un marcher derrière moi ; je me retournai pour découvrir un homme plein d'allant, dans la trentaine, qui me sourit en me tendant la main.

« Je m'appelle Jeff, dit-il, comment ça va ? »

Je lui serrai la main et je me présentai. J'éprouvai tout d'abord une légère perte d'énergie, mais plus il évoquait avec enthousiasme la beauté du canyon, plus je me disais que c'était un type bien.

À un certain moment, j'allai même jusqu'à lui demander s'il savait quelque chose à propos du Manuscrit ; il me répondit qu'il n'en avait pas entendu parler. Après avoir bavardé un peu plus longtemps de Sedona, il m'expliqua : « Je vois que vous avez un couteau. Est-ce que je pourrais vous l'emprunter quelques instants ? » Il pointait du doigt ma ceinture où était accroché mon couteau de chasse de vingt centimètres que j'emportais toujours dans les bois et auquel je tenais beaucoup.

« Nous sommes en train d'installer notre campement là-bas, poursuivit-il, et j'en ai besoin pour couper une corde, juste quelques minutes. » Je jetai un œil à travers les *mesquites* et j'aperçus deux hommes et une femme en train de monter une tente. Pensant qu'il serait suffisamment près pour que je puisse l'observer, je décrochai de ma ceinture le couteau rangé dans son étui et je le lui remis, puis je le surveillai tandis qu'il revenait sur ses pas et commençait à s'affairer avec les autres personnes.

Une brise fraîche soufflait ; j'inspirai profondément. La pluie du matin avait disparu et le soleil dardait ses rayons. Je sentis que je retrouvais graduellement mon énergie initiale et j'observais la beauté du lieu. Le fond du canyon était tapissé de petits pins et de genévriers.

C'est à ce moment que Wil revint et s'assit à mes côtés.

« Personne ne semble savoir ce que fait l'hélicoptère par ici, me dit-il. Je ne m'en suis pas approché, mais j'ai pu voir qu'il était vide. C'est sûrement un appareil militaire. »

Il était juché sur son sac à dos. « Attendons ici un moment.

— Tu pourrais me parler de la loi spirituelle suivante », lui suggérai-je en souriant.

Tandis que Wil s'apprêtait à me répondre, je jetai à nouveau un coup d'œil vers le campement pour découvrir que l'homme qui avait emprunté mon couteau ne se trouvait nulle part. Je bondis sur mes pieds et je courus jusqu'à la tente pour demander aux autres où il était. Ils me répondirent qu'ils l'ignoraient et que cet individu ne faisait pas partie de leur groupe.

« Il est juste venu pour bavarder. Il a proposé d'aller emprunter un couteau pour nous aider à couper une corde. Il avait l'air d'avoir des problèmes », me dit la femme.

J'étais sur le point de partir à sa recherche

lorsque Wil survint ; je le mis rapidement au courant de ce qui venait de m'arriver.

« Il a volé ton couteau ? » observa Wil. Une expression d'étonnement et de stupéfaction apparut sur son visage, comme si un événement important s'était produit. J'ignorai sa remarque et je me mis à rechercher l'homme dans les environs. Il n'y avait aucun signe de lui, nulle part. Vingt minutes plus tard, je revins à l'endroit où se trouvaient les sacs à dos et trouvai Wil, assis patiemment en train de m'attendre.

« Ça fait très longtemps que j'ai ce couteau », lui dis-je en m'asseyant à côté de lui.

Wil, qui se retenait de sourire, suggéra : « Tu voulais voir comment tout ça allait tourner ? »

Je n'étais pas d'humeur à me livrer à une analyse. Je voulais tout simplement récupérer mon couteau, mais Wil insista. « Juste avant de t'apercevoir que ce type était parti, tu m'as bien demandé quelle était la prochaine loi, non ? »

Je gardai le silence et continuai à bouder.

« Eh bien, poursuivit-il, c'est la Loi du Karma. »

C'était le début de l'après-midi et Wil était à nouveau parti chercher de la nourriture. Pendant un long moment, je restai assis à ne rien faire, me demandant quel genre de purification s'effectuait ici, dans ce canyon. Puis, juste au moment où je m'apprêtais à aller le chercher, je vis Wil revenir. Il s'assit et me dévisagea.

« T'as trouvé des provisions ? m'enquis-je.

— Oui. Un peu. J'ai déjeuné avec des gens que

j'ai rencontrés. J'ai voulu te rapporter quelque chose, mais il n'y avait pas assez. »

Je me contentai de le regarder.

Il réagit à ma question : « Pourquoi je ne trouverais pas de nourriture ? J'ai un *bon* karma ! » Il prononça cette phrase avec une emphase théâtrale, puis il fut pris d'un fou rire qu'il eut du mal à contrôler.

Comme d'habitude avec Wil, son humour était si contagieux que je ne pus m'empêcher de rire, moi aussi.

« D'accord. Qu'est-ce que ton ami hopi t'a dit au sujet du karma ? » lui demandai-je.

Il retrouva immédiatement son sérieux. « Le Manuscrit affirme que c'est un fait réel, et qu'à notre époque, en réaction à nos actions, le karma se manifeste beaucoup plus rapidement que par le passé.

— Alors, j'en suis l'incarnation même.

— Bon. Essaie de considérer ce qui s'est passé. Tu as essayé de voler de la nourriture à quelqu'un, ce qui a engendré une réponse karmique de l'univers qui s'est traduite par le fait que ce type t'a dérobé ton couteau. »

Je résistai à nouveau. « Ce type ? Ce n'est peut-être qu'un voleur professionnel.

— C'est possible. Il peut aussi s'agir d'un brave gars qui a décidé d'aller faire une petite balade dans le canyon et de retourner en ville, et qui a tout simplement oublié de te rendre ton couteau. En tout cas, tu dois te demander pourquoi ça t'est arrivé là, juste maintenant, au moment où nous parlions de tout ça et tout de suite après que *tu* as essayé de voler quelqu'un.

— Attends. Arrête de dire ça. Je n'ai jamais essayé de voler quiconque.

— Ah non ? Est-ce que tu n'as pas raconté un mensonge dans l'intention de manipuler quelqu'un pour lui soutirer de la nourriture ? Sur le plan karmique, tenter de faire une chose et la faire reviennent au même.

— C'est ce que dit le Manuscrit ? »

Il acquiesça et me dévisagea un long moment.

« Écoute, finit-il par dire, il est difficile de croire à ces lois parce que nous avons été habitués à penser que seul l'univers obéit à des lois physiques. Les gens intègrent ces principes très lentement parce que nous masquons parfois la vérité, surtout dans le domaine des affaires, ou pour sauver la face, et nous nous trouvons confrontés à toutes sortes de circonstances désagréables. À priori, il ne semble pas y avoir de rapport entre ces deux événements. Nous pensons que dire un petit mensonge n'a pas d'importance parce que, de toute façon, il arrive à tout le monde d'être confronté à des situations déplaisantes. »

Il me jeta un regard sévère. « Selon le Manuscrit, c'est faux et chacun peut s'en convaincre en étant tout simplement attentif. Parce que le karma s'accélère, les conséquences d'une manipulation mensongère se manifestent très vite.

— Pourquoi s'accélère-t-il ? »

Il s'interrompit. « Je ne sais pas. J'ai posé la

même question aux Hopis qui m'ont répondu que le Manuscrit ne le précisait pas. Ils ont simplement évoqué le fait que cette accélération est due, en partie, à l'énergie mentionnée dans le calendrier.

— Tu parles du calendrier maya ? Qu'est-ce que les Hopis en savent ?

— Les anciens Mayas étaient aussi des Amérindiens, tu le sais. »

Wil poursuivit. « De toute façon, tu dois en établir la preuve par toi-même. Le Manuscrit affirme que lorsqu'un nombre suffisant d'entre nous aura compris que le karma nous régit, ça nous conduira à une nouvelle ère d'intégrité qui remplacera la corruption régnante.

« Autre chose encore. Il est important de comprendre que la Loi du Karma n'est pas conçue comme une punition mais pour effectuer un changement positif. Elle fonctionne apparemment de cette manière : l'univers est conçu pour soutenir et encourager notre développement spirituel. Si tu te concentres sur la vérité, alors ta synchronicité se développera rapidement. Mais si tu fais preuve de duplicité, tu attireras des gens qui se comporteront de la même façon à ton égard. Il ne s'agira pas, encore une fois, de te punir mais simplement de te faire prendre conscience de la portée de ton acte, de telle façon que tu puisses revenir à la vérité.

— Qu'arrive-t-il, lui demandai-je, si on ne comprend pas le message ?

— Le Manuscrit déclare que la réaction karmique devient de plus en plus forte afin d'attirer notre attention ; encore une fois, c'est une chose dont nous pouvons obtenir la preuve par nous-mêmes, à ce moment de l'histoire. La seule chose à faire est d'être attentif à tout ce qui entre en interaction avec notre propre comportement.

— D'accord, mais que se passe-t-il si l'on est choisi au hasard pour être assassiné par un tueur en série ? S'agit-il d'une rétribution pour un acte commis dans le passé ?

— Non. Souviens-toi que le karma n'a rien à voir avec la rétribution. Il te répercute la portée de l'acte que tu as commis. Par exemple, si tu es un voleur à main armée, tu incarnes une contre-vérité qui affirme que ce comportement est acceptable. C'est du même ordre qu'un mensonge, ou une escroquerie, effectué pour obtenir de l'argent, mais en pire. Et on t'extorquera de l'argent pour te montrer ce que ressent celui qui est volé, afin que tu puisses changer. Le seul problème, c'est que certaines personnes utilisent le karma comme un prétexte pour ne pas modifier leur comportement. Ils se disent : "Si tout le monde me fait ça, pourquoi, moi aussi, je ne le ferais pas aux autres ?" Ils oublient simplement le fait qu'on leur montre quelque chose afin qu'ils puissent changer.

« Lorsque quelqu'un est victime d'un tueur en série, à moins qu'il ne soit lui-même un tueur en série, c'est tout simplement dû au fait de s'être trouvé au mauvais endroit au mauvais moment. C'est le résultat du hasard et non pas du karma ; ce genre de situation se produit à cause de l'imperfection actuelle qui règne dans le monde. Les études sur les traumas de l'enfance et la génétique nous permettent de savoir ce qui se passe sur le plan psychologique dans le cas des tueurs en série. Dans l'idéal, on devrait être capable de détecter ces facteurs et d'intervenir auprès de cet individu suffisamment tôt afin qu'il ne puisse pas nuire à autrui. Malheureusement, nous ne sommes pas encore suffisamment éveillés pour organiser ce type d'interventions. J'espère que nous serons à même de le faire un jour.

— En attendant ce moment, j'imagine qu'il faut espérer avoir de la chance.

— Oui, du moins jusqu'au moment où nous pourrons progresser suffisamment dans les intégrations pour nous rendre compte que nous pouvons être “protégés”.

— Qu'est-ce que tu veux dire par être *protégé* ?

— Mes amis hopis m'ont expliqué que ce type d'accidents et de mésaventures liés au hasard ne sont pas censés se produire, m'expliqua Wil en se penchant vers moi. Le Manuscrit affirme qu'au fur et à mesure que la conscience spirituelle s'élèvera nous apprendrons à déceler les pressentiments et les prémonitions qui nous permettront d'éviter les accidents et les attaques imminentes. Ils m'ont dit que nous parviendrons à ce niveau au moment où nous atteindrons la quatrième et la cinquième intégration. »

Tout à coup, nous entendîmes le vrombissement des moteurs de plusieurs véhicules tout-terrain qui remontaient la piste derrière nous. Nous n'eûmes que le temps de saisir nos sacs et de disparaître derrière des fourrés plus épais avant qu'ils ne débouchent sur la piste.

« Ce sont les 4 × 4 du Parc national », hurla Wil tout en gravissant la pente, loin du bruit.

Tandis que nous nous éloignions de la piste en hâte, nous vîmes des gens se sauver à toutes jambes pour se cacher. Arrivés près de la paroi du canyon, nous aperçûmes deux hommes devant nous qui tentaient de gravir la face abrupte d'une muraille rocheuse.

« Ce sont des grimpeurs chevronnés. Ils ont probablement des permis », me dit Wil, tout en me pressant d'avancer.

Soudain, alors que nous les observions, l'un des pitons auxquels était accrochée leur corde se descella du rocher, projetant l'un des grimpeurs dans le vide, la tête en bas, et menaçant de le précipiter quinze mètres en contrebas sur les rochers déchiquetés. Puis un autre piton céda, ce qui le fit chuter de trois mètres. Il poussa un hurlement de terreur.

Sans réfléchir, je me précipitai vers la paroi. Le deuxième grimpeur pointait fébrilement du doigt un objet posé sur le sol près de leur tente. Je vis immédiatement un grand rouleau de corde. Je le ramassai, puis je grimpai rapidement sur le rocher jusqu'à une saillie située à trois mètres environ de l'alpiniste impuissant.

Je jetai l'une des extrémités de la corde à son copain qui savait exactement comment agir. Il fixa le bout de la corde à un piton d'ancrage solidement enfoncé à côté de lui, la fit coulisser en rappel, puis la fit descendre jusqu'à son ami qui, en dépit de sa panique, fut capable de l'enrouler autour de lui. Ensuite la seule chose qu'il me restait à faire était de bien tenir l'autre bout de la corde pour l'empêcher de tomber plus bas. Une minute plus tard, il parvint à se libérer des autres cordes. Avec l'aide de Wil, je l'aidai à descendre sans encombre jusqu'au sol.

Tandis que nous rassemblions nos affaires, le grimpeur malchanceux était si traumatisé qu'il était incapable de parler. Son ami lui donna un peu d'eau et s'entretint avec lui quelques instants, puis il nous entraîna à l'écart. Nous entendions partout le bruit des véhicules tout-terrain dans le fond du canyon en contrebas, mais l'alpiniste ne semblait pas le remarquer.

« Si vous ne vous étiez pas trouvés là, je ne sais pas ce qui aurait pu se passer, nous dit-il. Je dois ramener mon ami à Sedona. Je ne sais pas quoi faire pour vous remercier. »

Wil et moi-même échangeâmes un regard.

Je leur révélai alors le problème auquel nous faisions face : notre besoin de nourriture.

« Eh bien, nous pouvons sûrement vous aider, déclara le grimpeur. Nous devions rester ici quatre jours, mais mon ami est trop ébranlé. Il veut partir demain. Nous avons des tas de provisions qui sont désormais les vôtres. »

Après avoir empaqueté nos provisions, nous partîmes rapidement vers le nord-est et trouvâmes un autre endroit où nous cacher derrière des rochers. De là, nous avions une perspective encore plus vaste sur le fond du canyon où des randonneurs avaient été arrêtés ou contraints de rebrousser chemin par les gardes forestiers. Je tentai de repérer le groupe où se trouvait Rachel, mais je ne vis aucun de ses membres.

« Nous devrions rester ici un petit moment, me dit Wil, jusqu'à ce que tout ça se calme. » Il avait l'air toujours aussi étonné de ce qui venait de se produire.

« Je sais. Je sais. Tout ça signifie quelque chose, commentai-je.

— Signifier quelque chose ? C'est la séquence de synchronicité la plus explicite que j'aie jamais vue. Souviens-toi : quand nous avons quitté le Pub et que j'ai fait toutes ces manœuvres pour semer la voiture qui nous suivait, tu as pensé à ce moment-là que la vitesse de la synchronicité était étonnante. Eh bien, maintenant, tu fonctionnes à ce niveau de rapidité.

« Réfléchis. Tu as découvert la Loi de la Vérité quand tu as essayé de manipuler la situation dans le but d'obtenir des provisions. Tu as été rejeté par ces touristes, ce qui illustre parfaitement la Loi de la Connexion. Et puis juste après, on t'a volé quelque chose, en ayant recours aux mêmes moyens que ceux que tu avais utilisés dans la situation précédente, ce qui représente une confirmation de la Loi du Karma. Et maintenant tu es parvenu à nous trouver des provisions, ce que tu essayais de faire depuis le début. »

Je le regardai sans bien comprendre sa dernière phrase.

« Tu ne vois pas ? insista-t-il. Tu as aidé ces

varappeurs en ayant une intuition immédiate de ce qu'il fallait faire. Tu as compris tout de suite comment leur venir en aide et tu as agi très vite. »

Je savais qu'il avait raison. Je n'avais même pas eu besoin de penser à la marche à suivre pour agir. D'une certaine manière, je la connaissais instinctivement.

« Il s'agit de la Loi du Service. Rappelons qu'elle est, elle aussi, intégrée dans le fonctionnement de l'univers ainsi que dans la structure de notre cerveau. Nous savons, plus ou moins confusément, ce dont les êtres qui nous entourent ont besoin, et lorsque nous agissons en réponse à leur demande, nous nous alignons sur cette loi. Il suffit juste de te demander : comment puis-je rendre service ? Et tu auras toujours une réponse qui te viendra en tête. Toutes les ressources dont tu auras besoin te seront fournies afin de venir en aide à autrui, et tu auras le sentiment d'être toujours au bon endroit, au bon moment pour faire changer les choses. »

Il s'arrêta un instant avant de me demander : « Est-ce que tu vois maintenant ce qu'est la troisième intégration, dans son ensemble ? Il s'agit uniquement de se mettre dans l'alignement. Une fois de plus, tu en as établi la preuve par toi-même. Tu t'es comporté exactement comme il le fallait dans ce canyon. Et quiconque observe les choses avec sincérité peut percevoir cette intégration tout aussi clairement dans sa propre vie.

« C'est la prochaine étape de notre éveil. Comme je l'ai déjà dit, au cours de cet âge matérialiste, nous en sommes venus à penser que les petits mensonges, les déformations minimes de la vérité, ne tirent pas à conséquence et sont même inévitables. C'est un monde où règne la loi de la jungle, pas vrai ? Les vendeurs sont formés pour altérer la vérité. Les politiciens se font élire grâce à ces pratiques. Les contrats dont les clauses réservent des surprises sont la norme.

« Et pourtant, pense à notre monde actuel. Les cas de corruption sont immédiatement décelés. Les scandales éclatent tous les jours. Les escrocs se font escroquer. C'est ce qui se produit quand l'essentiel de notre civilisation est assailli par un karma qui se manifeste de plus en plus vite. Il se produit pour nous montrer nos imperfections, de manière que nous puissions y remédier.

« Mais dès que tu commences à vivre en accord avec la vérité la plus authentique que tu connaisses, et que tu te rends compte qu'être au service des autres et donner le bon exemple sont les meilleures choses que tu puisses faire pour toi-même, alors tout change. Tu t'alignes sur la manière dont l'univers est censé fonctionner. Tu cesses de manipuler et tu n'attires donc plus de manipulateurs dans ta vie.

« En fait, c'est le contraire qui se produit. Quand tu cherches à t'aligner et que tu penses à rendre service, tu commences à attirer vers toi des gens qui sont là pour *t*'aider. Alors, ta synchronicité et tes rêves s'envolent littéralement.

« Quand chacun d'entre nous parviendra à ce stade, l'humanité changera immédiatement. Les entreprises modifieront leur mode d'opération.

Faire des affaires en étant dans l'alignement signifie que l'on doit toujours dire la vérité sur les produits que l'on vend, et se placer dans l'optique de rendre service. Si tu agis de la sorte, ceux qui ont besoin de ce que tu leur offres se manifesteront mystérieusement. »

Je n'avais jamais vu Wil aussi excité auparavant. Je pensai au problème des donations ; je le questionnai à ce sujet.

« Cela fait partie des services que l'on peut rendre, me dit-il. L'argent n'est qu'une forme d'énergie accumulée et il suit le courant du karma de notre vie. Si tu manipules des individus à la seule fin d'obtenir de l'argent, tu seras manipulé à ton tour, ou bien tu seras confronté à une série de débâcles et de dépenses inattendues. Faire une donation est une façon de redresser la barque rapidement. Au lieu de dépenser tous tes sous, prive-toi un peu, et épargne dix pour cent de tes revenus par mois.

« Ensuite, attends d'avoir une intuition pour savoir à qui les donner. Ça viendra. Quelqu'un qui a besoin d'un ange gardien croisera ton chemin et tu ressentiras la joie d'avoir les moyens de rendre service. Et, à nouveau, ça ne fera qu'accélérer le flux de l'aide dont tu bénéficieras en retour. Tu auras plus de chances de réussite.

« Je n'ai jamais connu personne qui ait fait une donation dans cet état d'esprit et qui n'ait pas eu la preuve que ça marchait », me confia-t-il tout en me considérant.

Pendant un long moment nous nous regardâmes. Je savais qu'il éprouvait la même sensation que moi : une autre élévation de conscience et d'énergie. Nous avions pleinement intégré la troisième étape et ajouté une autre pièce à l'énigme de la réalité spirituelle : l'alignement.

« Est-ce que les Hopis t'ont révélé quelque chose sur l'intégration suivante, la quatrième ? » finis-je par demander.

Wil hocha la tête et l'expression de son visage devint grave. « Ils affirment que la quatrième intégration est peut-être la partie la plus importante du “Fondement” parce qu'elle nous montrera ce qui est véritablement en jeu. Une fois que nous serons capables de demeurer dans l'alignement, dans la vérité, nous découvrirons à quel point certaines idéologies mensongères sont omniprésentes dans le monde.

« Nous ne pouvons pas progresser tant que nous ne comprendrons pas ces idéologies de plus en plus répandues, et que nous ne réaliserons pas les dangers de clivage qu'elles représentent. C'est seulement à ce moment-là que nous saurons comment nous dissocier de ces contrevérités... et atteindre un niveau de conscience qui nous permettra de les affronter. »

Reconnaître l'idéologie

Nous restâmes derrière les rochers à observer ce qui se passait en contrebas, sur la piste. Notre plan était de nous cacher jusqu'à ce qu'il fasse nuit et de décider ensuite d'un endroit où aller. D'après la description de Wil, la quatrième intégration semblait représenter un véritable défi et se révéler plus dangereuse. Peut-être était-ce l'influence du canyon, mais la perspective du danger ne m'inquiétait pas comme par le passé. Désormais, j'étais pleinement engagé dans cette aventure. Je chassais de mon esprit l'attente d'autres événements synchronistiques et je m'en tenais à la situation présente : nous étions en train de découvrir la réalité de la spiritualité humaine et nous avions fait le vœu de demeurer dans l'alignement.

Tout à coup, Wil se redressa, scrutant du regard la pente qui montait vers la paroi du canyon. Un groupe de gens marchaient, à cent mètres de nous, en direction du nord-est. Tandis qu'ils traversaient une petite pinède, nous constatâmes qu'il s'agissait du groupe dans lequel se trouvait Rachel. Elle était l'avant-dernière de la file.

Alors que je l'observais, elle s'arrêta immédiatement et regarda vers le bas de la colline, dans notre direction. Bien qu'elle ne puisse pas nous voir, elle semblait sentir intuitivement que nous l'observions. Un homme barbu, de grande taille, marchait derrière elle ; il lui dit quelque chose et la poussa ostensiblement en avant.

« Tu as vu ça ? Elle est retenue prisonnière, dis-je à Wil en lui jetant un coup d'œil.

— On dirait bien », répondit-il.

J'étais sûr qu'il savait qu'un lien existait entre Rachel et moi.

« Écoute, dit-il, Je crois qu'il vaudrait mieux que je monte là-haut seul, pour voir si je peux me rapprocher suffisamment d'eux et entendre leurs conversations. Si nous y allons tous les deux, ils nous repéreront. »

Je savais que Wil avait suivi une formation d'agent de surveillance et je hochai donc la tête en signe d'assentiment.

Wil allégea son sac à dos, me remettant une partie des provisions.

« Si je ne reviens pas avant la tombée de la nuit, me dit-il, je te retrouverai plus tard. D'accord ? »

Il escalada prestement les rochers et gravit la pente. Pendant un long moment je regardai fixement dans sa direction, l'apercevant de temps à autre, tandis qu'il se faufilait entre les affleurements rocheux et les arbres. Puis il disparut de ma vue.

Quelques instants plus tard, mon attention fut attirée par une voix sur la piste, en contrebas. Quatre gardes forestiers s'avançaient vers moi. Je saisis mon sac à dos et contournai les rochers dans la direction opposée, avec l'espoir de revenir jusqu'à la paroi rocheuse où nous avions rencontré les grimpeurs un peu plus tôt.

Tout à coup, quelqu'un m'empoigna par le bras et m'immobilisa brutalement, envoyant valdinguer mon sac par-dessus ma tête, ce qui me fit perdre l'équilibre. Un homme corpulent, portant des lunettes de soleil et un pantalon de randonneur, me toisait du regard. Un autre individu s'avança derrière lui, se pencha et m'aida poliment à me relever.

« Vous vous souvenez de moi ? demanda l'homme qui avait un accent britannique. Où est votre ami Wilson James ? »

Je fis immédiatement le rapprochement avec le type blond qui m'avait observé au Pub.

« Wil est parti », lui répondis-je.

Les gardes forestiers s'approchèrent, mais l'homme leur fit un signe. Ils hochèrent la tête et redescendirent la colline.

« Peu importe, poursuivit l'homme. Vous êtes vraiment insaisissables tous les deux, mais je veux que vous sachiez que nous ne vous voulons aucun mal. Nous essayons de vous aider. »

Il m'entraîna à environ deux mètres de là, jusqu'à un endroit d'où les autres ne pouvaient pas nous entendre.

« Nous n'avons pas beaucoup de temps. Mais

je vais vous dire quelque chose. Vous devez m'écouter très attentivement. Nous sommes au courant de la diffusion du Manuscrit et nous savons que vous êtes à la recherche des autres parties de ce document. Nous sommes très intéressés par son contenu et nous voulons que vous continuiez à les chercher et que vous nous fassiez part de tout ce que vous pourrez découvrir. »

Il me jeta un regard légèrement menaçant.

« Qui êtes-vous ? Pour qui travaillez-vous ? lui demandai-je.

— Disons tout simplement que je suis le porte-parole d'un groupe qui existe aux plus hauts niveaux de chaque gouvernement occidental », répliqua-t-il en souriant.

Je m'efforçai de garder ma clarté d'esprit. « En quoi un manuscrit aussi ésotérique peut-il vous intéresser ? Il s'agit de spiritualité. »

Il me regarda pendant un long moment, sans doute conscient qu'il ne pourrait me convaincre sans me donner de plus amples informations.

« Je veux vous faire confiance, me dit-il. La diffusion de ce document sur la spiritualité survient au moment où la guerre entre les religions constitue notre plus grave problème. Et ne vous y trompez pas. C'est exactement de ça qu'il s'agit : une guerre entre ceux qui professent une conception religieuse particulière en Occident et ceux qui ont un autre point de vue, surtout en Orient. Cette guerre semble s'être un peu atténuée sur certains fronts, mais sous la surface, les tensions augmentent. Nous avons les meilleurs cerveaux à notre service et ils sont tous convaincus que nous sommes sur une pente qui nous mènera à la destruction totale.

« Le problème est simple. C'est toujours la même question du Cycle de la Revanche. Chaque fois que nous tuons l'un des leurs, dix autres rejoignent la lutte armée. Et chaque fois qu'ils tuent l'un des nôtres, il y a des demandes en haut lieu pour mener des actions plus radicales afin de nous protéger. Dans cette situation, il n'y a pas de moyen terme. Et le pire reste encore à venir. Ce conflit est sur le point de se nucléariser.

« Vous connaissez l'affiliation religieuse du président de l'Iran ? poursuivit-il en se rapprochant de moi. Il est membre d'une secte que l'on appelle les duodécimains[1]. Ils croient que l'Armageddon[2], la guerre qui est prophétisée et qui doit détruire le monde à la fin des temps, est un événement positif. En effet, d'après eux, quand elle surviendra, leur Messie, qu'ils appellent le Douzième Imam, émergera des nuages, vaincra leurs ennemis et créera un monde idéal fondé sur leurs croyances.

« Juste pour vous montrer à quel point la situation est devenue complètement folle : nous observons des attitudes similaires chez les fanatiques judéo-chrétiens en Occident. Ils pensent

1. Courant religieux majoritaire parmi la population chiite de l'Iran. *(N.d.T.)*

2. Terme hébreu apparaissant dans le Nouveau Testament, dans le livre de l'Apocalypse (XVI, 16), et qui désigne le dernier combat entre le Bien et le Mal. *(N.d.T.)*

aussi que l'Armageddon est souhaitable, estimant qu'il engendrera l'avènement de personnages messianiques qui vaincront également leurs ennemis. Dans les deux camps, certains semblent penser que c'est leur devoir de provoquer cette guerre totale.

« Cette forme de fanatisme semble refléter une tendance croissante à tourner le dos à notre monde. Partout, les gens s'accrochent coûte que coûte à leurs doctrines religieuses, estimant que le reste du monde est devenu fou. Et ils espèrent que Dieu interviendra pour mettre fin à cette détresse. »

Il paraissait sincèrement inquiet.

« Après toutes les tentatives des Israéliens, vous n'êtes pas étonné par le discours des Iraniens ? continua-t-il. L'Iran a développé sa capacité nucléaire bien plus qu'on ne le pense. Et la plupart de ses bases sont profondément enfouies sous terre. C'est la raison pour laquelle la menace de bombardements ne les dissuade pas. Certains analystes estiment qu'ils ont déjà des armes nucléaires et qu'ils sont en train de mettre au point les systèmes de lancement. »

Il ramassa mon sac à dos et me le remit. « Je ne prétends pas savoir ce qu'il y a dans le Manuscrit que vous étudiez. En ce qui me concerne, pour l'instant, ce ne sont que des mots. Mais je connais la réputation de Wilson James. Si ce Manuscrit propose une véritable solution, nous voulons la connaître. »

Il me regarda avec gravité avant d'ajouter :

« Sinon notre groupe devra prendre des mesures que personne n'appréciera. »

En dépit de cette menace, je commençai à penser qu'il était honnête avec moi.

« Ne vous inquiétez pas de savoir comment nous contacter, reprit-il. Nous vous trouverons. Nous avons des agents dans chaque département de votre gouvernement. Nous avons donc toutes les facilités à notre disposition pour rester en contact avec vous. »

Il se tut et me regarda longuement.

« Il y a encore autre chose. Ce rejet du monde ne se produit pas seulement dans les cercles religieux. Il a gagné les milieux politiques. La gauche aussi bien que la droite sont en train de se radicaliser en groupes encore plus dangereux qui estiment que le monde est en train de s'écrouler, ce qui justifie à leurs yeux les actions extrêmes qu'ils prônent. C'est une raison supplémentaire qui nous incitera sans doute à intervenir. Je vous conseille donc d'être de notre côté dans cette affaire. »

Sur ces mots, il me serra énergiquement la main, puis il déclina son identité : colonel Peterson. Il fouilla dans une sacoche posée sur le sol et en sortit des documents.

« Voici une partie du Manuscrit traduit que nous avons trouvée, dit-il tout en s'éloignant. La troisième et la quatrième intégration. D'après certaines personnes que nous avons interrogées, il y aurait d'autres parties, au nord d'ici, près d'une grande montagne. »

Pendant un long moment, je restai blotti parmi

les rochers, la tête encore bourdonnante de tous ces développements. Le soleil était à présent masqué par une épaisse couche de nuages, et un vent frais, menaçant, venu du nord, commençait à souffler. J'ouvris mon sac à dos et sortis un anorak. Au moins, nous savions désormais qui nous suivait. Si la lecture que faisait le colonel Peterson de la situation géopolitique et du rejet du monde par certains groupes était correcte, cela expliquait sans doute la raison pour laquelle le Manuscrit avait été diffusé maintenant.

Je me demandai alors si, par souci de vérité, j'aurais dû parler à Peterson des hommes qui semblaient détenir Rachel. Sans doute pas, me dis-je, car je n'étais pas sûr que mon hypothèse fût juste. Je songeai un moment à lire une partie des deux intégrations que Peterson m'avait remises, mais je me rendis compte que j'étais incapable de me concentrer. J'étais agité ; il fallait que j'agisse.

Je décidai finalement d'aller dans la même direction que Wil.

« Reste dans l'attente d'événements synchronistiques. Sois concentré sur la vérité des choses que tu fais et demeure dans l'alignement », me rappelai-je à haute voix.

Je remontai prudemment le canyon jusqu'à ce que j'aperçoive une autre piste qui obliquait vers le nord-est, à travers une trouée rocheuse. La piste qui, au premier abord, semblait peu empruntée comportait néanmoins de récentes traces de pas. Je les suivis. Je parvins à une large butte de roche rouge d'où j'avais une vue d'ensemble du plateau qui s'étendait plus au nord.

À environ cinq cents mètres de l'endroit où je me trouvais, j'aperçus de nombreux campeurs dans une petite clairière située dans la zone que Wil, et maintenant Peterson, avaient évoquée : la région sauvage de la Montagne Secrète. Au loin, s'élevaient les multiples crêtes de l'imposante montagne. Je savais que le camping était expressément interdit dans cette étendue sauvage. Quels que soient ces campeurs, il était évident que leur aventure n'allait pas durer très longtemps.

Tandis qu'un crépuscule gris tombait, je descendis la pente jusqu'au plateau. À cet endroit, le terrain était moins rocailleux et beaucoup plus verdoyant, parsemé de vastes étendues de pins et de grands chênes. Alors que je marchais, plusieurs lapins détalèrent de dessous les rochers.

Une fois dans la clairière, à la vue de tous ces gens, je n'en crus pas mes yeux. De l'endroit où je me tenais, je découvris environ un hectare de terrain envahi de campeurs. Des dizaines d'entre eux étaient en train de se promener. C'était comme si un festival de musique avait été organisé autour d'une soixantaine d'interprètes, à trois kilomètres en plein désert, dans un endroit où l'on ne pouvait accéder qu'à pied. En fait, ce rassemblement semblait tout à fait improvisé, conséquence d'une rumeur et du désir d'en savoir davantage sur le Manuscrit.

Toutefois, l'ampleur de ce qui se passait réellement me frappa. Les différentes parties de ces textes avaient été manifestement dispersées dans le monde entier. Des rassemblements comme celui-ci avaient-ils lieu dans d'autres endroits, simultanément ?

Tout à coup, j'entendis dans le lointain le vrombissement atténué d'un véhicule tout-terrain qui se rapprochait du canyon ; je savais que les gardes forestiers allaient venir de ce côté. Je m'éloignai en toute hâte, et je repérai un endroit sur le côté est de la clairière d'où je pouvais m'enfuir rapidement vers un bosquet de genévriers si les gardes forestiers arrivaient. Tout autour de moi rougeoyaient huit à dix feux de camp.

En attendant qu'il fasse totalement nuit, je me préparai une petite soupe sur le camping-gaz, avant de m'aventurer dans les parages pour voir si Wil ou Rachel étaient là. Je me promenai pendant environ une demi-heure, observant les gens du coin de l'œil tout en écoutant leurs discussions sur le Manuscrit. Différents groupes échangeaient leurs exemplaires et relataient leurs expériences de discussion consciente.

Dans l'ensemble, j'avais une plus grande expérience des intégrations que ceux qui discutaient et je n'éprouvais pas le besoin de débattre avec quiconque. Je voulais tout d'abord flâner et me faire une idée des gens qui étaient là. Il me fallut un certain temps pour identifier la plupart de ces petits attroupements ; il ne restait que plusieurs groupes importants établis à la limite sud du campement. Le premier d'entre eux comprenait au moins une vingtaine de personnes qui campaient toutes côte à côte.

Au centre du groupe, une lampe de camping pendait à un arbre, baignant le terrain d'une étrange lumière jaune, semblable aux lampes anti-insectes que l'on voit sur les vérandas des maisons à la campagne. Phalènes et libellules tournaient étrangement autour de la lumière.

Alors que je me rapprochais, je faillis heurter un homme qui pénétrait dans le campement en même temps que moi. Nous dûmes en fait nous arrêter tous deux afin d'éviter de nous cogner. Je marquai un temps d'arrêt, me demandant si cette rencontre représentait un événement synchronistique.

« Excusez-moi, lui dis-je d'un ton amical.

— Je vous en prie », me répondit-il.

Il m'examina de plus près. « Hé ! Je vous ai déjà vu à Boynton. Vous devez être à la recherche des traductions.

— Oui, c'est vrai.

— D'où venez-vous ? »

Je me rendis compte qu'il tentait de me jauger, pour une raison que j'ignorais.

« De Georgie », lui répondis-je. Il se présenta. Il s'appelait Robert et venait de l'Idaho. « De Georgie, hein ? remarqua-t-il. Dans notre groupe, il y a plusieurs personnes qui viennent de là. Nous avons toutes les traductions jusqu'à la troisième intégration. »

À ce moment-là, un autre homme s'avança vers nous et tendit une tasse de café à Robert qui me demanda si j'en voulais une également.

« Oui, bien sûr », répondis-je, certain désormais qu'un événement important allait se produire.

Nous nous avançâmes jusqu'au feu de camp et nous nous assîmes ; on me tendit une tasse de café très chaud qui dégageait une odeur exquise.

Robert déclara : « C'est formidable que ce Manuscrit sorte maintenant ! Le pays fait face à un grave danger. Ça va peut-être motiver la population. Je suis à peu près sûr que le gouvernement va déclarer la loi martiale d'ici peu et il faudra se tenir prêts. La première chose qu'il fera sera de saisir de nombreux livres et toutes les armes. »

Il était évident que j'avais affaire à quelqu'un qui appartenait à l'extrême droite.

« Attendez, lui dis-je d'un ton désinvolte. Ça ne peut pas se passer comme ça. Il y a des garanties constitutionnelles.

— Vous plaisantez, réagit-il. Un ou deux juges de gauche en plus, et il n'y aura plus aucune garantie. Les choses sont hors de contrôle. Le pays dans lequel nous avons grandi est en plein changement. Nous devons agir maintenant. Nous pensons que le Manuscrit va appeler à une véritable révolte contre les gauchistes.

— Quoi ? dis-je d'une voix ferme. Je ne vois pas comment quelqu'un pourrait avoir l'idée de déclencher une révolte à partir de ce Manuscrit. On pourrait, à la rigueur, en concevoir un centrisme plus éclairé. Vous l'avez lu ?

— En grande partie, affirma-t-il d'une voix forte. Maintenant, les membres de notre groupe l'étudient attentivement. Ils nous en feront connaître tous les détails. Vous ne le croyez peut-être pas, mais les choses vont se dégrader rapidement. Vous feriez mieux de décider de quel côté vous voulez être quand ça arrivera. »

Plusieurs personnes du groupe l'avaient entendu et s'avançaient vers nous.

« Chacun de nous doit se réveiller, poursuivit-il. Les gauchistes sont en train de saper la Constitution en multipliant les réglementations. Ils profitent de cette crise financière pour consolider leur pouvoir. »

Il s'arrêta et me dévisagea.

« Je pense que vous exagérez les faits, lui dis-je. Il y a eu un revirement en faveur de la gauche qui s'est produit au moment de la crise lorsqu'on a réclamé une meilleure couverture sociale et une plus grande protection des consommateurs. Mais depuis, s'il y a eu un tournant, ce serait plutôt dans l'autre sens. »

Il se recula soudain et me regarda avec méfiance.

« Eh bien, les copains, dit-il aux autres, je crois que nous avons un gauchiste parmi nous. »

Avant que je ne puisse protester, d'autres personnes se joignirent à la discussion, exposant leurs propres idées sur le sujet ; ils ne faisaient que répéter le point de vue de mon premier interlocuteur tout en soulignant avec arrogance ma naïveté. Tandis qu'ils continuaient le débat, je commençai à me sentir légèrement désorienté et déconcentré ; je ne voulais plus argumenter avec eux.

Et moi qui m'attendais à vivre un événement synchronistique. Mieux vaut partir maintenant, pensai-je en moi-même.

« Tout ce que vous dites mériterait plus ample discussion, mais vous n'avez pas l'ouverture d'esprit pour le faire, leur lançai-je tout en m'éloignant. On peut interpréter ces questions d'une tout autre manière. » Je posai la tasse de café sur un rocher.

Robert riait, mais d'autres personnes me regardaient d'un air menaçant.

« Tu ferais mieux de te réveiller », me hurla l'un d'eux. Vous autres, les gauchistes, vous êtes en train de ruiner ce pays et nous n'allons pas le tolérer plus longtemps. Nous préférons voir les grandes entreprises prendre le pays en main plutôt que des idiots comme toi. »

En revenant vers ma tente, je sentis que je regagnais enfin ma clarté d'esprit. J'ignorais totalement que l'extrême droite s'intéressait à ce Manuscrit, s'il s'agissait du moins d'un intérêt authentique. Il était plus vraisemblable qu'elle essayait de l'utiliser à ses propres fins. Le fait que mon énergie se soit ainsi épuisée me perturbait davantage encore. J'avais le sentiment d'avoir défendu un point de vue plus rationnel, que je considérais comme plus juste, mais leur agression verbale m'avait indéniablement affecté.

Puis, une idée me vint soudain à l'esprit. Ces gens étaient des « contrôleurs » ; il s'agissait de ces mêmes individus que l'ancienne Prophétie avait décrits dans la quatrième révélation. Nous étions parvenus à la quatrième intégration, il était donc naturel que je sois confronté à eux !

Ainsi que la Prophétie l'avait démontré, les contrôleurs ne recherchaient pas la vérité et n'étaient que modérément motivés par les résultats. Ce qu'ils voulaient par-dessus tout était le sentiment de pouvoir qui provient de la domination exercée sur autrui. À cette fin, ils concoctaient toutes les données nécessaires pour déséquilibrer l'interlocuteur et saper sa confiance en lui-même. Et s'ils réussissaient à exercer ce contrôle, les victimes perdaient la clarté de leur concentration et se rangeaient graduellement aux opinions des contrôleurs – ce qui naturellement procurait à ces derniers un surcroît d'énergie et de pouvoir issu de l'attention que leur portaient leurs interlocuteurs. Ce contrôle représentait en fait un comportement obsessionnel destiné à réprimer l'*insécurité*.

Cette forme de suprématie est une caractéristique fondamentale de ceux qui, aussi bien à gauche qu'à droite, ont une approche idéologique de la politique. Ils ne veulent pas débattre des problèmes. Ils veulent seulement faire taire leurs adversaires avec force vociférations, et gagner. L'ancienne Prophétie prédisait que l'on ne viendrait à bout de ce sentiment d'insécurité égoïste qu'au moment où chacun découvrirait une véritable sécurité : une connexion spirituelle intérieure qui établirait que la recherche de la vérité et le fait de rendre service sont plus importants que de remporter une victoire.

Après m'être remis de cette expérience, je

continuai à explorer les alentours à la recherche de Rachel et Wil ; je ne les trouvai nulle part. J'allais revenir vers ma tente, lorsque j'entendis quelqu'un parler d'une voix forte dans un campement situé sur ma droite. Je regardai autour de moi pour essayer de discerner quelque chose dans la lumière faible et vacillante. La fumée des feux de camp enveloppait désormais la nuit d'un léger voile semblable à une brume.

Je finis par distinguer un groupe de quatre ou cinq personnes debout, éclairées par un grand feu de camp. Deux hommes s'opposaient, dans une controverse animée. L'un des deux hurlait et l'autre était... Coleman !

J'étais si heureux de le voir que je me précipitai vers lui et me plantai à sa droite, prêt à le soutenir.

« Vous êtes l'un de ces partisans de la droite, sinon vous ne parleriez pas comme ça, dit l'homme à la voix tonitruante en pointant du doigt Coleman.

— Je veux seulement dire qu'il faut établir un équilibre, répondit Coleman en secouant la tête. Certains veulent un gouvernement fort qui régulerait tout et d'autres souhaitent que les grandes entreprises exercent une puissante influence avec un minimum de réglementation. Je pense que la meilleure solution se situe entre les deux, avec une réglementation suffisante pour assurer aux consommateurs une protection adéquate. »

Son adversaire ne l'écoutait pas. Il se lança dans une tirade, déclarant que c'était le langage codé utilisé par la droite dont l'objectif était de saper les programmes conçus pour le peuple. Il traita Coleman de fasciste extrémiste qui n'avait pour but que de contrôler l'économie mondiale et d'opprimer tous ceux qui étaient défavorisés.

À ce moment, un éclair jaillit dans mon esprit. Nous étions en train de vivre une situation qui était l'exact opposé de ce que j'avais expérimenté un peu plus tôt. Alors que je tentais de discuter de politique avec le type d'extrême droite en adoptant un point de vue plus modéré, il m'avait traité de gauchiste. Maintenant, j'avais devant moi un homme d'extrême gauche accusant Coleman, qui avait comme moi adopté un point de vue modéré, d'appartenir à l'extrême droite.

Ces deux extrémistes utilisaient la même tactique. Si leur interlocuteur n'était pas d'accord avec eux, même de façon minime, ils les rangeaient tout simplement dans l'extrémisme opposé afin de pouvoir les rejeter, les déshumaniser et faire en sorte qu'ils soient décrédibilisés. C'est ainsi que les deux côtés – l'extrême gauche et l'extrême droite – justifiaient leur comportement outrancier. Chacun estimait faire partie des bons qui devaient combattre pour sauver la civilisation d'un ennemi inhumain.

Tandis que l'autre homme continuait à crier, Coleman me lança un regard exaspéré et, d'un signe de tête, me fit comprendre que nous devrions partir.

« Où tu vas, toi, le type de droite ? l'interpella un autre homme. Vous ne gagnerez pas. Si on doit installer un dictateur on le fera. Et vous ne gagnerez pas ! »

Une fois hors de leur vue, Coleman s'arrêta et sortit de son sac un exemplaire de la quatrième intégration.

« Il faut qu'on parle », dit-il.

Tandis que nous revenions vers ma tente, je noyai Coleman sous un flot de paroles, lui racontant tous les événements qui étaient survenus : mon expérience de la troisième intégration, la brève vision de Rachel au milieu d'un groupe étrange, le débat avec ce type d'extrême droite qui se comportait de manière aussi irrationnelle que l'individu de gauche qui venait de l'invectiver.

Il m'écoutait tout en s'appliquant à ramasser des branches mortes de *mesquite*. Il m'interrompit plusieurs fois pour me dire qu'il avait connu des expériences semblables avec la troisième intégration ; il n'avait pas perdu de provisions mais, se retrouvant seul, il s'était égaré et avait dû demander de l'aide à d'autres personnes. Nous en étions tous deux au même point : dans l'alignement et à l'étude de la quatrième intégration.

Une fois parvenus à la tente, j'utilisai des brindilles que Wil avait placées dans mon sac à dos pour allumer un petit feu, tout en étant à l'affût des bruits qui indiqueraient l'approche des gardes forestiers.

Coleman m'observait ; il se montrait de plus en plus enthousiaste. Spontanément, le tutoiement nous vint. « Est-ce que tu as déjà lu ce que le Manuscrit dit sur la quatrième intégration ?

— Pas encore.

— Il y a une raison derrière tout ça. Le Manuscrit affirme que, durant la période de transition entre la vision matérialiste du monde et une conception plus spirituelle, le respect des conventions est la première chose qui se volatilise. Les tenants de l'ancienne vision du monde se raccrochent souvent à leurs obsessions avec un acharnement de plus en plus farouche, jusqu'à ce que leurs croyances deviennent une idéologie, un système de pensée qui n'est plus fondé sur la vérité. Il repose sur l'idée, issue d'une perception fausse, qu'il existe un ennemi extérieur qui menacerait le monde. Face à une situation aussi alarmante, ils estiment qu'il est normal d'abandonner le débat démocratique soucieux de vérité et la légalité du système juridique.

« Les partis politiques de gauche et de droite dérivent vers l'extrémisme, parce que tous deux estiment que la menace de l'autre bord est si grande qu'ils doivent avoir recours à des mesures extrêmes. Et naturellement, ça contribue à renforcer leurs positions respectives. Lorsque les gens déforment les faits, ils abandonnent la vérité et la Loi du Karma entre alors en action. Chaque partie attire son contraire qui a également recours au mensonge et tous deux ne font qu'aviver mutuellement les flammes de l'hostilité.

« Comme nous venons de le constater, poursuivit Coleman, le pire est que les gens qui défendent une position médiane sont constamment accusés d'extrémisme par les deux partis, de telle sorte que, petit à petit, chacun tend à être rejeté vers l'un de ces deux extrêmes. »

Il attisait le feu avec un bâton. « Le Manuscrit affirme que le danger vient de cette polarisation croissante de la pensée politique, de plus en plus de gens rejoignant tous les jours l'une de ces deux positions extrêmes. C'est une situation très dangereuse. Chaque parti peut devenir violent ou despotique. Le Manuscrit déclare que les personnes qui sont dans l'alignement doivent trouver un moyen de confronter ceux qui professent des idéologies extrémistes en créant des instances nouvelles, plus éclairées, qui se consacreraient à la vérité. Il déclare que c'est particulièrement vrai lorsque l'on fait face à une idéologie religieuse. »

Je me contentai de le regarder.

« Ce que tu as dit à propos du groupe de Rachel m'a beaucoup intéressé, me confia-t-il.

— Pourquoi ça ?

— Parce que le Manuscrit affirme qu'à notre époque les idéologies religieuses vont se développer. Aujourd'hui, alors que beaucoup de gens aspirent à une discussion ouverte sur la spiritualité afin d'établir un consensus sur notre nature spirituelle, les tenants des religions établies vont commencer à se sentir menacés. Dans le but de défendre leur doctrine, ils adopteront également des positions extrêmes au point même de tout abandonner et de souhaiter la fin du monde. »

Je me souvins de ce que m'avait dit le colonel Peterson.

« Tu fais allusion aux gens qui souhaitent la fin des temps, lui dis-je.

— Oui. »

Soudain le vrombissement sourd de véhicules tout-terrain interrompit notre conversation. Bien qu'ils fussent encore loin, ils se rapprochaient de nous à vive allure. Tout autour, les gens se dépêchaient de démonter leurs tentes et de rassembler leurs affaires.

« Nous ferions mieux de partir d'ici, lançai-je en me levant d'un bond et en fourrant mes affaires dans mon sac à dos.

— Je vais chercher ma tente, je reviens tout de suite », me répondit-il en se précipitant dans l'obscurité.

Juste à ce moment, le hurlement d'une femme à une quinzaine de mètres de là me fit sursauter. Plusieurs hommes avec de grosses torches l'avaient immobilisée et fouillaient ses effets personnels. D'autres individus venaient dans ma direction.

N'ayant plus d'autre choix, je finis de ranger mes affaires dans mon sac et je me mis à courir dans l'obscurité. Partout ailleurs j'apercevais des hommes munis de torches en train de fouiller les campements, manifestement à la recherche de quelque chose. Je m'accroupis tandis qu'un groupe d'hommes se précipitait vers des tentes situées à moins de dix mètres de l'endroit où je me cachais. Le faisceau de leurs torches balaya l'espace au-dessus de moi.

« Donnez-nous vos traductions », ordonna l'un

des hommes avec un accent arabe. Un autre cria quelque chose à un comparse dans ce qui ressemblait à l'une des langues du sous-continent indien. Je reconnus l'un des membres du groupe qui détenait Rachel. C'était un homme barbu, de haute stature.

L'arrivée des tout-terrains dispersa rapidement les hommes ; leurs torches s'éteignirent soudain. Je m'écartai des gardes forestiers, m'efforçant de repérer Coleman. Je finis par me cacher derrière des rochers à une centaine de mètres de là. Des dizaines de gardes forestiers rassemblaient les gens en groupes et les emmenaient hors de la clairière. Je me dirigeai plus loin vers le nord.

Une heure passa ; soudain je me figeai. À ma gauche, quelqu'un semblait ramper vers moi. Le bruit cessa et je reculai dans la direction opposée pour tomber sous la poigne d'une silhouette solitaire qui m'enfonça un pistolet dans les côtes. Un autre homme me plaqua au sol tandis qu'une grosse torche fut soudain braquée sur mon visage.

Ils me traînèrent plus au nord, sur environ huit cents mètres, jusqu'à un lieu planté de pins denses où se trouvait une vingtaine de personnes. Un petit feu de camp projetait des lueurs vacillantes. C'était le groupe qui retenait Rachel.

L'homme qui semblait être le chef s'approcha de moi et me dévisagea longuement. Vêtu d'un treillis militaire, il avait une forte carrure et des cheveux noirs grisonnants. Il hocha la tête avant de se détourner. J'inspirai profondément ; j'essayai de garder ma présence d'esprit et de ne pas céder à la panique. Je me dis qu'après tout Rachel était avec eux depuis un certain temps et qu'elle n'avait pas l'air d'en être particulièrement perturbée.

Pourtant, ils avaient fait irruption dans la clairière en semant la terreur, visiblement à la recherche des parties du Manuscrit. J'aperçus des dossiers et des feuillets épars empilés près d'un cactus. Un homme s'avança vers moi et se mit à fouiller mon sac, découvrant sans difficultés mon exemplaire des intégrations.

Tout à coup, deux autres ombres émergèrent de l'obscurité. L'une était Rachel et l'autre un Arabe d'environ trente-cinq ans, vêtu d'une longue robe traditionnelle. Rachel s'approcha et me vit ; nos yeux se croisèrent un instant avant que quelqu'un ne s'interpose.

Le chef s'approcha et s'assit tranquillement devant moi.

« Où est le reste de tes documents ? » me demanda-t-il. C'était le même homme que j'avais entendu auparavant, celui qui avait un accent du sous-continent indien.

J'étais déterminé à rester concentré et à dire la vérité ou à me taire. « C'est tout ce que j'ai », lui répondis-je.

Il m'adressa un sourire serein ; il n'y avait pas d'autres mots pour décrire son expression. « D'accord, mon ami. Dans ce cas, où peut-on trouver le reste du Manuscrit ?

— Je ne sais pas. Il faut que quelqu'un vous guide.

— Et toi, c'est le colonel Peterson qui t'a guidé ? »

J'étais abasourdi, ce qui fit luire une étincelle dans les yeux du chef. Il se réjouissait manifestement de montrer qu'il connaissait l'existence du colonel.

« Oui. Je sais tout sur ce groupe. Et je veux que tu me dises tout ce que tu sais sur cet homme, ajouta-t-il.

— C'est facile, répliquai-je. Je l'ai rencontré pour la première fois au début de la journée et je ne sais rien sur lui, si ce n'est qu'il est intéressé par ce que révèle le Manuscrit, tout comme vous apparemment.

— Oui, nous sommes en train de l'étudier en ce moment », dit le chef. Il jeta un regard éloquent à Rachel qui était assise près des documents empilés à ses côtés.

« Et vous ? lui demandai-je. Que pensez-vous de ce Manuscrit ? » Il parut amusé qu'en ces circonstances, j'ose lui poser une telle question.

« Il n'a rien à nous apprendre, m'affirma-t-il. Nous possédons déjà la vérité. »

Il se détourna et se mit à parler à l'homme vêtu de la longue robe traditionnelle qui était près de Rachel. Il s'appelait Adjar.

À cet instant, Rachel me regarda droit dans les yeux, ce qui me bouleversa à tel point que je dus détourner le regard. Cet échange n'était pas sentimental – du moins c'est ce que je pensais. Il s'agissait d'un émoi qui était sans conteste hors du commun ; je l'éprouvai au plus profond de moi-même tout en étant incapable de l'expliquer.

En la regardant du coin de l'œil, je compris qu'elle essayait de me donner un avertissement.

« Coopérez ! Ne faites pas de vagues », semblaient me dire ses yeux. Ce qui me plongea dans un dilemme. Si je voulais rester lucide, je devais demeurer concentré et conscient et, à cette fin, il me fallait dire la vérité telle que je la connaissais. Je devais formuler avec doigté mes remarques sincères de façon à éviter des ennuis avec ce type.

Le chef revint vers moi.

« Le concept d'idéologie, me dit-il, fait référence à des gens qui vivent dans le mensonge et le savent, n'est-ce pas ? Ceux qui mentent et volent pour obtenir de l'argent, comme vous les Occidentaux. »

Il m'observa attentivement pour voir si j'allais défendre les valeurs de la modernité, mais il me vint alors à l'esprit d'exposer une idée qui allait dans un autre sens.

« Je pense que le Manuscrit s'adresse aux gens qui ont des idées bien arrêtées sur la réalité et qui sont fermés à toute discussion sur ce sujet, lui dis-je. Ils cessent de grandir et ne font que répéter le passé. Ils ne savent pas mener une discussion consciente.

— Comme Peterson ?

— Ça, je ne sais pas.

— Tu le sais ! »

Pour la première fois, il eut l'air vraiment menaçant, et je sus que j'étais sur un terrain glissant.

« D'accord, lui dis-je. Je pense qu'il tente de

trouver un moyen de mettre fin à la guerre entre les religions avant qu'il ne soit trop tard. »

Il avait l'air de quelqu'un qui essaie de contrôler une violente indignation intérieure.

« Il veut le pouvoir pour lui-même, dit-il. De plus, on ne peut pas arrêter cette guerre. Elle est inévitable. Tu essaies de me tromper, non ? »

Là-dessus, il se détourna à nouveau. Rachel me fixait, m'incitant à la prudence.

« Fais-les garder toute la nuit », ordonna le chef en s'adressant à Adjar.

Adjar fit un signe à deux hommes qui me soulevèrent et me firent asseoir à côté de Rachel, puis il dit quelques mots en hébreu à une femme. Elle s'avança vers un rocher, à trois mètres de là, pour nous surveiller, une mitraillette Uzi sur les genoux. Elle s'appelait Hira.

Je me penchai vers Rachel et remarquai à nouveau son parfum de rose qui, dans ce contexte, lui donnait une apparence irréelle, semblable à un ange.

« Qui sont ces gens ? murmurai-je.

— Je suis avec eux depuis un certain temps, mais je ne sais toujours pas grand-chose à leur sujet, me répondit-elle à voix basse. Ils appartiennent pour la plupart à des sectes arabes mais il y a également parmi eux des Occidentaux, des juifs et des chrétiens venus d'un peu partout. À mon avis, ils croient tous à la prophétie de la fin des temps, et c'est la seule chose qui les relie. Leur chef s'appelle Anish. C'est lui qui les tient. »

Je la mis rapidement au courant de ce que

Peterson m'avait dit au sujet des extrémistes qui souhaitaient l'Armageddon.

Elle réfléchit un moment. « Je sais qu'Anish prépare quelque chose. Mais je ne sais pas de quoi il s'agit. Ils se font appeler les Partisans de l'Apocalypse.

— Et ils ne veulent pas vous laisser partir ?

— Je n'ai pas insisté là-dessus. Ils ont fait pression pour que j'accepte de les aider à comprendre le Manuscrit, bien que seuls quelques-uns y sont parvenus. » Elle jeta un coup d'œil à Adjar qui détourna rapidement la tête.

Je pris une profonde inspiration, puis j'évoquai l'épisode des hommes qui avaient terrifié les campeurs dans la clairière.

« J'ai pensé qu'ils essayaient peut-être de les forcer à leur remettre les exemplaires qu'ils avaient », dit-elle.

Elle m'observa de nouveau, cherchant à croiser mon regard. « Où en êtes-vous avec les intégrations ?

— J'ai fini la troisième et une partie de la quatrième.

— Vous en êtes donc au problème de la polarisation des idéologies et de l'opposition aux opinions modérées.

— Oui. »

Elle parut s'animer. « Eh bien, la conclusion de la quatrième intégration est révélatrice. Elle affirme qu'il n'y a qu'une seule solution pour résoudre le problème des gens qui sont dominés par les idéologies. Ceux d'entre nous qui sont dans l'alignement et qui estiment que la vérité occupe une position centrale doivent *leur venir en aide.*

— Qu'est-ce que ça signifie ?

— Ça veut dire qu'un nombre suffisant d'entre nous doit progresser dans les intégrations jusqu'à ce que l'on ait suffisamment d'influence pour les convaincre, avant qu'il ne soit trop tard, et que l'alignement est la seule façon d'exercer cette influence. Les gens peuvent rapidement changer.

— C'est une course contre la montre », lui dis-je.

Elle me regarda d'un air perplexe.

« C'est exactement ce qu'un ami m'a dit quand j'ai entendu parler du Manuscrit pour la première fois », me répondit-elle.

À ce moment-là, Anish, le chef, s'avança et dit quelques mots à Adjar. Puis il me fixa longuement. Je soutins son regard, ce qui parut l'irriter. Il se déchaîna.

« Qui es-tu pour me dévisager ainsi ? hurla-t-il. Fais preuve de respect ! Vous deux, vous êtes en vie, ici, parce que je le permets. Quand vous ne serez plus utiles à notre cause, je vous ferai disparaître en un instant. » Il claqua des doigts pour illustrer son propos.

Puis, de manière étonnante, il recouvra son calme et sourit. « Demain, tu me diras tout ce que tu sais. »

Il nous lança à nouveau un regard furieux et s'éloigna.

La menace semblait bien réelle et je sentis mon énergie s'effondrer. Rachel me contempla. Elle jeta un coup d'œil à Hira, notre gardienne, qui l'examina à son tour avec inquiétude. Hira sauta du rocher sur lequel elle était assise avec une aisance athlétique étonnante, prête à faire face à toute éventualité. Rachel lui fit un signe de tête.

Je compris alors que Rachel s'était sans doute liée d'amitié avec cette femme armée d'une Uzi. En fait, Rachel semblait avoir établi un lien avec Hira et Adjar. Après s'être assurée qu'Anish ne revenait pas, Rachel se pencha en avant, tentant à nouveau de capter mon regard.

« Il y a une dernière chose dans la quatrième intégration, commença-t-elle. Il nous faut bien admettre que nous n'exerçons pas suffisamment d'influence à nous seuls pour affronter de tels adversaires. Cette intégration affirme que nous devons accéder à une partie plus importante de nous-mêmes... pour découvrir notre "protection". »

La connexion au divin

J'étais assis, seul, à regarder fixement le feu mourant. Adjar, l'Arabe vêtu de la robe traditionnelle, était revenu et s'était longuement entretenu avec Rachel tandis que tous deux rassemblaient les exemplaires du Manuscrit.

Ensuite, il m'avait surveillé pendant que je montais ma tente puis il avait escorté Rachel jusqu'à la sienne, me laissant seul à l'exception d'Hira, notre gardienne, et de trois autres extrémistes qui étaient assis ensemble à la limite du campement. De temps à autre, les hommes éclataient d'un rire étouffé, tandis qu'ils fumaient des cigarettes et se passaient une bouteille de vin.

Face à cette situation, mon esprit était en ébullition. Mon énergie s'était effondrée et je n'avais aucune idée de ce qu'il fallait faire. Je pensai un moment à la suggestion du Manuscrit qui conseillait de trouver une Protection, mais cela ne m'aida pas. La signification de ce mot demeurerait un mystère tant qu'un événement susceptible de lui donner un sens ne surgirait pas dans mon vécu. En attendant, il ne s'agissait que d'un terme abstrait de plus.

En examinant à nouveau Hira, je me dis que je pourrais essayer de prendre la fuite et peut-être réussir à m'échapper, mais cette tentative laisserait Rachel seule ici, et je n'allais pas l'abandonner. Hira regarda soudain autour d'elle et me dévisagea ; lorsque nos yeux se croisèrent, son expression refléta, l'espace d'un bref instant, une expression qui ressemblait à de la curiosité ou à un questionnement.

Quelque chose dans ses yeux me détendit ; je songeai à lui adresser la parole, puis j'y renonçai. La journée avait été longue et, en dépit de la peur, une irrépressible fatigue s'abattit sur moi. Pendant quelques instants, je scrutai la nuit, essayant de me mettre dans un état d'attente de la synchronicité. Puis je me glissai dans ma tente, totalement incapable de rester conscient. Où était Wil ? me demandai-je. Et Coleman ?

Je fus réveillé par le bruit étouffé d'une conversation à l'extérieur de ma tente. Je crus d'abord que j'étais en train de rêver, mais j'entendis distinctement la voix de Rachel. Je jetai un bref coup d'œil à ma montre. Encore une heure avant que l'aube ne se lève.

« Vous ne comprenez pas ? chuchotait-elle de manière cependant audible. Nous devons trouver un moyen de réduire nos différences. »

J'observai à travers l'entrebâillement du rabat de la tente et je vis Rachel à l'extérieur, à côté du feu. Adjar était assis en face d'elle. L'ensemble du campement était silencieux, plongé dans l'obscurité. Hira n'était plus sur le rocher.

« La spiritualité ne peut pas être imposée. Les

gens doivent la découvrir par eux-mêmes », insista Rachel.

Il secoua la tête en signe de dénégation. « Nous estimons que la spiritualité doit modeler et maintenir la culture. Les règles spirituelles doivent être garanties par ceux qui en sont responsables. Sinon les gens de notre peuple deviendraient laxistes et paresseux. Vous ne voyez pas à quel point vos films et votre musique sont indécents et dégradants ? Et vous estimez que vous pouvez être fiers de votre politique corrompue ?

— Écoutez, argumenta-t-elle. Il y a certains aspects de notre culture que je n'aime pas non plus. Mais la liberté est importante pour les hommes *comme* pour les femmes. Et si le Manuscrit avait raison ? Vous avez compris ce qu'il affirme. Vous avez fait l'expérience de l'alignement. Que se passerait-il si dans le monde entier les gens apprenaient à pratiquer une spiritualité qui établisse la discipline dont vous parlez, mais de manière librement consentie, et s'y astreignent pour la simple satisfaction que cette expérience leur procure ? »

Tout à coup, Hira revint l'air inquiet, et se mit à parler avec Rachel en hébreu. Adjar semblait sur le point de vouloir la frapper, mais il se détourna, écœuré, et s'éloigna de quelques pas.

J'écartai le rabat et je sortis de ma tente, ce qui les fit sursauter. Rachel me jeta un regard lourd d'anxiété et s'approcha d'Adjar.

« Certaines personnes se sont confiées à Hira, murmura Rachel à Adjar. Anish dit qu'il ne va pas nous laisser partir. Vous devez nous aider à fuir. »

Adjar ne répondit pas.

« Vous savez ce que dit le Manuscrit, insista Rachel. Il déclare que nous allons faire l'expérience d'une Découverte capitale. Il faut que nous comprenions en quoi elle consiste. Elle pourrait déboucher sur une résolution des conflits entre les deux camps. Et si l'Armageddon pouvait être évité ? »

Adjar se détourna à nouveau comme s'il était sous l'emprise d'une tension intense.

« D'accord. Rassemblez vos affaires », finit-il par dire.

Hira courut jusqu'à Rachel, la mitraillette pendant à son épaule et, se désignant du doigt, elle murmura quelques mots semblant signifier qu'elle venait avec nous.

Rachel se retourna pour me regarder ; elle souriait comme si elle était abasourdie par le fait que sa requête lui ait été accordée. Je me précipitai et commençai à démonter ma tente en tentant de faire le moins de bruit possible. Quelques minutes plus tard, nous étions tous trois en train d'avancer prudemment vers le nord. Derrière nous, Adjar, debout et immobile, nous regardait partir, la lueur du feu de camp miroitant sur son large front.

« Et Adjar ? » murmurai-je à Rachel. Nous étions en train de gravir la pente raide et boisée qui menait vers la Montagne Secrète.

Elle s'arrêta et se retourna pour contempler Adjar.

« Je ne sais pas », dit-elle.

Derrière un affleurement rocheux abrupt,

Rachel découvrit un passage qui nous permettait d'avancer vers la droite, le long d'une petite crête. Tout à coup, nous entendîmes derrière nous une série de hurlements et de vociférations provenant du camp des Partisans de l'Apocalypse, et apparemment provoqués par la découverte de notre absence. Je voyais déjà de grosses torches s'allumer tandis qu'un groupe d'hommes se dirigeait vers nous.

Nous pressâmes le pas en direction du nord, nous enfonçant de plus en plus dans les étendues sauvages de la Montagne Secrète. Je savais que cette région se composait d'une centaine de kilomètres carrés de terrain accidenté. Nous marchâmes longtemps après le lever de soleil ; chaque fois que nous atteignions une hauteur, nous nous arrêtions pour nous reposer et vérifier si les extrémistes nous suivaient. À chacun de ces arrêts, nous constations qu'ils étaient toujours derrière nous, sans toutefois parvenir à nous rattraper.

Lorsque le soleil s'éleva plus haut dans le ciel, nous accélérâmes notre allure jusqu'à les perdre de vue, puis nous continuâmes à avancer jusqu'au début de l'après-midi, où nous nous effondrâmes littéralement de fatigue. Nous établîmes notre campement sur un surplomb rocheux entouré d'épais buissons, à l'exception d'un côté qui nous permettait d'apercevoir le bas de la crête.

Le reste de la journée, nous mangeâmes un plat de légumes et nous nous relayâmes pour surveiller les alentours et dormir. En fin de journée, nous nous rassemblâmes tous trois au bord de l'escarpement rocheux pour contempler le coucher de soleil. Rachel s'assit à côté de moi ; Hira, à quelques pas de là, surveillait tout mouvement et semblait encore très tendue. Dans le déploiement du soleil couchant, des tourbillons de cirrus, pareils à de petits anges roses, captèrent les derniers rayons.

« Je pense qu'ils nous ont protégés au camp », dit Rachel.

J'acquiesçai.

« Vous allez en avoir encore besoin ! » cria soudain Hira.

À cent mètres de là, un groupe de sept extrémistes remontait la colline en courant vers nous. Certains d'entre eux portaient des fusils automatiques en bandoulière.

« Allez, il faut décamper », dis-je.

En quelques instants, nous avions ramassé toutes nos affaires et gravissions la pente en courant vers le sommet de la montagne, escaladant des affleurements rocheux et nous frayant un chemin à travers d'épais massifs d'arbres. Hira avançait en tête et nous indiquait le chemin à suivre.

« Laissez-la nous guider, me dit Rachel. Elle a été dans l'armée israélienne. »

Alors que nous avancions le long d'une étroite corniche, mon pied glissa tout à coup et je me sentis basculer vers une arête rocheuse à sept mètres en contrebas. À la dernière minute, je sautai sur un gros rocher situé à trois mètres en dessous de moi et je me retrouvai couché sur le ventre, le bras éraflé par les aspérités de la roche.

« Ça va ? » murmura Rachel au-dessus de moi.

Je me rendis compte qu'il m'était impossible de revenir jusqu'à elle.

« Oui. Mais il faut que je trouve un autre chemin pour remonter. Je vous rejoindrai, un peu plus loin. »

Elle acquiesça d'un signe de tête et je repartis. Regardant derrière moi, dans l'obscurité grandissante, j'aperçus de nouveau la lueur vacillante des torches qui s'élevaient et descendaient entre les mains des Partisans de l'Apocalypse qui se rapprochaient de nous. Soudain, un coup de feu éclata, se répercutant contre les parois rocheuses en une succession d'échos qui me glacèrent le sang.

En dépit de mes efforts, mon énergie ne cessait de diminuer. Je m'efforçai d'aiguillonner ma conscience en me disant qu'il était vital de m'en sortir et de découvrir les dernières intégrations. J'essayai même d'attendre un autre événement synchronistique et de rechercher cette protection dont j'avais entendu parler, mais je savais parfaitement qu'il n'y avait personne dans cette étendue sauvage pour nous venir en aide.

Je courais maintenant dans l'obscurité, sautant d'un rocher à l'autre. À un endroit, je découvris à ma grande horreur que je ne pouvais plus avancer à moins de redescendre la pente et de me rapprocher de la lumière mouvante des torches. Pis encore, devant moi, la pente se terminait par une paroi rocheuse abrupte. Si je voulais leur échapper, il me fallait pratiquement l'escalader.

Un autre coup de feu retentit, ce qui me plongea dans un état de panique totale. Maintenant, tout semblait vain. Il ne subsistait plus que la peur et l'urgence de fuir.

Lorsque j'atteignis la paroi rocheuse, je choisis la voie qui me semblait la meilleure et je l'escaladai, conscient que c'était une question de vie ou de mort. Chaque fois que j'atteignais une saillie, la lueur des torches m'éclairait par intermittence, signe que mes poursuivants grimpaient également. Étaient-ils déjà en train de me viser ? Cette pensée provoqua des vagues de panique encore plus intenses, jusqu'à ce que leur niveau devienne tout simplement intolérable. C'est à ce moment que je sentis descendre sur moi, comme un éteignoir, la résignation devant l'imminence de la mort, ce qui sapa mes dernières forces. J'avais les jambes en plomb.

Soudain, un souvenir me redonna de l'énergie. Quelques années auparavant, je m'étais trouvé dans la même situation, au Pérou, alors que j'étais en quête de l'ancienne Prophétie. C'étaient bien les mêmes circonstances : je m'étais alors abandonné à la mort qui représentait un soulagement face à la terreur. À cet instant précis, mon esprit s'était ouvert à un état de conscience que je n'avais jamais connu auparavant ni depuis ce moment-là.

Gardant cette pensée présente à l'esprit, je retrouvai suffisamment d'équilibre pour grimper jusqu'au sommet d'une pente raide. Puis je me faufilai par un étroit passage entre deux grands affleurements rocheux, essayant de trouver une voie sur la droite afin de poursuivre mon ascension. À ma grande stupéfaction, je découvris devant moi un à-pic qui me barrait complètement le chemin. J'étais coincé sur une corniche. Même situation qu'au Pérou.

Derrière moi, des rochers dévalant la pente m'indiquaient que les extrémistes se rapprochaient. J'avais maintenant les jambes en coton ; je m'effondrai sur le sol rocailleux. À nouveau, l'éteignoir de la reddition m'enveloppa, mais cette fois-ci, je ne m'y abandonnai pas totalement. Une partie de moi-même, celle qui se rappelait l'expérience du Pérou, ne céda pas. J'accédai à un niveau de conscience où je n'étais plus qu'un observateur, le témoin détaché qui ne se trouvait là que pour observer l'événement dramatique en train de se dérouler et qui déciderait de mon sort.

Inspirant profondément, je regardai autour de moi, en attente, puis, exactement comme au Pérou, quelque chose commença à changer. Sans faire d'effort particulier, j'observai l'élargissement de ma conscience qui, peu à peu, embrassait tout ce qui m'entourait, me procurant un étrange sentiment de familiarité, comme si je renouais avec une part naturelle de moi-même qui avait été perdue.

Soudain, mon champ de perception absorba tout ce que je n'avais pas remarqué auparavant : les petites phalènes et les insectes qui tournaient autour de ma tête. Des arbres et des rochers provenait le chant des criquets, ou peut-être étaient-ce des sauterelles ? Je pris conscience d'un grand oiseau, un faucon ou un hibou qui, réveillé par mon intrusion impromptue, s'envola en poussant un cri. J'entendais distinctement chaque battement d'ailes, comme s'il volait au ralenti.

Au-dessus de moi, le croissant de lune qui avait guidé ma progression était plus bas dans le ciel. En le contemplant, j'éprouvai une nouvelle dilatation de mon être, une expansion que j'avais déjà ressentie : il ne s'agissait plus d'un simple objet dans le ciel, d'apparence bidimensionnelle, comme une image télévisuelle.

La partie de moi-même qui était l'observateur percevait désormais le croissant de lune avec davantage d'amplitude, comme si ma perception me permettait d'appréhender le réel changement des cycles lunaires, de la même façon que la lumière du soleil reflète la rotondité tridimensionnelle de la Lune dans l'espace.

Ma perception étendit encore mon champ de conscience jusqu'à inclure non seulement la lune mais aussi le soleil, suspendu, semblait-il, sous la ligne d'horizon de la Terre, à l'ouest, illuminant l'astre lunaire. Cette perception accrue avait pour effet d'étendre mon sens de l'espace au-delà de l'endroit circonscrit autour de la corniche où j'étais assis, jusqu'à l'immensité du cosmos, dans toutes les directions – et non pas seulement juste au-dessus de ma tête et aux abords immédiats. J'avais l'impression de sentir sous mes pieds l'autre extrémité de la Terre.

Tout acquérait soudain davantage de relief, une sorte de puissante tridimensionnalité qui rehaussait la présence et la réalité de tout ce qu'embrassait mon champ de vision, depuis les plus petits insectes près de mon visage, jusqu'aux galaxies d'étoiles derrière la Lune. Je contemplai cela depuis l'immense perspective de l'intégralité de l'univers.

Autour de moi, tout s'animait d'une beauté et d'une grandeur incommensurables. Les rochers et les arbres étincelaient littéralement de couleurs, chaque reflet de lumière soulignant leurs pleins et leurs creux en un jaillissement multicolore. À ma droite, le grand pin au bord de la corniche paraissait exploser de mille nuances de rouge et de bleu.

Comme si j'étais mû par ce sentiment croissant de beauté, je sentis qu'au plan émotionnel je m'ouvrais à un profond sentiment d'amour et de connexion avec ce qui m'entourait. Au niveau de mon cœur, quelque chose jaillit de moi et je sus à ce moment-là, et sans le moindre doute, que j'étais de retour au bercail, que l'on prenait soin de moi et que j'étais totalement protégé. Je ne parvenais pas à le croire.

Pendant un moment, je m'immergeai dans cette émotion, puis l'image de moi-même en tant que personne se transforma peu à peu. Dans ce moment d'euphorie, la partie de moi qui faisait office de témoin percevait les événements de ma vie comme un long film. Je vis toutes les synchronicités, les pensées et les idées qui, dans mon passé, avaient surgi en mon esprit au moment opportun afin d'orienter ma vie : elles révélaient maintenant le but qui jadis avait été occulté. Je vis également que ce que j'avais fait procédait d'une vérité qu'il m'incombait de révéler et pour laquelle j'étais venu au monde. Toutefois, je compris aussi que ma vérité participait d'une vérité plus vaste et cachée, un Plan destiné à tous les êtres de la création.

Cette appréciation m'éleva à un niveau d'ouverture émotionnelle encore plus vaste. L'amour, le sentiment euphorique d'avoir repris possession de moi, d'être impliqué dans un univers qui comportait un but plus noble, ne me quittaient pas. De concert avec ces émotions, s'éleva un profond sentiment d'appréciation envers cette connexion et ce soutien, comme si je prenais conscience d'une force divine toujours présente à mes côtés sans que je le sache vraiment et qui surgissait soudain derrière un rideau en s'exclamant : « Surprise ! »

En fait, il s'agissait d'une expérience qui venait du tréfonds de moi-même. Comprendre, à ce niveau d'illumination, que je participais à quelque chose de plus vaste, de plus ancien et de plus pérenne, avait un impact presque écrasant.

Pourtant, ici, en ce moment d'appréciation, je ressentais aussi un point de connexion personnel à partir duquel émanaient ces sentiments d'amour et d'appartenance. De quoi s'agissait-il ? Lorsque je tentais de l'analyser, il disparaissait aussitôt. Toutefois, quand je me concentrais sur les sentiments d'amour, de bien-être et d'appréciation, il revenait. C'était comme si la gratitude parachevait, en quelque sorte, le circuit de la connexion et me rapprochait de son point de contact.

Je restai assis un long moment, éprouvant toutes ces expériences en même temps : l'accroissement de la perception, l'amour, le bien-être, le sentiment qu'il existe un Plan qui nous guide tous, et enfin ce point de connexion fugitif que je ne parvenais pas à comprendre. Je n'avais pas envie de bouger.

Le ciel nocturne avait disparu avec les premières lueurs de l'aube et tout ce qui m'entourait ressortait davantage : l'éclat des couleurs était plus vif et plus net. Soudain, je sentis que mon attention était attirée vers le bas de la pente. Je compris peu à peu que j'entendais des voix humaines. Je me levai d'un bond avec une agilité qui me surprit. Mon corps se déplaçait d'une manière différente ; il ne s'agissait pas seulement d'un surcroît d'énergie, mais d'une plus grande coordination et précision de mes mouvements. Après avoir compris que les voix venaient d'un endroit situé à environ trente mètres sur ma droite, derrière quelques arbres, je me faufilai à nouveau à travers l'étroit passage et descendis sans bruit, me frayant un chemin à travers les rochers. En me rapprochant, je reconnus les accents et je sus alors qu'il s'agissait des Partisans de l'Apocalypse.

Sans éprouver la moindre crainte, je me déplaçai lentement sur ma droite afin de pouvoir les observer en contrebas. Anish et le grand type barbu parlaient à haute voix. Derrière eux, se tenaient Rachel et Hira, tandis qu'un homme corpulent était assis de l'autre côté. Lorsqu'il se tourna, je reconnus Coleman qui semblait terrifié. Anish et l'homme qui avait une barbe étaient en train de discuter pour savoir ce qu'ils devaient faire de leurs trois prisonniers.

« Ils savent ce que nous comptons faire, disait le barbu. Si on les relâche, ça risque de compromettre notre projet.

— Qu'est-ce qu'ils savent ? lui répondit Anish en jetant un coup d'œil à Rachel. Rien ne peut nous nuire. La fin est proche et personne ne peut l'empêcher. »

Le barbu semblait en colère. « On ne peut pas continuer à prendre ce genre de risques. De toute façon, qu'est-ce qu'on fait sur cette montagne ? Ce Manuscrit stupide n'a pas de sens. Pourquoi en rechercher d'autres parties ? Nous devons aller en Égypte. »

Anish lui tourna le dos.

« J'insiste sur ce point, reprit l'homme à la barbe d'un ton véhément, ou alors nous devons aller chacun de notre côté. » Derrière lui, plusieurs hommes armés s'avancèrent.

« Non, non, lui répondit Anish, notre coalition est trop importante pour que nous nous dispersions. » Il jeta à Rachel un regard empreint de pitié.

« Ce n'est pas ce que vous voulez faire, intervint Rachel. Le Manuscrit expliquera la fin des temps et la signification réelle de toutes les prophéties. J'en suis persuadée. Ensemble, nous pouvons tous découvrir la vérité. La paix serait possible. »

À cet instant, je compris en un éclair que nous tous – Rachel, Adjar, Hira, Coleman, moi-même et Wil, où qu'il fût – étions ici dans un but précis. Nous faisions partie d'un Plan. Nous étions au bon endroit pour intercéder d'une manière ou d'une autre auprès de ces extrémistes. Nous pouvions apprendre à établir un contact avec eux ainsi que l'avait spécifié la quatrième intégration. Mais comment ?

J'eus soudain l'idée de me déplacer davantage vers la droite et de provoquer un éboulement de rochers qui ne blesserait personne mais qui créerait suffisamment de confusion pour permettre à notre groupe de s'échapper. J'étais sur le point de le faire, lorsque j'aperçus une autre personne à l'endroit précis que j'avais choisi pour déclencher cet éboulement. Soudain, un énorme rocher dévala la pente vers les pins, détachant au passage d'autres rochers dont l'un avait la taille d'une baignoire. Dès que le grondement retentit, les Partisans de l'Apocalypse se mirent à courir dans la direction opposée.

Je savais qu'il fallait que j'incite, d'une manière ou d'une autre, Rachel et les deux autres à courir vers moi ; j'entrai spontanément dans un état d'intentionnalité, proche de la prière. Mais je n'étais pas le seul agent. Je sentais confusément un lien avec d'autres personnes qui m'aidaient. Qui étaient-ils ?

Comme si elle répondait à un signal, Rachel

empoigna Hira et courut dans ma direction à travers les rochers. Lorsque nos regards se croisèrent, Rachel ralentit un instant et parut chanceler. Hira me vit également et saisit le bras de Rachel pour l'empêcher de trébucher. Coleman, qui s'accrochait à un rocher pour maintenir son équilibre, fut le dernier à m'apercevoir. Je savais qu'ils étaient portés par le même état de conscience que le mien.

Profitant de la confusion, je me précipitai dans la poussière aveuglante, saisis Rachel et Hira, et les ramenai à l'endroit où je me tenais. Coleman était juste derrière nous. Les rochers continuaient à dévaler la pente et, alors que nous courions, je regardai au-dessus de moi vers l'origine de l'éboulement et je remarquai à nouveau un mouvement. Je guidai mes compagnons vers un autre affleurement rocheux, près d'un grand arbre, où il était impossible de nous voir. Ils me souriaient, sans aucune crainte face aux dangers.

Brusquement, derrière un arbre, quelqu'un jeta un coup d'œil furtif et nous observa : c'était Wil. Le simple fait de le voir éleva encore mon niveau de conscience et lorsqu'il me regarda je sus qu'il partageait le même état que nous tous.

« Suivez-moi, dis-je spontanément. Je sais où aller. »

Je leur fis remonter la pente jusqu'à l'affleurement rocheux où je me trouvais avant l'éboulement, puis je les fis passer par l'étroite ouverture jusqu'à la corniche. Rachel, Hira et Coleman semblaient encore totalement absorbés par leur niveau de conscience ; ils s'assirent chacun à un endroit différent.

Wil et moi-même revînmes sur nos pas, de l'autre côté du passage, pour faire le guet.

« C'est toi qui as déclenché l'éboulement, non ? » lui demandai-je.

Wil acquiesça.

« J'ai eu, moi aussi, l'intention de le provoquer, mais c'est toi qui y as pensé le premier, déclarai-je en riant.

— Qui sait ? répondit-il en me regardant. C'est peut-être toi qui y as songé le premier et je t'ai entendu. Ou peut-être que nous y avons pensé en même temps. C'est ce que je suppose. »

Je savais qu'il faisait référence à la connexion que nous semblions tous partager les uns et les autres.

Je fis un pas vers lui. « Tu crois que ces extrémistes vont... »

Wil acheva ma pensée avant que je ne puisse l'exprimer : « ... nous suivre ? Ça ne me surprendrait pas. »

Il fit ce commentaire sans aucune inquiétude, comme si cela lui était parfaitement égal. Ce qui, compte tenu de notre situation, semblait bizarre, jusqu'à ce que je prenne conscience que j'éprouvais exactement le même sentiment. Nous pensions et agissions à la vitesse de l'éclair, faisant exactement ce que nous devions faire au moment où il le fallait. Mais une partie de ce que nous ressentions – l'amour, l'impression d'être de retour au bercail, d'être guidés par une intuition mystérieuse – provenait de notre impression constante d'invulnérabilité, comme si nous étions capables de nous laisser guider et de gérer tout ce qui pouvait arriver.

« Toi aussi, tu sens cette protection, non ? » lui dis-je en le regardant.

À ce moment-là, j'eus l'idée de regarder en contrebas de la colline. Wil me dépassa pour faire la même chose : il grimpa un peu plus haut, sur un surplomb rocheux pour avoir une meilleure vue. J'étais juste derrière lui. Lorsque nous atteignîmes le surplomb, nous distinguâmes un petit groupe d'hommes, armes à la main, qui se dirigeait vers nous.

« J'en étais sûr », dit-il, en se précipitant vers la corniche.

Moi aussi, pensai-je en essayant de le suivre.

Alors que nous franchissions l'étroit passage, une autre pensée me vint à l'esprit. Lorsque j'étais sur la corniche, la nuit dernière, il faisait noir. Après tout, peut-être y avait-il un passage qui, depuis cette corniche, nous permettrait de descendre la colline. Lorsque nous rejoignîmes la corniche, Rachel et Coleman étaient déjà en train de regarder par-dessus la saillie rocheuse, à la recherche de la même chose : une voie de dégagement. Nos esprits semblaient fonctionner ensemble, unis dans une sorte de supra-connexion.

Coleman était désormais en parfaite synchronicité.

« Qu'est-ce qui nous arrive ? me demanda-t-il en souriant. Je savais que la cinquième intégration faisait référence à une découverte majeure, mais je ne m'attendais pas à...

— Concentre-toi sur le sentiment de protection », l'interrompis-je instinctivement.

D'après l'expression de son visage, je sus qu'il avait compris.

« Il y a un chemin ! On peut sauter sur le premier rocher en dessous puis avancer le long de la pente sur la droite », s'exclama soudain Hira qui regardait par-dessus le rebord, à droite de la saillie.

Je m'approchai pour regarder à mon tour. « Ça représente un saut de cinq mètres !

— Vous pouvez le faire », dit-elle.

En me retournant, je vis qu'ils rassemblaient leurs affaires. Wil me lança un regard qui signifiait : « Allons-y. »

Hira fut la première ; elle jeta d'abord son sac puis sauta et atterrit juste à côté de son paquetage, comme si de rien n'était. Coleman lança ses affaires à Hira, rampa jusqu'à l'extrémité de la saillie, se suspendit par les bras avant de se laisser tomber. Wil fit la même chose. Rachel s'approcha de moi ; je l'empoignai par les bras et la tins au-dessus de la saillie. À ce moment-là, nous nous regardâmes dans les yeux, établissant le contact le plus étroit que j'aie jamais connu, comme si nos âmes se touchaient.

Je la tins ainsi un long moment, puis la laissai tomber vers les autres sans la moindre difficulté avant de sauter à mon tour. Tandis que je m'élançais, il me vint un souvenir que j'avais oublié depuis longtemps. Ma vie durant, depuis que j'étais petit, j'avais fait des chutes, tombant parfois d'une grande hauteur. Une fois, alors que je n'avais que trois ans, j'avais imaginé que j'étais capable de voler ; après avoir noué un tablier autour de mon cou, comme la cape de Superman, j'avais fait le saut de l'ange du haut d'un mur de soutènement de deux mètres cinquante et j'avais atterri indemne.

Plus tard, quand j'étais adolescent, j'étais monté sur une échelle coulissante de huit mètres de hauteur, posée sur un sol de ciment, pour accrocher une lampe. Le pied de l'échelle avait glissé, et j'étais tombé sur le sol de toute la hauteur de l'échelle. Ma hanche et mon épaule avaient heurté deux barreaux, ce qui avait atténué ma chute, m'évitant d'être grièvement blessé. Je m'en étais sorti sans dommages.

Enfin, j'avais encore fait une chute durant mes études supérieures. Alors que je travaillais comme électricien, j'étais tombé des combles d'un centre commercial, passant à travers le plafond d'une bijouterie située en dessous, puis au milieu d'une vitrine de verre de deux mètres cinquante, pulvérisant en chemin quatre étagères de verre avant de rebondir sur le sol. Après être retombé sur mes pieds, j'avais soigneusement enlevé des dizaines d'éclats de verre acérés qui me couvraient le corps et je m'étais relevé sans blessures graves.

Lors de chacune de ces chutes, le temps s'était ralenti et j'avais été envahi par la certitude que tout se passerait bien, ce même sentiment que j'éprouvais maintenant, au moment où mes pieds touchèrent le rocher. Je me demandai si j'avais capté à l'époque, peut-être de manière inconsciente, ce même sentiment de protection.

Hira marchait en tête et nous trouvâmes un sentier qui contournait un grand ravin et nous ramenait au pied du versant oriental de la Montagne Secrète. Devant nous, Hira avançait à vive allure, et je remarquai qu'elle était solide comme un roc, musclée comme une gymnaste et qu'elle débordait maintenant d'enthousiasme.

« Ne traînez pas ! » lança-t-elle, mais avant même qu'elle ne prononce ces paroles, chacun d'entre nous avait instinctivement accéléré le pas.

Au bout d'un kilomètre environ, nous étions descendus jusqu'au plateau situé au nord-est du canyon de Boynton. Je me sentais fatigué ; l'euphorie et la clarté commençaient à se dissiper. Hira s'arrêta un instant pour nous permettre de reprendre notre souffle. Tandis qu'elle me regardait, je remarquai que son visage avait encore changé, comme si elle était soudainement inquiète. Je jetai un coup d'œil sur les autres, et je fus confronté à de nouvelles expressions d'anxiété. Manifestement, ils revenaient tous à leur état normal. Je me retournai et regardai vers le haut de la montagne.

Soudain, un autre coup de feu éclata ; le son se répercuta à travers le désert, semant à nouveau la panique parmi nous. Nous avions atteint la dernière formation de petits affleurements rocheux avant que le terrain ne s'ouvre sur une grande zone plate, quasiment désertique. Nous nous accroupîmes derrière les rochers, confrontés à un dilemme.

Quelque part derrière nous se trouvaient les Partisans de l'Apocalypse, devant nous s'étendaient deux cents mètres de terrain avant que nous puissions atteindre un bosquet de genévriers qui nous permettrait de nous protéger. Nous pouvions soit courir droit devant nous, soit obliquer vers la droite où des rochers et des pins plus imposants offraient davantage de protection.

Wil, qui était devant, revint vers moi en rampant.

« Tu as gardé ta concentration ? me demanda-t-il.

— À peine, répondis-je en secouant la tête.

— Souviens-toi, poursuivit-il, que ce qui vient de se produire était une Découverte capitale, un aperçu d'un état de conscience dont nous savons maintenant qu'il est réalisable. Mais il nous faut apprendre à y revenir. »

À ce moment-là, plusieurs autres coups de feu retentirent, touchant des rochers à quinze mètres de nous. Les Partisans de l'Apocalypse ne savaient pas exactement où nous étions, mais ils étaient encore sur nos traces. Les autres membres de notre groupe se mirent à ramper vers Wil et moi.

« Ils tirent depuis la corniche où nous étions », dit Hira d'une voix qui, maintenant, tremblait légèrement.

« Qu'est-ce qu'on attend ? dit Rachel. Il faut courir tout droit jusqu'à la prochaine colline.

— Vous êtes folle ? » rétorqua Coleman. Il regarda la corniche. « J'aperçois deux ou trois hommes. Ils sont armés. Il y a davantage d'endroits pour s'abriter sur la droite. Un peu de bon sens ! »

Tandis qu'il parlait, je nous vis tous en train de courir vers la droite et mon niveau d'énergie parut s'effondrer davantage. J'observai l'itinéraire, droit devant moi, et il me sembla préférable, pour une raison que je ne m'expliquais pas. J'étais persuadé qu'aller dans cette direction était le bon choix.

« Qu'est-ce que vous en pensez, tous ? demanda Wil.

— Je crois qu'il faut aller tout droit, lui répondis-je.

— Quoi ? s'écria Coleman. Pas moi. Ils vont nous abattre. »

Tout le monde regarda Rachel.

« Je pense qu'il faut courir droit devant nous », dit-elle.

Coleman secoua la tête en signe de désaccord, puis obliqua vers la droite, courant à travers les genévriers et se précipitant d'un abri à l'autre. Quelques instants plus tard, nous traversâmes en courant l'espace découvert en zigzaguant, essayant de mettre le plus de distance possible entre nous.

Tout à coup une rafale de balles claqua en direction de Coleman. En me retournant, je constatai que des Partisans de l'Apocalypse avaient pris position sur la colline située directement au-dessus de Coleman d'où ils tiraient sur lui. Nous ralentîmes notre course pour regarder dans sa direction.

« Courez ! Courez ! » hurla Wil au moment où les extrémistes juchés sur l'escarpement rocheux ouvraient le feu sur nous. Sur notre gauche, les balles filaient vers nous en faisant voler la poussière. À cet instant, je croisai le regard de Wil et je remarquai pour la première fois sur son visage une expression de résignation, laissant entendre que nous ne parviendrions pas à nous tirer d'affaire. Et c'est alors que j'éprouvai à nouveau le sentiment que tout irait bien, cette même impression que, tout jeune, j'avais ressentie lors de mes chutes.

Nous entendîmes soudain le vrombissement d'un hélicoptère qui volait vers nous. Quand il fut pratiquement au-dessus de nous, il s'inclina dans notre direction et je pus distinguer plusieurs hommes dans la cabine arrière. Peterson était parmi eux. Il me reconnut, surpris, tandis que, tout près de nous, plusieurs autres balles criblaient le sol. Comprenant ce qui se passait, Peterson fit un signe au pilote ; l'hélicoptère accéléra et passa en rase-mottes au-dessus des extrémistes positionnés sur le surplomb rocheux. Les tirs cessèrent.

« Allons-y ! » hurla Wil et nous courûmes jusqu'aux premiers rochers ocre de la colline la plus proche. Une fois arrivés, nous regardâmes l'hélicoptère s'éloigner, après avoir tourné plusieurs fois au-dessus des extrémistes.

« Comment l'hélicoptère savait-il que nous avions besoin d'aide ? demanda Hira.

— Ils ne le savaient pas, répondis-je. Ils volaient tout simplement dans le coin. »

Elle me jeta un regard perplexe.

« C'était un événement synchronistique, expliquai-je. Nous étions protégés. »

La grande mission

Au bout de trois heures de marche éprouvante, nous finîmes par atteindre une route goudronnée. Auparavant, nous avions longuement attendu Coleman en pensant qu'il avait peut-être essayé de rejoindre l'endroit où nous nous trouvions. Nous avions même envisagé de revenir sur nos pas pour le rechercher au cas où il aurait été blessé, mais nous avions constaté que notre route était bloquée par une multitude de voitures de police et de Jeeps du département des Eaux et Forêts qui se dirigeaient à toute allure vers la montagne dans un nuage de poussière. Nous étions tous fatigués, ébranlés, à l'exception de Wil qui se montrait optimiste sur les événements qui venaient de se dérouler.

« Vous savez, dit-il à un moment donné, tout ce qui s'est passé nous a montré exactement ce que nous avions besoin de comprendre. Jusqu'à présent, je n'avais jamais vu un groupe de gens aussi spontanément ouvert à une telle expérience. Le Manuscrit affirme que seuls nous ne pouvons pas faire face à des idéologies violentes, que nous avons besoin d'une Découverte capitale, mais aussi de trouver notre propre protection. Et c'est exactement ce qui s'est produit. »

J'approuvai son propos d'un signe de tête, trop fatigué pour faire un commentaire.

« Nous aurons tout le temps de nous reposer à Jerome. Et j'ai l'impression que Coleman va bien. Nous le retrouverons », ajouta-t-il.

Je savais que Jerome était une ancienne ville minière à l'ouest de Sedona, qui était devenue un lieu à la mode parmi les artistes.

« Pourquoi aller là-bas ? lui demandai-je.

— C'est là que les Hopis nous attendent », me répondit-il en souriant.

Sans dire un mot de plus, nous fûmes pris en stop par un propriétaire de ranch qui nous emmena jusqu'à la première cabine téléphonique d'où Wil appela Wolf ; vingt minutes plus tard, celui-ci arriva au volant de la même Mercedes. Tandis que nous nous entassions dans son véhicule, il croisa mon regard et arbora un large sourire à la vue de mes vêtements sales.

« Alors, on a eu des visions ? » me demanda-t-il d'un ton légèrement moqueur.

Je hochai la tête et m'effondrai sur le siège arrière. Wolf roula jusqu'à la ville minière située dans un paysage vallonné, puis poursuivit la route pendant environ deux kilomètres jusqu'à une petite ferme. La maison était construite en torchis et couverte d'un nouveau toit de tôle ondulée sur lequel avaient été disposés des panneaux solaires. En face de la maison, se trouvaient une grange ouverte soutenue par des poteaux et un corral renfermant trois chevaux, éclatants de santé. À l'arrivée de notre voiture, une volée de poules se dispersa.

Nous fûmes accueillis par deux autres Amérindiens, une vieille femme d'environ quatre-vingts ans et un adolescent qui avait l'air d'avoir quinze ans. Ils nous servirent rapidement un plantureux repas de beignets de maïs, de poulet et de guacamole aux oignons. En l'espace d'une heure, nous avions pris une douche, mangé et monté nos tentes, à moitié endormis, n'échangeant que quelques mots. Au crépuscule, nous étions couchés.

Je dormis sans faire le moindre rêve et je ne me réveillai pas avant qu'un rayon de soleil n'eût filtré par le rabat de ma tente, me frappant en plein visage. Un chœur d'oiseaux chantait dans les petits peupliers de Virginie au-dessus de moi. Après avoir enfilé mes bottes et rampé hors de la tente, je vis un feu de camp à côté duquel j'allai m'asseoir. Pour la première fois, je remarquai que le terrain descendait en pente depuis la maison jusqu'à un étang d'environ quatre mille mètres carrés ombragé par un très grand peuplier de Virginie. Au-delà, dans une vaste étendue rocailleuse, des corbeaux croassaient.

Tout en contemplant le paysage, j'eus l'impression que les journées précédentes s'étaient déroulées comme dans un rêve et que je retrouvai la personne que j'étais auparavant. J'avais grand besoin de la tasse de café que le jeune garçon me tendit.

« Comment t'appelles-tu ? lui demandai-je.

— Tommy », me répondit-il sans aucun accent.

Je désignai d'un signe de tête la vieille femme qui se trouvait à proximité. « C'est ta grand-mère ?

— Oui.

— Comment s'appelle-t-elle ?

— Grand-Mère.

— C'est son seul nom ? »

Il acquiesça d'un signe de tête.

Juste à ce moment-là, elle le héla ; il courut jusqu'à elle, s'accrocha à son cou et m'adressa un sourire épanoui et fier.

Je sucrai mon café avec du miel que je pris dans un pot placé dans un panier près du feu, et je le bus à petites gorgées, sans avoir la moindre envie de penser à nos expériences passées. Je savais que nous aurions tout le temps de revenir là-dessus par la suite. En ce moment précis, je voulais seulement rester assis, jouir de la simple beauté du lieu et apprécier ce retour à la normale. Un corbeau survola tout à coup le corral, se percha sur un poteau à proximité et me dévisagea. Je hochai la tête et détournai le regard.

« Déjà debout ? » me demanda à brûle-pourpoint Rachel qui se tenait derrière moi. Le timbre de sa voix était légèrement différent de celui qu'elle avait lorsque nous étions dans la montagne.

« Oui », lui répondis-je, en me levant. Quand nos regards se croisèrent, je rougis pour une raison que je ne comprenais pas très bien, et j'évitais de la regarder comme si nous avions eu une liaison sans lendemain.

Elle s'assit près du feu, sur un coussin fait de toile à sac, et le jeune garçon lui servit également du café. Elle fouilla dans la poche de son pull, en sortit un billet d'un dollar qu'elle lui tendit ; il refusa tout d'abord de le prendre après avoir jeté un coup d'œil à sa grand-mère. Rachel insista ; il lui fit un grand sourire et fourra le billet dans la poche de son jean.

Tout en regardant Rachel, certains événements que nous avions vécus sur la montagne s'imposèrent à ma conscience, du moins sur le plan intellectuel. Je savais que j'avais connu des expériences que l'on ne pouvait qualifier autrement que par les termes de « connexion au divin » et « authentique protection », ainsi qu'une profonde interaction avec Rachel et les autres. Mais je savais également qu'il s'était passé bien d'autres choses que j'étais incapable de me rappeler.

Je me souvins de Wil me disant qu'il s'agissait d'un aperçu du niveau de conscience supérieur que nous pourrions atteindre, de l'effort que nous aurions à effectuer pour renouer avec cette expérience. Je ne savais toujours pas ce que cela signifiait. Au bout d'un moment, je laissai ces pensées disparaître ; je me sentis soudain vulnérable et je commençai à envisager de tout lâcher. La logique me disait que la mesure était comble. Un groupe d'extrémistes avait tenté de nous tuer et, même si nous avions réussi à nous échapper, pourquoi continuer à tenter le sort ?

Tout à coup Rachel glissa son coussin plus

près de moi et me dit : « Ce qui s'est passé là-bas était important.

— Vraiment ? » répondis-je, sans être sûr d'avoir envie d'en entendre davantage.

Elle me jeta un regard plein d'optimisme. « Le Manuscrit affirme que l'ouverture à une connexion au divin est beaucoup plus fréquente qu'on ne le pense. Elle fait aussi partie intégrante de la nature de l'univers et du fonctionnement de notre esprit. »

Son sourire était enjôleur. Je me laissai porter par l'enchaînement de ses idées et je réfléchis à nouveau aux travaux de Jung, souhaitant que Coleman soit à mes côtés. Je savais que le phénomène de la synchronicité n'était pas la seule découverte de ce psychiatre suisse. L'idée selon laquelle nos cerveaux et nos esprits étaient structurés par des archétypes l'avait également rendu célèbre.

Ainsi pensait-il que les êtres humains étaient capables d'apprendre à marcher sans penser à chaque muscle impliqué dans ce mouvement parce que le schéma de cette coordination musculaire était déjà inscrit dans la structure de leurs cerveaux, contenu dans ce qu'il appelait les circuits archétypaux préétablis qui étaient transmis génétiquement.

Afin de marcher, il nous suffisait de voir les autres le faire et d'essayer de les imiter, ce qui déclenchait l'ensemble des circuits neuronaux nous permettant de maîtriser rapidement cette activité. Ces circuits étant fondamentalement les mêmes dans tous les cerveaux, l'apprentissage de la marche déclenchait le même processus chez tous les êtres humains.

Jung soutenait que le développement spirituel était structuré de la même manière, dans des circuits latents qui attendaient que nous les activions. Et cette expérience était, elle aussi, identique pour tous les hommes.

« Tant de choses se sont passées hier, finis-je par dire. C'est difficile de démêler tout ça. Et j'ai beaucoup de mal à retrouver le sentiment que nous avons éprouvé dans la montagne. »

Elle me regarda d'un air exalté. « Oui, mais la cinquième intégration affirme qu'il n'est pas nécessaire de s'en souvenir. Il nous suffit de continuer à intégrer les étapes suivantes et nous retrouverons ce sentiment. Tu sais, il s'agit de l'élévation de l'influence dont parle le Manuscrit. La seule partie de l'expérience que nous pouvons conserver maintenant, et qui est comprise dans la cinquième intégration, est le sentiment d'amour et de protection.

— C'est ce que Wil m'a expliqué, répondis-je, en lui faisant un petit signe de tête pour qu'elle m'en apprenne davantage.

— La cinquième intégration complète ce que la quatrième a établi, poursuivit-elle. Si nous avons l'intention de nous en tenir à la vérité et de rester dans l'alignement face aux mensonges idéologiques les plus dangereux, une ouverture se produit dans nos cerveaux et nous aide à tenir notre engagement. Nous savons que nous ne pouvons pas faire face à ce danger avec la seule force de notre ego. Personne n'en est capable. Et pourtant, le fait de le reconnaître suffit à déclencher un circuit neuronal préétabli et nous faisons alors l'expérience de la Découverte capitale, celle qui nous permet d'établir une connexion au divin et d'appréhender les prémonitions et les événements synchronistiques nécessaires pour être protégés. »

J'acquiesçai d'un signe de tête. Je retrouvai ce sentiment de protection. Jusqu'à maintenant, les gens ont été victimes de drames atroces qui semblaient les frapper au hasard parce qu'ils n'avaient pas le niveau de conscience requis pour prêter attention aux avertissements qui leur auraient permis d'échapper à ces dangers.

Si le Manuscrit disait vrai, la protection semblait être une part naturelle de notre faculté spirituelle innée qui, je le supposais, se développait à partir de la Loi de la Connexion. Cette idée éveilla dans mon esprit une vision du futur. Est-ce que les êtres humains auraient un jour une telle conscience des prémonitions qu'ils sauraient, par exemple, quitter une ville pour se réfugier sur des hauteurs juste avant qu'un tsunami ou qu'un tremblement de terre ne se produise, comme le font les animaux ?

Rachel me dévisageait.

« La prochaine chose à faire, continua-t-elle, est de retrouver l'expérience que nous avons vécue dans la montagne, de manière à pouvoir la vivre au quotidien. Nous en sommes maintenant à la sixième intégration. Tu te souviens de la prophétie trouvée au Pérou ? Nous allons découvrir la mission qui nous est impartie. »

Elle se tourna légèrement, de façon à me regarder dans les yeux. Je laissai mon regard s'attarder sur le sien un moment, avant de me détourner.

Tout à coup, Wolf arriva devant la maison au volant de sa voiture ; nous nous levâmes d'un bond pour l'accueillir. Nous fûmes étonnés de découvrir que Coleman était avec lui ainsi qu'un autre homme, que je ne pouvais distinguer, assis sur le siège arrière. Nous nous précipitâmes vers la voiture ; c'est alors que je vis le visage de l'inconnu. C'était Adjar.

Wil sortit de la maison et Wolf nous apprit qu'il avait trouvé Coleman en compagnie d'autres scientifiques à Sedona. Coleman avait, lui aussi, réussi à s'échapper lorsque l'hélicoptère avait détourné l'attention des extrémistes. Quant à Adjar, des amis hopis qui se trouvaient en ville l'avaient découvert dans une clinique. Wolf nous expliqua qu'Adjar avait pu s'enfuir après avoir été interrogé par les extrémistes.

« Malheureusement, ajouta Wolf, bien que la police ait été parfaitement au courant de la présence des extrémistes, elle n'a pas réussi à en attraper un seul.

— Vous avez entendu ? intervint Hira. Ça veut dire qu'ils pourraient venir ici d'un moment à l'autre. Il faut faire quelque chose.

— Qu'est-ce qui te prend ? s'exclama Adjar. Tu ne peux pas rester tranquille cinq minutes ?

— Ça te va bien de dire ça ! hurla Hira. Ce sont des gens comme toi qui détruisent la paix. »

Rachel tenta immédiatement de retenir Hira,

tandis que Grand-Mère emmenait Adjar vers la maison. Je remarquai pour la première fois qu'il avait une grande entaille sur le front et qu'il se tenait le bras.

Wil regarda Wolf avec insistance.

« Où est cet endroit dont tu m'as parlé ? lui demanda-t-il.

— En bas, près de l'étang, à côté du grand arbre, dit-il en faisant un signe de tête dans cette direction. Nous l'appelons le “lieu de l'harmonie”.

— Bon, répondit Wil. Nous allons en avoir sacrément besoin. »

Nous passâmes la plus grande partie de la journée à nous reposer ; nous prîmes nos repas seuls, à l'écart les uns des autres. Adjar ne sortit pas une seule fois de la maison et Hira se montra la plupart du temps silencieuse et réservée. Après m'avoir raconté brièvement sa capture par les extrémistes, Coleman dormit presque toute la journée. Il semblait distrait, comme s'il avait quelque chose en tête qu'il devait résoudre avant de m'en parler.

Quant à moi, j'étais complètement obsédé par l'idée que l'expérience de notre Découverte capitale était en fait inscrite dans le cerveau de chaque homme. Si cette idée se révélait exacte, elle signifierait que toutes les intégrations étaient également inscrites dans la structure de notre cerveau, et par conséquent qu'elles étaient destinées à l'ensemble de l'humanité. Je consacrai mon temps à revoir les quatrième et cinquième parties du Manuscrit qui correspondaient exactement à ce qui m'avait été exposé.

À la tombée de la nuit, je levai les yeux et j'aperçus Adjar et Hira en train de discuter avec Wil. Au début de la discussion, ils se parlaient d'un ton vif tout en se tournant le dos. À la fin de l'entretien, ils furent capables de s'entretenir pendant quelques minutes sans rancœur. Tous trois finirent par descendre vers le grand peuplier de Virginie et se joignirent à Wolf qui jetait du bois sur un grand feu qui brûlait au centre d'un cercle de bûches. J'étais persuadé que Wil et Wolf avaient quelque chose en tête. Ça se sentait. Il y avait une sensation d'attente palpable dans l'air.

Je me dirigeai vers le feu et, en chemin, je passai près de la tente de Rachel. Elle sortit en tenant un petit carnet à la main ; elle me sourit comme si nous étions convenus d'un moment spécifique pour nous retrouver.

« J'ai voulu prendre quelques notes, me dit-elle en brandissant le carnet.

— Wil nous réunit, il a quelque chose en tête », lui fis-je remarquer.

Elle me sourit de manière énigmatique, comme si elle savait déjà de quoi il s'agissait sans vouloir le dévoiler.

Lorsque nous nous approchâmes, j'aperçus Coleman qui se dirigeait aussi vers le groupe, mais sans nous regarder. J'eus l'impression très nette qu'il réfléchissait sérieusement, comme moi, à notre expérience commune. Il faisait presque nuit lorsque nous atteignîmes le foyer circulaire ;

tout le monde était là. Rachel et moi nous installâmes d'un côté du feu, Adjar, Hira et Coleman en face de nous.

Wil se tenait à l'écart, comme s'il allait faire un discours et Wolf prit place près du foyer. Il tenait la longue perche qu'il avait utilisée pour entretenir le feu. Grand-Mère était derrière nous, sous le peuplier de Virginie, esquissant de lents pas de danse. Tommy se tenait à ses côtés.

À cet instant, Wolf saisit sa perche pour étaler le feu sur un plus grand espace, éteignant la plupart des flammes et envoyant un tourbillon de minuscules étincelles dans l'air. Wil nous demanda alors de nous asseoir en cercle, en nous faisant face, sur les six rondins qui entouraient les braises rougeoyantes.

Rachel me lança un rapide coup d'œil et alla s'asseoir face à Coleman. Comme par hasard, Hira et Adjar se retrouvèrent l'un en face de l'autre. Je réalisai un peu trop tard que je faisais exception. J'allais en parler lorsque, à ma grande surprise, Tommy s'avança et avec une maturité bien au-delà de son âge, haussa les sourcils d'un air interrogateur, comme pour me demander la permission de s'asseoir en face de moi.

« Bien sûr », dis-je.

Pendant un long moment, nous nous contentâmes de nous regarder, les braises ardentes jetant sur nos visages une lueur rougeâtre. Il faisait maintenant nuit noire. Bien que nous fussions à moins de quatre mètres de la personne qui nous faisait face, il était difficile de discerner les visages avec précision dans la faible lumière.

C'était comme si nous étions contraints à ne distinguer qu'une silhouette qui ne fournissait que peu d'indications sur le langage corporel ou les expressions faciales susceptibles de guider nos réactions. Je pensai que l'aménagement particulier du feu devait être un procédé psychologique hopi.

« Je voulais tous vous rassembler, commença Wil, parce que Wolf a réussi à trouver la sixième intégration. Je sais également que plusieurs d'entre vous ont pris des dispositifs pour partir et je voulais donc vous parler avant que vous nous quittiez.

« Le Manuscrit affirme que lorsque nous avons fait l'expérience de la Découverte capitale d'une connexion au divin, nous sommes alors parvenus au Fondement de la Spiritualité, une base de conscience stable à partir de laquelle nous pourrons accéder, si nous le souhaitons, aux intégrations suivantes ; une étape que le Manuscrit nomme l'"Émergence de l'Influence Sacrée".

« Le Manuscrit dépeint cette émergence, ou élévation, comme une tentative destinée à retrouver l'intégralité de la connexion divine, au fur et à mesure que nous élevons notre conscience à ce niveau supérieur. Ce processus atteint son apogée avec la découverte du douzième niveau ; parvenus à ce stade, nous serons capables de maintenir cet état de conscience. »

Wil observa une pause et nous regarda.

« Cependant, poursuivit-il, le Manuscrit précise très clairement que tous ceux qui sont avec vous au moment où vous faites cette Découverte capitale le sont pour une raison cruciale. Ils représentent un groupe susceptible de vous aider à maîtriser plus rapidement les dernières intégrations. Selon le Manuscrit, ces groupes ont également une autre fonction importante : ensemble, vous pouvez constituer ce qu'il désigne comme étant un Modèle d'Entente qui aura pour fonction de parvenir à un consensus sur la véracité de chaque intégration et à influencer d'autres personnes grâce à l'autorité incarnée par ce consensus.

« Ces groupes d'entente sont très importants. Étant constitués de personnes représentant différentes traditions religieuses, ils ont pour fonction de contrebalancer et de résoudre les polarisations dangereuses et les haines croissantes entre les extrémismes religieux du monde entier. »

Wil se rapprocha de nous. « Ces groupes d'entente ont un impact conséquent sur les extrémistes parce que, au fur et à mesure que nous prendrons connaissance des dernières intégrations et que nous acquerrons de l'influence, nous diffuserons une vérité primordiale et unique au monde entier : en essence, toutes les religions font référence à la même expérience du rapport à Dieu, tel que la plupart d'entre vous le partagez maintenant. C'est cette expérience commune qui, une fois reconnue, peut nous aider à concilier les différences entre les religions et à les aider à s'unir. N'oubliez pas : la vérité est contagieuse. »

Je ne parvenais pas à distinguer leurs expressions, mais je perçus une moue désapprobatrice sur les visages d'Adjar et d'Hira, et peut-être même sur celui de Coleman. En nous rendant à cette réunion, la plupart d'entre nous n'avaient aucune envie de traîner sur place pour parvenir à concilier ces différences et encore moins de prolonger cette attente jusqu'à ce qu'une sorte d'unification se concrétise.

Wil observa une nouvelle pause, conscient que son discours avait fait l'effet d'une bombe. Je jetai un coup d'œil à Wolf et j'aurais parié qu'il me faisait un clin d'œil.

« Avant que vous ne preniez vos décisions à ce sujet, poursuivit Wil, je veux que vous sachiez ce qui est en jeu, d'après le Manuscrit. Comme dans le cas des intégrations précédentes, il faut qu'il y ait un nombre de gens suffisant dans le monde à franchir ces dernières étapes afin que l'influence sacrée devienne suffisamment puissante pour contrer les dangers qui s'accroissent partout sur notre planète. Ne pas agir équivaudrait à propager une autre forme de contagion, celle d'abandonner le monde. »

C'était l'argument choc, pensai-je. Désormais, nous étions tous dans le même bateau. Nous avions peut-être envie de fuir et de sauver nos vies, mais si nous y cédions, la polarisation croissante risquait de provoquer la destruction du monde. En fait, la situation n'avait pas changé depuis la première intégration. Aucun de nous n'avait le moindre choix.

Tandis que nous nous regardions en silence, je remarquai l'agitation d'Hira, comme si elle savait quelque chose que nous ignorions.

Elle finit par éclater. « Si tout ça est vrai, qu'est-ce qu'on fait là, tous, à en parler ? Attelons-nous à la tâche ! Les extrémistes sont toujours dans la nature, pas loin d'ici. Il faut trouver une solution ! »

Elle regarda Rachel. « Quand je t'entendais discuter avec Adjar du Manuscrit et des expériences d'élévation de conscience, ces mêmes expériences, je les ai partagées avec toi. Mais il y a une chose importante que je ne t'ai pas dite. Et Adjar ne t'en a pas parlé non plus. Anish et ceux qui sont avec lui ont déjà élaboré un plan pour détruire le monde. Et ils vont jusqu'au bout !

« Tu sais que ce que je dis est vrai ! Dis-leur ! » cria-t-elle à Adjar en le regardant droit dans les yeux.

Adjar se leva et détourna les yeux ; pendant un court instant je crus qu'il allait s'enfoncer dans l'obscurité. Mais il revint vers nous et s'assit lentement.

« C'est vrai, dit-il, ils ont élaboré un plan pour précipiter la fin du monde. Le groupe avec lequel nous étions est constitué de deux factions extrémistes : l'une se réfère à la tradition musulmane d'Allah et l'autre suit les religions occidentales de Dieu et de Jéhovah. Ces deux factions croient qu'avant la venue de la fin des temps certains événements historiques, mentionnés dans les prophéties des Écritures, doivent d'abord se produire.

« Chaque groupe estime également que lorsqu'ils auront lieu, les saints de chaque faction reviendront pour rassembler les vrais croyants, vaincre leurs ennemis et établir sur terre un monde entièrement spirituel fondé sur leur propre doctrine.

« Mais ils pensent surtout qu'il est de leur devoir de faire advenir ces événements prophétiques le plus vite possible. Ils ont mis un terme temporaire aux haines qui les opposent afin de pouvoir coopérer. Ils se font appeler les Partisans de l'Apocalypse et ils n'ont qu'un seul but déclaré : déclencher cette dernière guerre qui aura pour résultat l'Armageddon. »

Je n'arrivais pas à croire ce que je venais d'entendre. Adjar décrivait la menace même contre laquelle Peterson m'avait mis en garde, mais c'était pire encore : il s'agissait cette fois d'une coalition de groupes formés d'Occidentaux et d'Arabes qui agissaient activement *ensemble* pour détruire le monde.

Tout était clair maintenant : le groupe se composait de membres occidentaux et arabes, et les deux factions avaient des débats houleux. Ils avaient établi une trêve malaisée afin de déclencher une ultime guerre à l'issue de laquelle ils laisseraient la meilleure des religions, si l'on peut parler en ces termes, l'emporter ; chaque camp estimant que sa propre tradition serait celle qui s'imposerait.

Au fur et à mesure qu'il parlait, je sentis qu'Adjar se radoucissait. Il savait, lui aussi, qu'aucun de nous n'avait le choix. S'il existait une possibilité d'exercer une influence quelconque sur des gens enlisés dans ce type d'idéologie et capables de causer un désastre si effroyable, nous devions au moins la tenter.

« J'ai longtemps cru, poursuivit Adjar, que ce monde était condamné et, moi aussi, j'ai souhaité la venue d'un être divin qui pourrait le remplacer par une société idéale. C'est pourquoi j'ai rejoint les Partisans de l'Apocalypse. Mais ce groupe a maintenant décidé d'utiliser toute la violence nécessaire pour mettre en œuvre son plan et provoquer une guerre totale, et c'est la raison pour laquelle je l'ai quitté. Lorsque je lui ai échappé, j'ai aussi fait l'expérience d'une Découverte capitale qui a tout changé pour moi. »

Pour la première fois, il regarda Hira droit dans les yeux, et je sentis intuitivement qu'elle se rappelait également l'expérience de cette découverte.

« C'est également mon cas, dit-elle. L'avènement du divin doit se produire. Et il faut que les êtres humains y contribuent dans une certaine mesure. Mais il est inutile de précipiter la fin des temps par la violence. J'ai dû, moi aussi, rejeter la méthode des Partisans de l'Apocalypse. »

Un souvenir me revint soudain. Pour une raison que j'ignorais, cette discussion sur l'intervention divine destinée à sauver le monde me remémorait le mystérieux point de connexion dont j'avais fait l'expérience sur la Montagne Secrète. Ce souvenir envahit à nouveau mon esprit. Au cours de l'afflux d'amour et d'euphorie, j'avais perçu un point précis, ou une source, d'où cet amour semblait s'écouler. J'avais même connu un éclair de connaissance qui m'avait fait entrevoir que les prophéties sur la fin des temps avaient une autre signification qui n'était pas encore comprise.

« Le Manuscrit déclare, reprit Wil, qu'un groupe d'entente ne peut pas progresser tant que tous ses membres n'ont pas compris que leur véritable mission est de s'impliquer. »

Il y eut un silence pendant lequel nous nous regardâmes, ou plutôt, en raison de la faible lueur, nous essayâmes de discerner nos silhouettes, ou peut-être même nos esprits. Je compris peu à peu que nous étions en train de nous unir à nouveau. J'éprouvais le même sentiment que celui que j'avais connu sur la Montagne Secrète. Tommy et Adjar s'étaient joints à nous le plus naturellement du monde.

Je jetai un coup d'œil à Wolf. Ces Hopis étaient-ils si subtils qu'ils savaient comment nous aider à retrouver ce rapport à la connexion... à l'aide d'un feu de camp ?

Il s'ensuivit une succession de révélations personnelles où chacun de nous décrivit le parcours spirituel qui l'avait amené à ce moment précis, et la tradition religieuse avec laquelle il avait le plus d'affinités. Adjar nous confia qu'il avait eu une éducation musulmane et qu'au cours de ces dernières années il s'était intéressé à la prophétie du personnage messianique du Douzième Imam. Hira, qui avait vécu toute sa vie en Israël, nous dit qu'elle était particulièrement concernée par le concept de l'Utopie juive qui adviendrait après la venue du Messie que les Juifs attendent.

Puis vint le tour de Rachel qui déclara qu'elle

était de confession chrétienne, mais qu'elle avait étudié également les prophéties concernant la fin des temps et plus particulièrement la notion de Ravissement – l'idée selon laquelle tous les croyants seraient emportés en un seul corps spirituel et sauvés de l'Armageddon. Pour elle, il était significatif que la plupart des traditions aient développé dans leurs propres prophéties l'idéal d'un événement semblable au Ravissement.

Tommy, qui semblait légèrement nerveux, s'exprima ensuite. Il jeta un coup d'œil à sa grand-mère, puis déclara qu'il représentait la tradition des peuples amérindiens, étant donné qu'il avait étudié la prophétie maya et qu'il avait été nourri par les influences hopis et yakis. L'an passé, au cours d'une quête initiatique, il avait fait l'expérience d'une Découverte capitale. Il était désormais fasciné par le calendrier maya. Il nous expliqua que ce calendrier représentait en lui-même une prophétie de la fin des temps, puisque, lui aussi, envisageait une phase finale de la création et le début d'un processus meilleur.

« Selon les Mayas, déclara-t-il, nous allons entrer dans une époque où il sera plus facile de parvenir à l'éveil, sans pour autant que cet état soit imposé. Nous devons comprendre que notre quête initiatique consiste à accéder à un part inconnue en nous d'où surgit cet état de conscience. »

Je n'en croyais pas mes oreilles. Comme beaucoup d'autres, j'avais eu l'intuition que le calendrier maya insistait sur quelque chose de nouveau dans l'histoire. Et j'avais devant moi un jeune homme qui l'affirmait et prétendait le comprendre. Tandis qu'il parlait, je sentis confusément que comprendre ce calendrier représenterait une part importante des prochaines intégrations, et surtout de la douzième.

Avec Tommy nous avions passé en revue les principales confessions, à l'exception des religions orientales. Nous nous regardâmes.

« J'ai toujours été attiré par la voie orientale », dit brusquement Wil. Il nous fit alors un résumé très clair de sa vie, caractérisée par la quête assidue d'une compréhension pragmatique de la conscience spirituelle.

Le silence se fit à nouveau et tous les regards se tournèrent vers Coleman. Il nous relata, en termes généraux, son évolution qui allait du scepticisme spirituel à la recherche de notre nature profonde. Mais quand on en vint à la question de son choix religieux, il ne fit que hausser les épaules. Chacun d'entre nous parut accepter son attitude, mais je gardais néanmoins l'impression qu'il ne voulait pas encore nous faire part du sujet qui le préoccupait.

Lorsque je posai à nouveau les yeux sur le groupe, tous les regards étaient braqués sur moi.

« J'aime certaines parties de toutes les religions », lâchai-je un peu étourdiment.

Wil rit ; les autres demeurèrent d'abord silencieux, puis ils se mirent à glousser et nous finîmes tous par nous esclaffer bruyamment. À ce moment-là, nous devînmes encore plus proches les uns des autres. Nous progressions vers l'apogée de la connexion au divin dont nous avions fait l'expérience sur la montagne – avec la même aisance dans nos interactions et nos propos.

« Le Manuscrit établit clairement, conclut Wil, qu'une fois que les membres d'un groupe ont connu l'expérience de la réalité de la connexion divine, ils comprennent qu'elle est la même pour tous les êtres, quelle que soit la religion qu'ils pratiquent. Et ils découvrent également que chaque religion ne met l'accent que sur certains aspects de cette expérience. D'autres éléments sont minimisés ou encore carrément omis.

« Pensez à ce que cela signifie ! poursuivit-il. Dans toutes les religions, l'expérience de la relation au divin est correctement intégrée. Mais si on les considère séparément, chaque confession religieuse est incomplète. Il est donc absolument indispensable que chaque religion enseigne correctement ce qu'elle a compris de la connexion divine aux autres, mais aussi qu'elle apprenne de celles-ci ce qui manque dans ses propres enseignements.

« C'est la seule approche qui nous permette de comprendre cette expérience dans son intégralité afin qu'elle puisse être finalement intégrée à la réalité quotidienne de l'humanité. C'est l'objectif des groupes d'entente : atteindre un consensus sur la réconciliation naturelle des religions, un accord évident pour tous.

« N'oubliez pas qu'il y a de nombreux groupes de ce type qui se forment en ce moment dans le monde. Certains auront une meilleure approche que d'autres. Mais, avec le temps et en ayant recours à la discussion consciente, les réconciliations les plus authentiques mûriront dans les esprits et exerceront une puissante influence sur la culture. C'est ainsi que nous progresserons tous vers les dernières intégrations. »

Nous l'écoutions attentivement tout en maintenant, et même en accroissant, notre niveau d'énergie. Désormais, nous n'étions plus de simples pratiquants appartenant à différentes religions. Nous formions un groupe d'âmes décidé à forger l'histoire.

Le lendemain matin, au réveil, ma tête bourdonnait encore de l'expérience de la nuit précédente ; je me souvenais surtout de la révélation sur le groupe extrémiste qui avait élaboré un plan pour déclencher l'Armageddon. Combien de groupes d'entente faudrait-il, me demandai-je, pour déjouer les plans des Partisans de l'Apocalypse et d'autres factions analogues ? Mille ? Dix mille ?

Tandis que je me faufilais hors de la tente, je constatai que les autres membres étaient déjà en train de boire du café et de contempler la danse éclatante des couleurs de l'aube sur le ciel bleu nuit. Je m'avançai vers eux ; lorsque Coleman m'aperçut, il se précipita vers moi, tenant plusieurs pages du Manuscrit à la main.

« Il y a quelque chose d'autre dans la sixième intégration, me dit-il en pointant du doigt un passage particulier. Il est mentionné, juste là, qu'une autre tradition devrait également être intégrée aux efforts de réconciliation des religions, une tradition qui s'attacherait à explorer la spiritualité d'un point de vue qui serait aussi objectif que possible.

— À qui fais-tu référence ? lui demandai-je d'une voix ensommeillée.

— À nous autres scientifiques ! répondit-il. Je peux introduire le point de vue de la tradition scientifique dans notre groupe d'entente. »

Les autres avaient entendu ses propos, y compris Wil ; ils hochèrent la tête en signe d'approbation. Coleman me regarda.

« Oui. Bien sûr », lui répliquai-je.

Après avoir pris notre petit-déjeuner, nous nous dirigeâmes à nouveau vers le foyer circulaire. Wolf avait rallumé le feu, moins vif que la nuit précédente, mais juste suffisant pour combattre la fraîcheur matinale.

Pendant un long moment nous nous regardâmes les yeux dans les yeux, renouant avec l'émotion que nous avions éprouvée la nuit dernière. Puis Wil prit la parole.

« Le Manuscrit mentionne, dit-il, qu'un groupe d'entente doit parvenir à s'accorder sur certains points fondamentaux avant d'agir, une entente qui est cruciale pour que ce processus soit efficace. Le premier accord est le suivant : en aucun cas, nous ne devons estimer que les partisans d'une tradition donnée doivent cesser de croire à la validité de la voie qu'ils ont choisie, mais seulement insister pour qu'ils cherchent à intégrer dans leur foi les meilleurs éléments des autres religions.

« Le second accord est que personne ne doit considérer que sa propre voie est la seule valable pour établir la connexion divine. Souvenez-vous que nous avons tous fait cette Découverte capitale en dépit des différents points de vue religieux que nous avions adoptés. Cette connexion a pu s'établir parce que nous partagions la même ardeur et le même besoin d'ouverture à une plus grande Conscience Divine. »

Wil venait d'exprimer un fait indéniable : nous *avions* tous vécu la même Découverte, ce qui signifiait qu'il y avait certes de nombreuses voies mais une seule expérience directe. Nous nous regardâmes à nouveau un long moment, dans une atmosphère d'anticipation palpable. Wil sourit alors et baissa les yeux vers le Manuscrit.

« Il affirme, déclara-t-il, qu'il faut tout d'abord se concentrer sur l'élément de l'expérience divine dont on se souvient plus particulièrement. »

Nous attendions tous pour savoir qui allait parler le premier. Puis tous les yeux semblèrent se porter sur Coleman.

« En tant que scientifique, finit-il par dire, l'élément le plus important de la connexion a été pour moi une sensation primordiale de bien-être et d'amour, le sentiment d'avoir renoué avec une part ignorée de moi-même, d'être choyé et protégé. »

Tout le monde approuva ses propos d'un signe de tête.

« Alors, comment décririez-vous cet amour et le sentiment d'appartenance engendré par la connexion divine ? intervint Wil.

— L'Esprit Saint nous a comblés, répondit Rachel.

— Allah nous a guidés, expliqua Adjar.

— Dieu nous a récompensés pour notre travail », déclara Hira.

Tout le monde regarda Tommy.

« L'esprit a pénétré le monde qui s'est animé ! » dit-il avec une force qui nous surprit tous.

Coleman semblait à nouveau plongé dans ses pensées. « Un instant. Vos descriptions sont de nature religieuse. Il faut parler en termes plus précis de l'expérience réelle de cette redécouverte de l'amour et reconnaître la tradition religieuse qui accorde le plus d'importance à ce vécu. »

Rachel était sur le point d'éclater.

« Il n'y a qu'une seule tradition, dit-elle, qui met l'accent sur l'amour divin : le christianisme. Je sais que le mot *amour* sonne souvent creux et que nous ne parvenons pas toujours à l'exprimer. Mais nous sommes persuadés que si nous recherchons humblement cette expérience, nous pouvons y accéder et ressentir ce que nous avons éprouvé dans la montagne. Nous sommes transportés au-delà de nos existences routinières et nous transcendons toutes les erreurs que nous avons pu commettre. Nous sommes régénérés et nous retrouvons notre plénitude.

« Pour moi, j'ai ressenti cette expérience comme le fait de revenir au bercail, un lieu où nous sommes enfin détachés de tout ce que nous souhaiterions ne pas avoir fait. Nous avons le sentiment que, lorsque nous établissons cette connexion, nous pouvons repartir de zéro. »

Personne ne dit mot. Nous savions tous qu'elle avait raison. L'amour et le bien-être que nous ressentions nous donnaient effectivement l'impression d'avoir tourné le dos à notre passé.

« Nous considérons, poursuivit-elle, que chaque être qui désire revenir au bercail et repartir de zéro peut connaître cette expérience. Mais elle implique qu'il réfute toute notion d'"œil pour œil, dent pour dent". Comme nous l'avons constaté sur la Montagne Secrète, à un niveau de conscience supérieur, l'idée d'un cycle de vengeance ne se justifie en rien et n'est même plus possible. La vérité est que nous devons permettre à chaque être d'avoir la possibilité de changer, de se racheter en un clin d'œil. »

J'étais stupéfait : elle traitait du problème du Cycle de la Revanche. Le colonel Peterson avait déclaré qu'on ne pouvait en venir à bout. Existait-il une autre tradition qui le réfutait, même si celle-ci ne pouvait pleinement le réaliser ?

C'est alors qu'Adjar s'exprima. « Je dois admettre que notre tradition ne met pas l'accent sur les éléments d'amour et de pardon, tels que nous les avons expérimentés. Elle reste trop fréquemment attachée aux principes fondamentaux de la revanche et de la punition. En fait, je n'avais jamais compris l'idée du pardon jusqu'à notre Découverte capitale. Toutefois, certains aspects de notre tradition, comme le courant soufi, disent essentiellement la même chose. Mais ils ne sont pas suffisamment écoutés. »

Certains membres du groupe commentèrent des textes peu connus de leurs propres traditions, passages qui faisaient également allusion à ces mêmes idées d'amour et de transcendance du passé.

« Est-ce que nous sommes tous d'accord, dit Wil, sur le fait que c'est le christianisme qui insiste le plus sur cet élément de l'expérience divine ? Une insistance que les fidèles d'autres religions devraient intégrer, s'ils veulent rendre compte avec précision de cette expérience ? »

Tommy prit alors la parole. « Les Amérindiens se sont parfois focalisés sur la revanche et l'inimitié. Je pense que le christianisme est la religion qui souligne le plus ces valeurs d'amour et de dépassement du passé.

— Je suis assez d'accord, dit Wil. La philosophie orientale s'exprime davantage en termes de félicité, mais elle possède des courants de pensée qui traitent de l'amour et de la réconciliation. C'est toutefois dans la tradition chrétienne que la notion d'amour en tant que facteur de transformation personnelle est la plus élaborée. »

Tout le monde hocha la tête en signe d'approbation.

« Bien, poursuivit Wil. Je dois maintenant évoquer un problème que nous avons effleuré auparavant. Je commencerai par toi, Rachel. Est-ce que tu admets que des gens appartenant à d'autres religions peuvent atteindre cet état d'euphorie au sein de leur propre tradition ? »

Elle le regarda avec une expression qui dénotait une honnêteté totale.

« Je dois admettre que cette idée m'a toujours posé problème, essentiellement à cause de l'injonction qui, dans nos Écritures, stipule que nul ne peut avoir accès à Dieu sans l'intercession du Christ. Je sais que d'autres personnes parmi nous ont le sentiment que leur propre religion exclut celle des autres. »

Je regardai autour de moi, conscient que nous faisions face à un obstacle majeur. Le principal défi à une réconciliation religieuse venait d'être posé cartes sur table.

Il me vint alors une idée que j'exposai sans trop réfléchir.

« Rachel, tu crois que lorsque le Christ a reçu le baptême il s'est uni totalement à Dieu, n'est-ce pas ? Et selon la doctrine de la Trinité, il est devenu son égal, non ? »

Elle acquiesça.

« Est-ce que l'on ne pourrait pas penser que si quelqu'un cherche sincèrement à établir une relation au divin et qu'il y parvienne, sans même avoir jamais entendu parler du Christ, il a alors connu le même processus d'expansion de la conscience que le Christ ? Et qu'il a en quelque sorte rencontré le Christ ? C'est peut-être ce que signifient les Écritures. »

Ma remarque sembla stupéfier les membres du groupe qui, tous, regardèrent Rachel.

Elle me fixa pendant un long moment avant de sourire.

« Oui. C'est ce que je pense maintenant, parce

que, après l'expérience que nous avons vécue, je crois que la connexion à Dieu est une question de lâcher-prise et d'ouverture à un plus haut niveau de conscience. Je pense donc que tu as raison même si la voie que nous choisissons est dictée au départ par nos croyances et nos convictions. »

Rachel concentra alors son regard sur Hira comme pour lui demander : Accepterais-tu de reconnaître que ton choix religieux ne soit pas le seul valable ? Et que les autres traditions peuvent découvrir l'amour et la rédemption ?

Hira la regarda à son tour avant de s'exprimer. « Toute cette discussion m'a ébranlée. Comme vous, j'ai éprouvé la même expérience de sécurité intérieure et le sentiment d'être aimée et protégée, en dépit des difficultés. À la lumière de l'expérience directe que j'ai vécue, je dois admettre que ma propre tradition devrait reconnaître qu'une rédemption immédiate est possible et que des hommes professant d'autres croyances peuvent établir une connexion avec le Dieu unique. En fait, nos propres Écritures et nos prophètes ont dit à peu près la même chose », ajouta-t-elle en souriant.

Elle s'interrompit et jeta un coup d'œil à Adjar qui lui rendit son regard ; il semblait tout à fait d'accord avec elle. Nous sentions tous qu'un mur épais, édifié durant des siècles de conflit, commençait à s'effriter.

« Je sais que ton peuple a également souffert, dit Adjar. Et je respecte ta voie. Il n'existe qu'une seule connexion au divin, et c'est la même pour tous, pourvu qu'elle soit authentique et fondée sur l'amour, quel que soit le chemin que nous avons choisi. »

Nous nous regardâmes simplement pendant quelques minutes ; nous sentîmes monter en nous l'amour et la connexion divine.

C'est alors que Wil intervint.

« Il y a un autre élément qui nous est revenu en mémoire : il s'agit du sens d'une mission à la fois personnelle et collective que nous avons ressenti au cours de cette Découverte capitale, une expérience qui nous a incités à former ce groupe. Selon vous, quelle tradition met plus particulièrement l'accent sur le fait de reconnaître que nous sommes ici, sur terre, pour accomplir une tâche importante ? »

Hira prit immédiatement la parole d'une voix forte.

« Tu fais allusion à la tradition judaïque. Nous croyons qu'établir une connexion avec Dieu implique que nous ayons une œuvre à accomplir. Ce lien avec Dieu ne nous offre pas seulement l'amour et la rédemption. Il nous confie une mission que nous devons remplir ; nous le savons au fond de nous-mêmes. Je ne sais pas comment vous avez réagi, mais sur la montagne, j'ai su de façon indubitable qu'il existait un Plan divin et que chacun d'entre nous en faisait partie. »

Tout le monde l'approuva d'un signe de tête et quelques-uns firent remarquer que, dans leurs propres traditions, certains textes mettaient fortement l'accent sur l'importance de l'idée de mission, même si on ne leur accordait pas suffisamment d'attention.

« Alors, on est tous d'accord pour dire que la tradition judaïque est celle qui met le plus en valeur l'aspect de la connexion conçue comme l'accomplissement d'une mission ? » demanda Wil.

J'eus alors la certitude que la clarté désormais établie quant à notre mission – renforcée en outre par notre décision de créer un groupe chargé d'établir un modèle d'entente – contribuait à accroître encore davantage notre niveau de conscience. Nous avions regagné trois éléments de notre connexion avec le divin : l'amour et tout ce qu'il implique, la protection et la rédemption. Et maintenant la mission. Je lisais sur chaque visage l'élévation de l'esprit.

Wil poursuivit. « Tout ce qu'il nous reste à faire pour maintenir les cinquième et sixième intégrations est de nous remémorer l'expérience vécue de chacun de ces éléments et de tenter d'y revenir s'ils nous échappent. Si nous perdons, par exemple, le lien avec l'amour, c'est parce qu'il a été remplacé par une émotion de nature plus grossière. Essayez alors de retrouver l'amour, l'émotion fondamentale de la connexion avec le divin, et les autres émotions ordinaires disparaîtront. Une fois que vous serez à nouveau établis dans l'amour, la protection et le sens de la mission reviendront également. Pour aller de l'avant, la clé est d'*écouter.* »

Wil insista particulièrement sur le mot *écouter*,

et je savais que c'était sa manière de faire allusion à l'intégration suivante.

« Que sais-tu de la septième intégration ? » lui demandai-je.

Wil nous adressa un sourire entendu.

« Nous n'avons pas encore découvert cette partie du Manuscrit, répondit-il, mais je parie que la septième intégration nous fournira davantage d'informations sur la Loi de la Connexion au divin. Nous devons découvrir tout le pouvoir de l'intuition et comprendre la manière dont elle nous guide. »

L'art d'être à l'écoute

Tandis que le soleil s'enfonçait vers l'ouest, je ressentis soudain l'envie impérieuse de descendre la colline et de dépasser l'étang pour aller vers la zone rocheuse qui m'avait attiré plus tôt pour une raison inexplicable. Wil avait abruptement mis fin à notre réunion – si rapidement, en fait, que j'avais l'étrange impression que nous allions bientôt partir –, et je désirais voir cette partie de la ferme tant que j'en avais encore l'occasion.

Tout en marchant, d'autres pensées sur la septième intégration me vinrent à l'esprit. L'ancienne Prophétie avait prédit qu'à un moment donné l'humanité serait en mesure d'accroître la perception des impressions intérieures profondes que l'on avait depuis longtemps répertoriées sous les termes d'intuitions, de prémonitions et de pressentiments. Après des années passées à mettre l'accent sur la pensée rationnelle et la logique, au cours de cette période de domination de la vision matérialiste et séculière du monde, la septième intégration prédisait que nous finirions par prendre au sérieux ce trésor d'informations provenant de l'hémisphère droit de notre cerveau – cette partie qui nous donnait l'impression de connaître les choses sans être tout à fait conscients de la manière dont nous les appréhendions.

C'est à ce moment-là que j'aperçus une silhouette solitaire qui marchait à deux cents mètres sur ma gauche. C'était Tommy qui revenait vers la ferme. Je pensai un instant me diriger vers lui ou le héler dans l'intention d'en savoir davantage sur le calendrier maya. Cependant, et pour une raison obscure, je continuai à avancer, certain désormais que j'étais venu jusqu'ici dans un but précis. J'étais persuadé qu'un événement synchronistique allait se produire.

Quelques instants plus tard, je pénétrai sur un terrain sablonneux parsemé de figuiers de Barbarie et d'un massif de grands *mesquites*. Soudain, un homme surgit de derrière les arbres. Peterson !

Je fis la moue. Je ne m'y attendais pas.

« J'ai besoin de vous parler, commença-t-il. C'est grave. »

Il leva les yeux vers la maison pour s'assurer que personne ne venait et me pressa de le suivre à l'intérieur du massif.

« Vous savez que ces extrémistes continuent à vous poursuivre, me dit-il.

— Nous espérions qu'ils étaient partis, lui répondis-je.

— Certains ont quitté les lieux, mais ils ont

laissé d'autres hommes pour vous rechercher. Vous savez qui sont ces gens ? »

Je fis signe que oui.

Il secoua la tête d'un air inquiet. « Il nous a fallu un certain temps avant de comprendre ce qu'ils sont en train d'essayer de faire. C'est exactement ce dont je vous avais parlé. Ils font monter les enchères.

— Qu'est-ce que vous allez faire ? lui demandai-je.

— Je ne sais pas. Qu'est-ce que ce Manuscrit vous a appris ? » rétorqua-t-il en se détournant.

Je réfléchis un moment pour savoir si je devais lui répondre, puis je décidai de lui dire toute la vérité. « Le Manuscrit propose une solution pour arrêter cette escalade de la violence.

— Les groupes d'entente », commenta-t-il.

J'étais très surpris. « Vous avez donc lu ce document ?

— Ça fait partie de mon travail.

— Mais comprenez-vous ce que vous lisez ? Vous êtes-vous rendu compte que nous étions protégés ?

— Je me suis rendu compte que vous avez eu de la chance. Si nous n'étions pas intervenus, vous n'auriez pas réussi à vous en tirer, répliqua-t-il en émettant un petit rire.

— Je ne pense pas qu'il s'agissait de chance, ripostai-je.

— Ça n'a pas d'importance, concéda-t-il. Écoutez-moi. Les événements s'accélèrent, exactement comme je vous l'avais dit. Les mesures que l'on a prises contre l'Iran n'ont rien changé.

Ce pays poursuit son programme d'armement nucléaire. Nous pensons que les Iraniens ont déjà la capacité de fournir des bombes aux terroristes.

— J'ai entendu dire que les Partisans de l'Apocalypse ont élaboré un plan pour déclencher un conflit mondial », lui dis-je en le dévisageant.

Il ajusta ses lunettes de soleil. « J'espère encore que ce Manuscrit délirant nous donnera les moyens de nous en sortir. Comme je vous l'avais dit, personne n'appréciera ce que nous devrons faire pour arrêter cette menace. »

Je compris à ce moment-là que le fait d'établir des contacts avec nous et de suivre les avancées du Manuscrit était une initiative bien plus personnelle que je ne l'avais pensé. Lorsque nous nous regardâmes, je me rendis compte qu'il savait que je m'en doutais.

« Cette affaire me met dans une position délicate. Il ne nous reste plus beaucoup de temps », me confia-t-il.

Il me regarda comme s'il voulait que je lui donne davantage d'informations. Je commençai alors à lui décrire, du mieux que je le pus, notre Découverte capitale dans la montagne et l'idée que la formation de groupes d'entente pourrait, en quelque sorte, provoquer une vague d'influence susceptible de contrecarrer les intentions des Partisans de l'Apocalypse, même si, à l'heure actuelle, nous ne savions pas encore très bien encore comment nous y prendre.

Il hocha la tête et me regarda comme si tout était perdu.

« C'est le contenu du Manuscrit ? Des idées aussi loufoques que ça ? »

Je savais ce qu'il ressentait. Vu sous l'angle du monde profane, un tel scénario *pouvait* sembler illogique et stupide. À moins d'avoir vécu les expériences qu'il décrivait, il était impossible à une personne quelconque de simplement lire le texte du Manuscrit et de le comprendre.

« Écoutez, lui dis-je. Je sais que ça peut vous sembler absurde, mais il existe un lien ésotérique entre les gens. Cette influence est tout à fait réelle. Si elle se propage, on pourra s'en sortir.

— Bon, dit-il en hochant la tête, continuez à chercher. Mais vous avez intérêt à faire vite. Je vous l'ai déjà dit : dans tous les pays occidentaux, au niveau national, des mesures sont en train d'être prises pour régler ce problème. Et si ces plans sont mis en œuvre, ils se dérouleront avant même que quiconque ne s'aperçoive qu'ils sont en cours.

— Attendez ! lui dis-je. Vous vous comportez comme si vous pouviez prendre le contrôle de nations qui ont une longue tradition démocratique. »

Il détourna les yeux. « Ce n'est malheureusement pas si difficile que ça, surtout pendant une période de crise économique. Regardez le Venezuela. La seule chose que vous ayez à faire est d'appâter une majorité de la population avec des subventions gouvernementales puis de les menacer de les retirer. Les gens voteront pour ceux qui leur promettent de bien s'occuper d'eux, particulièrement si vous vous assurez, en même temps, du concours des plus grosses multinationales et que vous les incitez à acheter des groupes de presse.

« Il vous suffit simplement de convaincre la gauche et la droite que vous le faites pour soutenir leur idéologie ; ils ferment alors les yeux pendant que vous dissimulez votre intention de prendre le pouvoir en faisant adopter des projets de lois que personne ne lit, puis vous installez graduellement vos propres juges dans des postes clés. Une fois que vous aurez pris le contrôle des urnes, le reste est un jeu d'enfant. Vous attendez simplement le bon moment, la situation d'urgence *ad hoc.* »

Sa certitude d'être capable de mener à bien un tel stratagème me fit froid dans le dos. Il parut réaliser qu'il en avait trop dit ; il plongea rapidement la main dans sa sacoche et en sortit un gros dossier.

« Ce sont des exemplaires de la septième intégration », me dit il, en se préparant à partir.

Je tendis la main pour prendre le dossier. « Où vous êtes-vous procuré ces exemplaires ?

— Ils ont été envoyés au quartier général de la CIA à Langley. C'est incroyable, non ? Si vous décidiez de diffuser des parties d'un document comme celui-ci, est-ce que vous les leur enverriez ? J'ai réussi à me les faire réexpédier par un ami avant que quelqu'un dans leurs bureaux n'en prenne connaissance. Et j'ai ensuite mené une enquête approfondie. Ça n'a donné aucun résultat. Nous n'avons pas la moindre idée sur la personne qui distribue ces traductions. »

Il s'enfonça dans le massif de *mesquites*. « Je vous donne cinq jours de plus pour me communiquer des informations utiles. »

Je me dépêchai de revenir vers la maison où je trouvai Coleman, Adjar et Hira rassemblés autour de Wil ; je pressentais déjà que quelque chose n'allait pas. Je me précipitai vers eux pour leur relater rapidement ma conversation avec Peterson, les informant également que des extrémistes étaient encore dans les parages et nous recherchaient.

« Je pense qu'il faut partir le plus tôt possible, dit Wil.

— Pour aller où ? Comment saurons-nous ce qu'il faut faire tant que nous n'avons pas trouvé la septième intégration ? » s'enquit Adjar en s'inclinant légèrement en avant.

Je brandis le dossier que j'avais mis sous mon bras, ce qui provoqua la surprise générale.

Ils me firent un large sourire, comme si j'avais fait un miracle. Puis chacun d'eux prit un exemplaire pour le lire.

— Où est Tommy ? demandai-je à Wil, car je continuais à penser que le calendrier maya pourrait nous éclairer.

— Sa mère qui habite en Égypte voulait qu'il revienne auprès d'elle. Elle a envoyé un ami pour le ramener dans son pays.

— Comment ça ? Pourquoi ? Ce n'est pas dangereux dans ce pays ?

— Je connais l'homme qu'elle a envoyé. On peut lui faire confiance. Il a dit qu'on avait besoin de Tommy en Égypte », répondit Wil.

Je me levai, en colère.

Wil s'approcha de moi. « Écoute, Tommy n'est pas un enfant ordinaire. Il existe là-bas un autre groupe d'entente dont sa mère fait partie. Tommy a très souvent habité avec elle. Il ne lui arrivera rien. »

Je hochai la tête.

« Où est Rachel ?

— Elle est partie avec eux. »

Je le regardai sans rien dire, sidéré et quelque peu désorienté.

Les choses allaient trop vite.

« Pourquoi a-t-elle fait ça ? murmurai-je.

— Elle était persuadée qu'elle devait le faire. Et il n'y avait pas de temps à perdre, pas le temps de dire au revoir. »

Je me demandai à nouveau pourquoi je n'avais pas fait demi-tour et n'étais pas revenu sur mes pas lorsque j'avais vu Tommy. Mais si j'avais agi ainsi, je n'aurais sans doute pas vu Peterson qui ne m'aurait pas remis les exemplaires de la septième intégration. Je savais qu'il s'agissait encore d'autres événements synchronistiques qui nous incitaient à progresser, mais je n'aimais pas ça.

Wil examinait les pages. « Il faut s'y mettre, dit-il. Nous devons les lire. »

Je hochai la tête, m'assis près de ma tente et je commençai ma lecture. Le Manuscrit déclarait tout d'abord que cette intégration nous permettrait de comprendre le fonctionnement réel de la synchronicité.

Lors des moments de découverte synchronistique, nous avons le sentiment, poursuivait le texte, d'être au bon endroit, au bon moment pour recueillir des informations importantes. Et cependant, une observation attentive nous permet de constater que ces moments synchronistiques sont précédés d'une pulsion intuitive qui nous incite à aller quelque part ou à dire quelque chose qui débouche sur l'événement en question. Suivre cette orientation intérieure est un phénomène qui s'est produit tout au long de l'histoire et qui a toujours coïncidé avec des phases de grande découverte et de réalisation. Mais ce processus demeurait plus ou moins inconscient.

Il est temps, expliquait le Manuscrit, de s'éveiller et d'intégrer pleinement cette part intuitive de la synchronicité à notre conscience. Pour ce faire, il est crucial d'amplifier notre habitude de l'attendre de façon à y inclure l'expectative des intuitions qui font partie de ce processus. À cette fin, nous devons être capables d'identifier correctement cette orientation intérieure en apprenant à différencier les pensées qui vont nous guider de celles qui relèvent de nos stratégies égotiques ordinaires.

Je jetai un coup d'œil à Wil. « Ça ressemble à ce que disait la septième révélation de l'ancienne Prophétie.

— Continue à lire. Le texte explique comment faire pour y parvenir », répondit Wil.

Les pensées égotiques, précisait le Manuscrit, sont les mots que nous employons pour définir notre situation afin d'évaluer logiquement la façon d'agir dans le monde. Ces pensées nous viennent spontanément au terme d'années d'apprentissage.

Le Manuscrit affirmait cependant que si nous observons les choses de plus près, nous commençons à distinguer un autre type de pensées qui semblent être plus spontanées. Nous avons l'impression que ces pensées surgissent tout simplement dans l'esprit, sans lien direct avec une analyse logique. Elles s'accompagnent souvent d'une image de nous-mêmes en train d'effectuer une tâche quelconque ou d'un sentiment qui nous pousse à accomplir une action que nous ressentons au plus profond de nous-mêmes. Selon le Manuscrit, ces pensées constituent ce que l'on appelle l'orientation intérieure. Si on les suit, elles débouchent généralement sur un événement synchronistique important.

Je restai un moment à réfléchir sur ce texte. C'*est* exactement la façon dont les choses se passent. Combien de fois, par exemple, lorsque nous avons l'intention d'appeler un vieil ami, celui-ci nous dit : « Je pensais justement à toi », ce qui représente une forme de synchronicité.

Je regardai Wil qui fit semblant de ne pas le remarquer mais fronça légèrement les sourcils. Je savais qu'il voulait me dire : « Ne parle pas, dépêche-toi de lire. »

Le reste du texte résumait l'intégration en insistant de nouveau sur le fait que la clé pour devenir pleinement conscient de ce genre de pensées était de demeurer, dans la mesure du possible, dans un état de vigilance afin de reconnaître la prochaine orientation intuitive. Le point crucial consistait à ne pas laisser un seul pressentiment ou une seule image se présenter sans au moins la considérer sérieusement. Le texte réaffirmait, comme par le passé, qu'étant donné que nous étions dans une période de transition au cours de laquelle nous intégrions une dimension spirituelle à une vision du monde rationnelle et dominée par la logique, nous devions avoir tout d'abord recours à la logique pour trouver un moyen de nous conformer à notre intuition.

Afin de demeurer à l'écoute de l'orientation intuitive, le texte conseillait de se poser constamment la question suivante : « Pourquoi ai-je pensé à ça maintenant ? »

Je posai les pages en prenant conscience que je m'étais déjà posé cette question à plusieurs reprises. Comment avais-je développé cette habitude ? Je m'en souvins tout à coup : Wil m'avait dit de le faire lorsque nous étions au Pérou.

En poursuivant ma lecture, je découvris que le Manuscrit mentionnait un autre moyen à utiliser si l'on avait besoin d'être guidé, ou si l'on voulait atteindre une perspective plus vaste, dans une situation d'urgence particulière. Au lieu de se contenter d'attendre les pensées intuitives, on pouvait rechercher activement l'orientation intuitive en se mettant à l'écoute.

Par exemple, lorsque nous devons prendre la décision d'aller ou non dans un lieu donné, nous pouvons nous imaginer en train d'aller vers cet endroit et y arriver. Le but de cette méthode est de voir s'il vous est facile ou non de visualiser ce parcours. Si vous visualisez que tout se passe bien, cela signifie que c'est une bonne idée. Mais s'il est difficile de voir les images souhaitées ou si elles n'apparaissent pas du tout, il faut dans ce cas agir avec prudence.

Le Manuscrit réaffirmait que, lorsque nous percevons la meilleure ligne de conduite à suivre, il se produit en parallèle un accroissement d'énergie, ou une puissante « incitation » à agir, comme si l'action nous était « inspirée ».

Je m'arrêtai de lire et réfléchis quelques instants sur ce processus. *« Être à l'écoute »* faisait désormais partie d'un vocabulaire universel. Le Manuscrit semblait vouloir transmettre l'idée qu'il existait une manière plus précise de pratiquer cet art.

En reprenant ma lecture, je constatai que le Manuscrit faisait une dernière remarque. Il affirmait que nous pouvions utiliser la méthode de la visualisation pour être à l'écoute de multiples événements de la vie, mais que nous ne pourrions découvrir un niveau d'écoute plus profond tant qu'un nombre suffisant de personnes ne retournerait pas au Mont.

Cette formulation me plongea dans la perplexité. Fallait-il comprendre cette déclaration au sens littéral ou symbolique ? Et si le sens était littéral, de quel Mont s'agissait-il ? Les textes sacrés mentionnent des dizaines de montagnes dans le monde. En regardant Wil, je vis qu'il avait posé les pages sur ses genoux et regardait au loin. Près de nous, Hira et Adjar faisaient de même. Puis j'aperçus Coleman qui descendait lentement vers le grand peuplier de Virginie et semblait tout aussi absorbé dans ses pensées. Je devinai immédiatement ce qu'ils étaient en train de faire : ils réfléchissaient à notre situation présente, attendant d'être guidés. Ils étaient déjà à l'écoute.

Après avoir fait le vide dans mon esprit, je tentai de faire la même chose qu'eux en vérifiant tout d'abord si une pensée quelconque surgissait en moi. Pendant un long moment, je me contentai de regarder autour de moi, en laissant mes pensées vagabonder. Je songeai à la beauté de cette ferme et à la tristesse de devoir la quitter. Puis je pensai à nos expériences communes sur la Montagne Secrète, me demandant si cette montagne mentionnée par le Manuscrit était le Mont.

J'eus tout à coup la vision d'un autre endroit, une région montagneuse, floue, et entièrement couverte de rochers. Et j'étais avec Rachel ! Ce qui me donna un sursaut d'énergie. Tout juste capable de réfréner mon excitation, je regardai à nouveau Wil, qui semblait attendre que ma visualisation se dissipe.

Il se leva et vint vers moi. J'aperçus Coleman qui marchait également dans ma direction. Hira et Adjar étaient derrière lui. Très vite, nous formâmes un cercle, nous regardant les uns les autres.

« Je sais ce que je dois faire, dit Wil. Nous ignorons toujours l'endroit où a été diffusée la douzième partie du Manuscrit, et même si elle l'a été. Tôt ou tard il faudra que nous la trouvions.

Je vais me rendre chez mes amis, au Caire, pour voir si je peux trouver un indice. »

Adjar fit un pas en avant.

« Je rentre chez moi en Arabie saoudite. Il existe une autre montagne là-bas qui a un rapport avec tout ça. »

Tous les regards se tournèrent vers moi.

« Je me suis vu avec Rachel. Où est-elle partie ? » dis-je.

Wil me fit un grand sourire.

« Elle est allée à Sainte-Catherine, la petite ville située au pied du *mont* Sinaï, en Égypte. »

Je le regardai sans rien dire tandis que les autres éclataient de rire. L'énergie montait en flèche. Le Manuscrit déclarait que nous devions tous revenir au Mont. Peut-être allions-nous vers des monts différents.

« Et toi ? Où vas-tu ? dis-je à Coleman.

— Je vais avec *toi*, me répondit-il.

— Tu es sûr ?

— Écoute, tout ça est nouveau pour moi. Rappelle-toi que je suis le seul à être allé du mauvais côté quand les extrémistes se sont mis à nous tirer dessus depuis la crête. J'ai essayé de percevoir ce que je devais faire, et tout ce que j'ai vu c'est que j'étais avec toi sur une autre montagne rocheuse ! » Il sourit en me faisant un clin d'œil.

Étonné de la puissante montée de notre énergie, je jetai un coup d'œil à Wil.

« Tu ressens la même chose que moi ? Nous sommes sous l'effet de la septième intégration, non ? » lui demandai-je.

Il me lança un regard.

« Oui, et nous l'avons déjà expérimentée. »

Nous nous regardâmes. Bien sûr. Nous étions en train de revivre l'aspect de la connexion que nous avions vécu sur la Montagne Secrète. Nous étions alors coincés, seuls dans cette région. Mais nous étions guidés. Tous les souvenirs me revinrent en mémoire : cette manière de savoir spontanément où je devais aller, les gestes précis à effectuer.

Hira s'avança.

« Souvenez-vous des groupes d'entente. Nous devons nous mettre d'accord sur l'orientation intuitive qui guidera notre démarche. Dans notre tradition, il est beaucoup question de l'obéissance à Dieu, dit-elle.

— Dans la tradition chrétienne également. C'est ce qu'on appelle accomplir la volonté de Dieu », lui répondis-je, conscient que je m'exprimais comme si j'étais à la place de Rachel.

Wil hocha la tête. « Dans la pensée orientale, c'est le zen qui exprime le mieux cette idée : un flux en harmonie avec le divin.

— Oui, intervint Adjar. Mais plus que toute autre tradition, la mienne insiste particulièrement sur cette faculté d'obéissance. C'est ce que nous appelons s'abandonner à Dieu. C'est le fondement de notre religion. L'ego doit être remis à sa place grâce à la réorientation quotidienne par la prière, répétée plusieurs fois par jour, de sorte que nous n'agissons que sous l'égide de l'esprit ! »

Il avait raison ; nous en étions tous persuadés.

C'est l'islam qui avait davantage développé cet aspect particulier de notre connexion au divin.

« Au fait, dit Hira, je retourne à Jérusalem. Je ne me l'explique pas, mais il se passe quelque chose en ce moment au mont du Temple à Jérusalem, à l'endroit où sont situées les ruines du Temple de David. »

J'eus un frisson. Je savais confusément qu'elle possédait une connaissance intuitive directe des Partisans de l'Apocalypse et de leurs plans clandestins visant à provoquer la fin du monde, une manière de se relier à eux que nous ne pouvions pas encore comprendre.

Pendant une heure, j'aidai les membres de notre groupe à préparer leur départ. Wil avait réussi à trouver un vol charter de l'aéroport de Sedona pour Phoenix, puis un avion pour New York et Le Caire. Adjar et Hira partaient en voiture pour Phoenix d'où ils prendraient un vol pour leurs destinations respectives. Coleman et moi-même avions décidé de passer la nuit sur place et de partir le lendemain matin, essentiellement parce que nous devions nous occuper de nos voitures et faire tous les préparatifs nécessaires.

Wolf s'était débrouillé pour nous procurer des portables sécurisés que Wil nous remit.

« Ils nous aideront à rester en contact, avait dit Wil. Mais n'oubliez pas : des textos, pas d'appel. Voilà la liste de vos numéros de téléphone. Apprenez-les par cœur et détruisez la liste. Tout le monde a un téléphone maintenant, sauf Rachel et Tommy. Utilisez-les le moins possible. »

Je suivis Wil ; je l'aidai à démonter sa tente, me sentant mal à l'aise de le voir partir.

« À ton avis, qu'est-ce qu'il va se passer ? » lui demandai-je.

Il me regarda de haut en bas. « Je pense que nous allons entamer un long périple. Nous allons progresser dans les intégrations et découvrir la douzième. J'espère simplement que beaucoup de gens font la même chose ailleurs dans le monde. Quoi qu'il arrive, continue à avancer. Je te retrouverai dans le Sinaï. »

En quelques instants, il avait chargé ses affaires et s'éloignait en voiture avec Hira, Adjar et Wolf à bord, me faisant un signe énergique de la main.

« Il a l'aide d'un grand guide », s'exclama soudain Grand-Mère derrière moi.

Je me retournai et je m'aperçus qu'elle n'était qu'à quelques mètres de moi ; elle me tendait une tasse sentant la sauge et le romarin.

« Ça vous aidera sur votre voie, me dit-elle.

— Grand-Mère, lui répondis-je, en prenant la tasse, votre danse nous a mis sur le chemin. »

Elle ne répliqua pas mais fit un signe de tête en direction de l'horizon lointain. Je suivis son regard et j'aperçus un large croissant de lune suspendu dans le ciel de cette fin d'après-midi.

Juste à ce moment-là, près du gros arbre, un corbeau croassa bruyamment, ce qui, pour une raison que j'ignorais, me fit tressaillir.

« Vous aussi, vous avez un très bon guide, me dit-elle. Vous apprécierez votre visite à la Montagne Sœur. »

Elle continuait à regarder au loin.

« Vous voulez dire le mont Sinaï ? lui demandai-je.

— Elle est rouge également, comme les collines de Sedona, indiqua-t-elle en s'éloignant.

— Grand-Mère, vous vivez dans un monde passionnant », lui lançai-je.

Elle s'arrêta un instant, sans se retourner, puis sourit et continua son chemin.

Appuyé contre un arbrisseau, près de ma tente, j'étais en train de m'interroger sur le fait que Grand-Mère avait appelé le mont Sinaï la « Montagne Sœur », lorsque Coleman s'approcha.

« Je me demandais où tu étais passé, lui dis-je.

— Je suis allé faire un petit tour, expliqua-t-il en souriant. J'avais besoin de temps pour réfléchir à tous les événements dans lesquels tu m'as impliqué au cours de ce voyage. Je n'aurais jamais imaginé avoir ce type d'expériences et encore moins les aborder d'un point de vue scientifique.

— Tu m'étonnes ! lui rétorquai-je en hochant la tête. Il s'est passé pas mal de choses. Ça nous force à mettre notre spiritualité en pratique et, de ce fait, tout s'est enchaîné. »

Coleman me fit un signe comme pour m'encourager à lui donner plus d'informations, et je poursuivis, porté par mon intuition.

« La première intégration, lui dis-je, qui consiste à maintenir le flux, nous a permis de démarrer. Ce qui était très difficile auparavant. Tout ce que nous avons à faire est de l'attendre, et il se produit. Il suffit ensuite de rester centré sur le fait d'être “la vedette de son propre film” en expliquant à d'autres personnes l'authenticité de notre voie et la manière dont elle se déploie. C'est le moment où tous les événements synchronistiques s'enchaînent les uns aux autres.

« Puis nous avons découvert le fonctionnement de la deuxième intégration, c'est-à-dire comment apprendre à découvrir une vérité supérieure tout en restant relié à l'autre, même lors de confrontations désagréables. »

Je lui fis un petit signe de tête en me remémorant notre première conversation au cours de laquelle je l'avais catalogué comme un sceptique. Il devina ce que je pensais et éclata de rire.

« On nous a montré, continuai-je, que si nous nous engageons dans des discussions conscientes, nous pouvons toujours appréhender un niveau de réalité plus élevé sur le fonctionnement de la spiritualité. Et nous contribuons ainsi à l'élaboration d'une conception du monde encore plus spirituelle et totale.

« La troisième intégration nous a offert une vision d'ensemble encore plus large de ce qui se produit quand nous demeurons centrés sur la vérité. Elle nous démontre que si nous œuvrons en accord avec la vérité, nous nous alignons sur la Loi de la Vérité, ce qui nous permet de découvrir les autres lois qui sous-tendent ce flux : la connexion, le karma et le service.

« Si nous maintenons ce niveau de vérité dans notre dialogue avec autrui, sans jamais mentir ni le manipuler, mais en essayant de rendre service, nous sommes alors en harmonie avec la Loi du

Karma : nous évitons ses rétributions et nous attirons naturellement à nous ceux qui sont là pour nous rendre service. Un flux rapide nous porte alors vers une connexion supérieure avec le divin et avec les autres.

« La quatrième intégration nous a fait prendre conscience des enjeux impliqués dans notre quête d'une connexion spirituelle plus profonde. Les êtres coincés dans une obsession séculière élaborent des systèmes mensongers de plus en plus antagoniques et déshumanisent leurs adversaires avec un acharnement croissant, nous mettant tous en danger.

« Les cinquième et sixième intégrations nous ont heureusement permis d'avoir un aperçu sur la profondeur de notre connexion au divin qui nous offre à la fois l'amour et, plus important encore, la protection ainsi que la prise de conscience de notre mission. Nous sommes désormais conscients du rôle que nous avons à jouer pour nous entraider à progresser vers les intégrations suivantes. Nous devons maintenant parvenir à comprendre comment accroître notre influence et établir cet Accord Modèle qui nous permettrait, théoriquement, d'atteindre ceux qui vivent dans la peur. »

Je repris mon souffle. « Ce qui nous amène au présent. La septième intégration nous a montré comment accroître davantage la synchronicité en suivant l'orientation intuitive qui nous vient si nous nous mettons à l'écoute. »

Je fis une pause, et je regardai Coleman,

quelque peu surpris que j'aie réussi à exposer les intégrations si rapidement.

« Tu as raison, dit Coleman. Tout n'est qu'un problème de conscience qui se développe et se construit à partir d'elle-même.

— Ça me rappelle un dicton que j'ai appris quand j'étais enfant, lui répliquai-je en le regardant. Quelque chose dans le genre : "Si tu te conduis de manière honorable dans des affaires sans grande importance, il te sera beaucoup donné." Je pense que ça s'est avéré.

— À ton avis, qu'est-ce qui va se passer maintenant ? demanda Coleman.

— J'espère que la synchronicité va nous aider à franchir les étapes suivantes et que nous continuerons à intégrer davantage le niveau de connexion que nous avions atteint sur la montagne... jusqu'à ce que nous nous souvenions de toutes les intégrations. Je pense que ce sera le moment où nous exercerons la plus grande influence », lui répondis-je.

Pendant un long moment nous restâmes plongés dans nos pensées.

Coleman finit par dire : « J'aimerais vraiment comprendre une chose que j'ai entrevue là-haut. C'était comme un point de connexion avec tout ce que je ressentais.

— Quoi ? Tu es sérieux ?

— Oui. J'ai vraiment senti quelque chose. C'était insaisissable ; ça allait et venait.

— J'ai vécu la même expérience ! » m'exclamai-je en me levant d'un bond.

Il parut stupéfait.

« Oui, répétai-je. À peu de chose près, comme tu viens de la décrire ! »

Le lendemain matin, nous nous levâmes de bonne heure et, dès le point du jour, nous nous dirigeâmes à nouveau vers Sedona. Wolf était rentré tard la nuit dernière, juste à temps pour s'octroyer quelques heures de sommeil et nous aider à charger nos affaires. Alors que nous roulions dans la pâle lumière de l'aube et bien qu'il semblât fatigué, il se montrait néanmoins débordant de malice.

« J'ai une surprise, dit-il.

— Qu'est-ce que c'est ? » questionnai-je. Coleman, assis sur le siège arrière, souriait.

« Ne me le demandez pas, dit-il. Vous l'apprendrez par la suite. »

Nous tentâmes de lui arracher l'information, mais il resta inébranlable et nous finîmes par tomber dans un long silence. Lorsque nous abordâmes la périphérie de la ville, nous eûmes droit à l'un des somptueux levers de soleil de Sedona ; comme d'habitude, les gens s'étaient regroupés sur les bas-côtés de la route, ou étaient montés sur les collines environnantes, pour bien commencer la journée. Je me demandai si ce lever de soleil était la surprise de Wolf, mais à l'expression de son visage, je me rendis compte que ce n'était pas le cas.

L'aube nous revigora. Nous étions totalement concentrés et, sans même avoir besoin d'en parler, nous instaurâmes une atmosphère d'expectative. Nous étions dans un état de vigilance, non pas seulement en attente de la synchronicité, mais ouverts à l'orientation intuitive qui la précédait.

Tout à coup, Wolf s'engagea dans une petite rue et s'arrêta, une expression inquiète sur le visage.

« Il y a un problème, dit-il. Mes amis chargés de surveiller votre voiture devaient nous retrouver à la pompe à essence que nous venons de dépasser. Ils n'y étaient pas. »

Coleman et moi-même nous regardâmes.

Wolf réfléchit un moment puis finit par dire : « Je pense que je devrais vous conduire directement et au plus vite à l'aéroport de Phoenix.

— Attendez, intervint Coleman. Ma voiture est garée à l'hôtel. Je ne peux pas la laisser comme ça. Et le reste de mes affaires ? »

Pendant qu'il parlait, j'essayai de nous visualiser en voiture sur la route de l'aéroport. Je nous vis sans la moindre difficulté arriver à l'aérodrome et embarquer dans l'avion. Puis je tentai de nous représenter, cette fois-ci, en train de récupérer nos voitures et j'éprouvai immédiatement des difficultés à nous voir dans cette situation. En fait, il m'était impossible d'imaginer notre arrivée à l'hôtel de Coleman.

« Je suis d'accord avec Wolf, dis-je. Je pense que nous devons partir tout de suite. »

Coleman n'était qu'à moitié convaincu.

« Bon, d'accord, concéda-t-il. Je contacterai mes amis plus tard et je m'arrangerai avec eux à ce moment-là au sujet de la voiture.

— À votre place, je m'abstiendrais d'appeler

qui que ce soit pendant un certain temps », dit Wolf.

Coleman me dévisageait. « Tu semblais tout à fait convaincu que la meilleure chose à faire était de poursuivre notre route. »

Je lui racontai exactement ce que j'avais visualisé.

Il réfléchit un moment, détourna le regard, avant de déclarer : « Oui. J'ai la même impression maintenant. Tu sais, c'est beaucoup plus difficile de suivre son intuition quand ça implique de changer ses plans.

— Oui, acquiesçai-je.

— Tu vois, ajouta Coleman, nous sommes à l'écoute et nous nous conformons exactement à la septième intégration. Dommage que nous n'ayons pas un exemplaire de l'intégration suivante. »

Je vis que Wolf dressait l'oreille.

« Oooh, fit-il, sur le ton de la plaisanterie. Wil et moi nous sommes arrêtés chez un ami pour faire des provisions pour son voyage. »

Il baissa la main sous le siège et en retira un dossier.

« La surprise ! dit-il d'un ton malicieux. Il se trouve que notre ami avait un exemplaire de la huitième intégration. Puisque vous êtes maintenant si doués pour vous mettre à l'écoute de votre orientation intuitive, vous pouvez apprendre autre chose. »

Il tendit le dossier à Coleman. « Vous pouvez apprendre à être à l'écoute des gens. »

L'intention de s'unir

Au début du trajet de deux heures vers l'aéroport, je me demandais comment nous allions retrouver Rachel et Tommy. Wil savait qu'ils se rendaient dans la petite bourgade de Sainte-Catherine, en Égypte. Mais nous ignorions tout du lieu où ils allaient séjourner.

« C'est une petite ville, avait dit Wil. Vous les trouverez. Soyez attentifs. Quelque chose se produira. »

Je savais qu'il avait probablement raison. Si l'on se fiait à nos intuitions, nous allions sûrement dans la bonne direction. À certains moments de son histoire, l'Égypte avait été un pays dangereux, mais les autorités étaient généralement bien disposées envers les touristes, particulièrement ceux qui souhaitaient effectuer un pèlerinage au mont Sinaï.

Je saisis le Manuscrit que Coleman venait de déposer et je me mis à le lire. Ainsi que Wolf nous l'avait laissé entendre, la huitième intégration affirmait que nous serions guidés vers un niveau supérieur de connexion avec les autres, un niveau qui augmenterait notre compréhension de la discussion consciente.

Toutes ces données nous sont transmises très vite maintenant, pensai-je. Wil avait raison quand il m'avait dit que nous entamions le long périple vers les dernières intégrations.

Je me rappelai que la huitième révélation de l'ancienne Prophétie avait prédit que, si notre intention était de nous relier au moi supérieur ou à l'âme d'autrui dans le but de les élever, nous apprendrions à accroître le niveau de conscience de nos interlocuteurs au cours de certaines discussions.

Ce processus d'élévation avait pour but de permettre à l'autre de parvenir à un niveau de conscience plus élevé qui, outre le fait qu'il pourrait avoir ainsi davantage d'aperçus sur certains aspects de sa propre vie, lui permettrait également de nous fournir des informations synchronistiques dont nous pouvions avoir besoin.

À l'époque, il y avait eu une certaine confusion quant au fonctionnement exact de ce processus, mais dans la plupart des cas, la simple intention d'élever le niveau de conscience de l'interlocuteur suffisait. Les personnes dont le niveau de conscience avait ainsi été élevé devenaient plus vives, et semblaient avoir accès à une part inconsciente d'elles-mêmes. Elles commençaient généralement leurs phrases par : « Je ne sais pas pourquoi je vous dis ça... », ou bien : « Je n'avais jamais pensé à ça avant, mais... » Et l'information qu'elles nous communiquaient correspondait bien souvent à ce qu'il nous fallait savoir à ce moment précis.

Je regardai à nouveau les pages que j'avais entre les mains, puis je lus le passage suivant. Il semblait dire qu'à la lumière des intégrations précédentes, nous pouvions maintenant accroître cette élévation de conscience, en fondant consciemment notre esprit avec le moi supérieur de l'autre personne. Fondre son esprit ?

J'interrompis ma lecture au moment où nous entrions dans les faubourgs nord de Phoenix, car il nous fallait acheter de quoi manger. Une demi-heure plus tard, nous découvrîmes un magasin d'alimentation bio où nous fîmes des provisions. Et par chance, il y avait une petite boutique, juste à côté, où Coleman put acheter d'autres vêtements.

Nous prîmes ensuite une route détournée pour nous rendre jusqu'à l'aéroport ; Wolf s'arrêta en prenant beaucoup de précautions devant le terminal des vols internationaux. Nous guettions tous quelque chose d'insolite ; nous avions accru notre niveau de vigilance pour être ouverts aux intuitions destinées à nous guider. Comme tout semblait calme, Coleman et moi sautâmes hors de la voiture et nous prîmes nos affaires.

Je m'approchai de la fenêtre de la portière, serrai la main de Wolf et le remerciai vivement.

« Allez à la Montagne Sœur le plus vite possible. Il vous sera dévoilé ce qu'il faut faire », dit-il d'une manière énigmatique.

En moins d'une heure, nous étions en train de

rouler sur la piste, à bord d'un avion à destination du Caire. Je vérifiai mon portable. Je n'y trouvai aucun message ; je l'éteignis rapidement au moment où l'avion s'élevait dans le ciel.

Coleman s'était déjà endormi ; je sortis la huitième intégration et j'en continuai la lecture. Le texte expliquait le passage sur la fusion des esprits en affirmant que nous pouvions la mettre en place en ayant recours à ce qu'il nommait l'« intention de s'unir ».

Cette expression, poursuivait-il, signifiait bien plus que l'idée abstraite, formulée par de nombreuses traditions, selon laquelle nous ne formons qu'un seul être. Il proposait aux hommes une manière totalement nouvelle de se relier les uns aux autres, avec une efficacité que chacun pouvait vérifier immédiatement par soi-même. En outre, la meilleure façon de comprendre ce nouveau type de rapport était d'observer attentivement la façon dont une personne finissait la phrase de l'autre.

Je considérai un instant cette idée. Il m'avait toujours semblé que cette aptitude était liée au temps qu'une personne avait passé avec une autre, essentiellement parce que ce phénomène était très courant entre maris et femmes, cadres et secrétaires de direction, colocataires ou collègues de bureau.

En reprenant le document, je constatai qu'il déclarait que même si cette tendance était fréquente, elle pouvait être grandement facilitée, même entre individus qui ne se connaissaient pas ; il suffisait de pratiquer le « principe de l'intention de s'unir » qui consistait à s'engager dans toute interaction humaine avec le désir de s'unir au moi supérieur de son interlocuteur.

Minute ! pensai-je, en sentant monter en moi un réflexe défensif. Est-ce que nous avons vraiment envie de le faire ? J'éprouvai soudain une profonde résistance à cette idée. En fait, ma réaction me laissa si perplexe que je réveillai Coleman pour lui raconter ce que je venais de lire et la difficulté que je ressentais à l'idée de fondre mon esprit avec celui d'autrui, surtout avec des inconnus. Je ne pus m'empêcher de considérer Coleman sous un autre angle, peut-être parce que cette notion s'était implantée dans mon esprit. Il semblait en fait se comporter d'une manière légèrement différente, comme s'il était plus attentif qu'avant.

« Ayant moi-même un énorme ego, me dit-il, je peux comprendre que tu n'aimes pas l'idée de mêler le tien avec celui des autres parce que tu as peur que leurs sornettes polluent ta pensée. »

Je ris tout en réfléchissant à ce qu'il venait de dire. Était-ce vraiment ça ? Est-ce que je voulais être considéré comme quelqu'un d'exceptionnel et d'unique, ce qui m'aurait amené à penser que fondre mon esprit avec celui d'autrui risquerait de diluer ma créativité ?

« D'un autre côté, poursuivit-il, tu ne peux pas nier que d'une certaine manière notre groupe a déjà réalisé cette union et qu'il a quasiment agi à l'unisson. Rappelle-toi cette expérience très forte qui a eu lieu sur la Montagne Secrète. »

Je m'en souvenais très bien. Nous étions restés pendant des heures dans un état d'étroite communication. Et il était vrai que cette connexion n'avait provoqué en moi aucune diminution ni perte d'énergie. J'avais plutôt éprouvé un accroissement d'énergie. Nous avions, pour une raison ou pour une autre, coordonné toutes nos actions et nos décisions à la vitesse de l'éclair, comme des oiseaux en vol changent de direction exactement en même temps. Et nous avions expérimenté le même phénomène à la ferme.

Je consultai à nouveau le Manuscrit. Il précisait qu'il ne s'agissait pas d'unir des ego mais des états d'esprit supérieurs, reliés au divin. Il expliquait que, lorsque deux personnes fondent ainsi leurs esprits, elles éprouvent un sentiment d'expansion parce qu'elles n'ont pas seulement accès à leur moi supérieur, mais également au niveau de conscience supérieur de l'autre. L'effet global revient à ressentir une plus grande clarté d'esprit et le sentiment d'être guidé. Cette clarification me soulagea.

Coleman, dont les paupières recommençaient à s'alourdir, intervint : « Puisque ce texte affirme que tu peux vérifier par toi-même le pouvoir de l'intention de s'unir, fais donc un petit essai. » Là-dessus, il se rendormit aussitôt.

Tout en regardant par le hublot, je songeai à la concision de sa suggestion. En fait, s'il ne m'avait pas devancé, c'est exactement ce que j'aurais pu me dire. Pourquoi ne pas essayer maintenant ? Je débarrassai rapidement tout ce que j'avais sur mes genoux et je me dirigeai vers le poste d'équipage où se tenaient les hôtesses pour demander de l'eau.

Il n'y avait qu'une seule hôtesse, celle qui nous avait servis auparavant, une Égyptienne entre deux âges, aux cheveux noirs, coupés court. Je décidai d'agir en conformité avec le Manuscrit. Tout en m'avançant, je formulai silencieusement mon intention de m'unir à un niveau d'esprit supérieur.

Elle se retourna immédiatement.

« Vous voulez un peu plus d'eau ?

— Oui, s'il vous plaît », lui répondis-je en lui tendant ma tasse vide. « Le vol va être long, n'est-ce pas ?

— Oui, mais ce n'est pas si pénible que ça. Je fais ce trajet plusieurs fois par semaine. »

Elle fixa mon épaule.

« C'est pour moi ? »

Je baissai les yeux et réalisai que j'avais encore l'exemplaire du Manuscrit sous le bras. Je l'avais plié sous mon aisselle quand j'avais tout débarrassé pour me lever de mon siège, omettant de le remettre dans mon sac.

« Non, c'est juste un exemplaire d'un vieux... euh, juste quelque chose que j'ai pris par erreur.

— Un vieux quoi ? »

Elle me regarda avec un tel sérieux que je compris que je devais lui dire la vérité.

« C'est un ancien Manuscrit sur la spiritualité que des gens sont en train d'étudier en ce moment.

— De quoi s'agit-il ?

— Eh bien, il est question d'êtres humains qui

s'éveillent à l'existence d'une connexion spirituelle entre eux », répondis-je en tentant de donner une explication concise.

Elle baissa les yeux, sembla réfléchir, puis reprit : « J'en ai entendu parler. Le mari de ma sœur étudie ce genre de textes. Ils ont formé un groupe. »

Elle se pencha et se mit à parler à voix basse. « Vous savez, il était d'habitude timide et réservé, mais depuis qu'il a rencontré ce groupe il est devenu très bavard et obsédé par l'idée de dire la vérité.

— Il s'agit du même Manuscrit », dis-je, un peu surpris par la familiarité avec laquelle elle s'adressait à moi, comme si elle parlait à un ami intime. J'étais impatient de connaître la réponse à ma question suivante.

« Où vit votre sœur ? lui demandai-je.

— À Sainte-Catherine, une petite ville dans le désert.

— Vous n'allez pas le croire, lui dis-je. C'est là où nous allons après Le Caire. »

Son regard s'éclaira. « Vraiment ? Je vais vous donner son numéro. Mon beau-frère s'appelle Joseph. » Elle ouvrit un tiroir, sortit une feuille de papier et griffonna son nom et son numéro de téléphone.

« Vous savez, me confia-t-elle, je ne lui ai pas parlé depuis un certain temps. Mais je vais l'appeler pour lui demander des précisions sur ce Manuscrit. Je lui dirai que nous nous sommes rencontrés dans l'avion.

— Merci », lui dis-je en lui indiquant également mon nom et mon numéro de téléphone.

Une autre hôtesse arriva à ce moment-là, et je revins à ma place. Je réveillai immédiatement Coleman pour lui relater ce qui venait de se passer.

« Tu dois être maintenant habitué à ce genre d'événements synchronistiques, non ?

— Non... non, bredouillai-je. Ça ne se passe généralement pas aussi vite avec quelqu'un qu'on ne connaît pas. Un événement synchronistique ciblé comme celui-là prend d'ordinaire beaucoup plus de temps à se manifester au cours d'une conversation, si jamais il se produit. Parfois tu as l'impression d'être guidé vers quelqu'un, mais quand tu essaies de parler, la discussion ne débouche sur rien. Deux inconnus doivent développer une confiance mutuelle. »

Maintenant tout à fait réveillé, il me dévisageait.

« Tu as fait ce que je t'avais dit, non ? Tu as essayé d'appliquer le principe de l'intention de s'unir ? »

Je hochai la tête de manière théâtrale. Coleman me prit l'exemplaire du Manuscrit des mains : « Laisse-moi le lire un moment. »

Cela me convenait parfaitement. Je voulais passer davantage de temps à réfléchir. Il se pouvait que j'aie accordé trop d'importance à l'ouverture d'esprit de cette femme ; je n'en étais toutefois pas convaincu. Rencontrer une personne sympathique qui avait un beau-frère dans la petite ville où nous nous rendions n'était pas ce qui me frappait le plus. En soi, ce n'était pas d'une folle invraisemblance. Le point saillant était la nature même de notre conversation : il y avait eu non seulement une grande honnêteté, mais aussi une proximité et une relation immédiates. À ce niveau de connexion, il ne m'était même plus nécessaire de me rappeler d'être direct et honnête. Les mots me venaient naturellement.

Lorsque je me réveillai, Coleman était en train de ranger ses affaires. Quand il vit que je m'étirais, il se pencha vers moi.

« Quelle heure est-il ? lui demandai-je.

— Deux heures du matin, répondit-il. Nous atterrissons au Caire dans vingt minutes. »

Il avait l'air ensommeillé, comme si l'exiguïté des sièges avait encore accru sa fatigue au cours de la nuit. Je me sentais dans le même état. Je n'avais sûrement dormi que quelques heures.

Après l'atterrissage, nous nous dépêchâmes de récupérer nos bagages et de trouver un moyen de transport jusqu'à Sainte-Catherine. Lorsque le véhicule arriva, nous fûmes heureux de constater que c'était un grand minibus et que nous étions les seuls passagers. La voiture comportait deux longues banquettes, ce qui nous permit de nous allonger. Nous dormîmes pendant tout le trajet, débarquant à Sainte-Catherine vers onze heures du matin.

La petite ville était constituée de rues à angle droit, bordées de bâtiments à vocation touristique et de petits hôtels, construits dans le fond d'une vallée en forme de cuvette. De toutes parts, s'élevaient de gigantesques et majestueux sommets rocheux ocre dont, vers le sud-est, la chaîne du Sinaï.

Nous passâmes quelques appels depuis une cabine téléphonique jusqu'à ce que nous trouvions un petit hôtel tout près du Sinaï. Enfin parvenus dans le minuscule bureau de la réception, au moment de nous enregistrer, nous ressentîmes les effets du rythme accéléré de notre voyage. Mon énergie avait diminué considérablement et, afin de demeurer concentré, je récapitulai mentalement la liste des intégrations : rester dans l'attente de l'intuition et de la synchronicité, rétablir l'alignement, et revenir à une connexion d'amour. J'ajoutai désormais un autre élément : l'intention de s'unir.

Ayant appuyé sur la sonnette posée sur le bureau du réceptionniste, un vieil homme aux cheveux gris et à l'air distingué vint nous accueillir. Il parlait un très bon anglais mais sembla, au premier abord, très circonspect ; il nous posa de multiples questions sur nos projets d'excursions et nos passeports. Cependant, à la fin des formalités d'enregistrement, il nous sourit et se montra très aimable.

Il nous donna nos clés puis, alors que nous nous éloignions, l'espace d'un instant, il eut une expression pensive.

« Si vous avez envie de faire une petite randonnée, il y a un chemin juste à l'extérieur qui mène à une colline proche. De là, vous avez une vue magnifique sur Sainte-Catherine et sur le mont de Moïse », nous dit-il.

Nous le remerciâmes et suivîmes le couloir jusqu'à nos chambres, situées l'une en face de l'autre. Cerise sur le gâteau, la mienne avait une autre porte qui ouvrait sur un petit patio. Nous pouvions apercevoir, de l'autre côté de la rue, le chemin qui menait à la colline.

« Formidable », dit Coleman.

Après nous être douchés, nous nous promenâmes dans les environs de l'hôtel ; nous fîmes un excellent repas dans un petit restaurant. Après l'avoir terminé, je demandai à Coleman :

« Qu'est-ce qui te vient à l'esprit quand tu te mets à l'écoute pour savoir si nous devons contacter Joseph, le beau-frère de l'hôtesse de l'air ? »

Il réfléchit un moment.

« J'ai l'impression qu'il faut le faire. Ça semble logique, et j'ai un bon pressentiment. »

Je pris mon téléphone et envoyai un texto à Joseph pour lui dire que nous avions rencontré sa belle-sœur et que nous souhaitions nous entretenir avec lui au sujet du Manuscrit. Je laissai le portable allumé de sorte que nous puissions l'entendre sonner s'il répondait.

« Bon, dit Coleman. Allons faire un tour sur la colline. »

La journée était splendide. Le soleil étincelait ; de petits nuages blancs en forme de volutes parsemaient un ciel bleu vif. Au cours de notre marche, nous contemplions les montagnes ocre qui se dressaient tout autour de nous.

« Oh, là, là ! s'exclama Coleman. Ça ressemble beaucoup à Sedona. »

Nous suivîmes la piste jusqu'au sommet de la colline, totalement émerveillés par les nuances de couleurs incrustées dans la roche. Des veines gris et or striaient la dominante rouge. À chaque pas, je me sentais mieux.

« Je *me sens* comme à Sedona sur cette colline », dit Coleman.

À un certain endroit, le sentier serpentait le long d'une corniche rocheuse plate qui dominait la bourgade en contrebas. Nous nous arrêtâmes pour la contempler. Absorbé par ce panorama, je remarquai pourtant Coleman qui désignait de la tête quelque chose au-dessus de nous.

De l'autre côté de la corniche, se trouvait un surplomb rocheux circulaire au sommet duquel un homme seul était agenouillé sur un tapis de prière. Il avait de longs cheveux noirs et une courte barbe ; il regardait au loin vers le sud-est. Il ne nous avait pas vus. Il s'assit, sortit un portable et composa un numéro.

Tout à coup la sonnerie annonçant un texto se déclencha sur mon téléphone. Lorsque l'homme l'entendit, il se retourna brusquement et nous aperçut tout près de lui ; une expression de perplexité transparut sur son visage. Le texto disait :

Ma sœur m'a déjà informé de votre arrivée. J'aimerais beaucoup vous parler. Appelez-moi.

Je le regardai à mon tour. Il arborait un large sourire. Coleman rit aux éclats. C'était Joseph.

L'homme se leva d'un bond et s'avança vers nous.

« Excellente coordination ! dit-il avec un fort accent égyptien. Je m'appelle Joseph. Très heureux de vous rencontrer. »

Coleman me lança un regard pour me rappeler de pratiquer l'intention de s'unir ; je m'exécutai sur-le-champ. Je fis les présentations et j'informai Joseph que nous recherchions des amis ayant rejoint un groupe qui étudiait le Manuscrit à Sainte-Catherine.

« Je connais un groupe ici, poursuivit-il. Mais dites-moi : où en êtes-vous dans les intégrations ?

— Nous avons formé un groupe d'entente, répondis-je, et nous en sommes au stade de l'écoute de l'orientation intuitive. Nous avons juste commencé l'étape de l'intention de s'unir.

— Vous en êtes donc au début de la huitième étape », dit-il, comme s'il devait y en avoir d'autres.

— Oui. C'est ça », acquiesça Coleman.

Joseph me demanda de lui décrire Tommy et Rachel. Je m'exécutai. Ma description parut le surprendre.

« Je crois connaître vos amis, me dit-il. Je ne les ai pas encore rencontrés, mais ils sont ici. Je vous emmènerai les voir. »

Il jeta un dernier regard vers les montagnes.

« Où est le Sinaï ? m'enquis-je.

— Le djebel Musa ? C'est celui qui est là-bas. Juste à droite de l'église Sainte-Catherine », rétorqua-t-il en pointant son index vers le sud-est.

Nous le contemplâmes longtemps et, au

moment où je me mis à l'écoute, j'éprouvai une sensation d'apaisement et d'accueil. Un souvenir fit tout à coup irruption dans ma mémoire, et je compris qu'il s'agissait d'une nouvelle allusion à ce mystérieux point de connexion dont j'avais fait l'expérience sur la Montagne Secrète.

« En montant la colline, j'ai remarqué que vous étiez agenouillé en direction du mont Sinaï », dis-je à Joseph.

Il me sourit. « Oh, non. Je regardais en direction de La Mecque. D'ici, La Mecque est juste de l'autre côté du djebel Musa. Mais quand je suis en prière, au fond de moi, je me sens aligné sur ces deux endroits. »

Il scruta à nouveau le Sinaï. « C'est là que Moïse aurait contemplé le visage de Dieu. Vous n'aimeriez pas en faire l'expérience ? »

Trente minutes plus tard, nous franchissions la porte d'une grande bâtisse de pierre grise, située à environ deux kilomètres de notre hôtel. Joseph nous y avait conduits dans son 4 × 4 Toyota.

À cet instant, je pris brutalement conscience d'une difficile réalité. J'étais sur le point de revoir Rachel. Serais-je capable de m'ouvrir à elle dans une expérience d'union ? Ou éprouverais-je à nouveau la même vieille hésitation ? Je savais que nous nous étions reliés spontanément sur la Montagne Secrète, mais depuis ce moment-là j'avais résisté à cette ouverture. Cette connexion me semblait trop intense, de nature à entraîner des complications ou d'autres préoccupations.

Au moment où nous descendions de la voiture, la porte de la maison s'ouvrit toute grande :

Rachel et Tommy sortirent en hâte pour nous accueillir. Je passai la main dans les cheveux de Tommy et j'étreignis brièvement Rachel, tout en évitant, à nouveau, de la regarder trop longtemps dans les yeux.

Coleman me suivit et, dans son enthousiasme, serra Rachel très fort dans ses bras. De nous tous, il semblait le plus excité par ces retrouvailles. Alors que nous nous dirigions vers la maison, il me confia ses sentiments.

« J'ai été élevé par des parents qui étaient des scientifiques distants. Que Dieu les bénisse ! Je n'ai jamais eu de vraie famille jusqu'ici », me dit-il.

Nous pénétrâmes à l'intérieur de la maison dans une grande pièce remplie de beaux meubles en cuir et de tapis persans. Une douzaine de personnes nous attendaient ; ils me dévisageaient tous avec une grande intensité et, une fois de plus, je détournai les yeux.

Tout à coup, Tommy me prit par le bras et m'emmena voir sa mère. Je m'approchai d'elle et me présentai ; Tommy me dit qu'elle s'appelait « Amour de la Montagne ».

« Tommy m'a parlé de vous tous, dit-elle en passant un bras autour de son fils. Maintenant, je sais pourquoi il ne voulait pas venir avec moi initialement. Il devait se douter qu'il allait vous rencontrer.

— Mais *vous-même*, pourquoi êtes-vous venue à Sainte-Catherine ? lui demandai-je.

— Pour rencontrer mon homonyme, la Montagne Sœur, répondit-elle en me regardant avec fierté. Mon père qui était négociant m'a amenée ici quand j'étais jeune et ça a été le coup de foudre. La Montagne Secrète et le djebel Musa possèdent la même énergie. Ils vous ouvrent. »

Tommy hocha la tête en signe d'acquiescement.

Une question me vint soudain à l'esprit avec une telle force que je la posai sans réfléchir. « Pourquoi Tommy n'a-t-il pas un nom amérindien comme vous ?

— Parce qu'il est têtu », répliqua-t-elle en adressant un sourire à Tommy.

— Ils ont essayé de me donner des noms, mais aucun d'eux ne me convenait. Quand j'accomplirai quelque chose d'important, je connaîtrai mon nom tribal », expliqua Tommy.

Puis, comme si elle se rappelait soudain qu'elle avait quelque chose à faire, Amour de la Montagne se précipita hors de la pièce, me laissant seul avec Tommy. Il me regarda comme s'il avait quelque chose à me dire. Mais je pris les devants.

« Tommy, il faut que je sache le rapport qui existe entre tous ces événements et le calendrier maya ? Tu le sais, n'est-ce pas ?

— Oui. Nous devons nous dépêcher », dit-il.

Il me conduisit par une large ouverture dans un grand solarium aux solides parois de verre ; nous nous assîmes à une table. De l'endroit où nous étions, j'aperçus Coleman en train de converser dans l'autre pièce avec Rachel et certaines de nos nouvelles connaissances. Un bref instant, mes yeux croisèrent à nouveau ceux de Rachel. Dans la pièce tout le monde semblait très affairé, chacun faisant des préparatifs pour partir en excursion.

« Selon la mythologie de ma tribu, commença Tommy, il existe un lien entre les montagnes des Rochers Rouges de l'Arizona et les Montagnes Rouges d'ici.

« Les populations aborigènes ont toujours considéré les montagnes comme des lieux sacrés qui nous élèvent au-dessus de la conscience ordinaire pour nous permettre d'avoir un aperçu de l'esprit divin. Cet esprit tente maintenant de se rapprocher de nous. Les Mayas le savaient. Ils sont venus dans ce monde pour nous transmettre le message de leur calendrier.

— Mais quel est ce message, Tommy ? lui demandai-je. Les médias l'ont déformé en affirmant qu'il prédisait la fin du monde. Il est difficile de décider quelle interprétation croire. »

À ce moment-là, Coleman entra à grandes enjambées dans la pièce, devinant manifestement que nous discutions d'une chose importante. Je discernai une lueur d'impatience sur le jeune visage de Tommy ; j'esquissai un sourire que je tentai de dissimuler aussitôt.

« Il faut que je sache ce que vous êtes en train de dire », déclara Coleman d'un ton pressant.

Tommy et moi-même lui fîmes signe de s'asseoir.

« La vérité énoncée par le calendrier est simple, poursuivit Tommy. Elle n'a rien à voir avec la fin des temps. Le calendrier dresse le tableau chronologique de tout le cosmos et établit la finalité réelle de l'histoire de l'humanité. Les Mayas considèrent que l'univers a été créé il y a environ seize milliards d'années, mais selon eux, la création n'est pas apparue soudainement. Il donne les dates des neuf phases de la création, depuis le début jusqu'à son terme, en 2012. »

Il observa une pause et me regarda comme si la date du début de ce calendrier était importante. Je savais pourquoi. Les savants ne se sont accordés que récemment sur la date du début de l'univers, au moment du big bang. Et cette date est très proche de celle mentionnée par les Mayas. Si c'est le cas, comment les Mayas avaient-ils pu déterminer la date du début de l'univers avec une telle précision, il y a des siècles de cela ? Le reste du calendrier était-il aussi précis ?

« Un chercheur a déchiffré avec une grande précision les dates de chaque étape de la création fixées par le calendrier, poursuivit Tommy. Comme je viens de le dire, la première étape de la création a commencé il y a seize milliards d'années ; elle a inclus la formation de l'univers, la fusion de la matière en galaxies, étoiles et planètes, le début de la vie et son développement dans les premières cellules puis dans des organismes plus complexes. De la seconde à la quatrième phase sont apparus les mammifères puis les anthropoïdes et finalement, il y a deux millions d'années, les êtres humains.

« À ce stade, les étapes suivantes de la création ont porté sur l'expansion et le développement de la conscience humaine, laquelle a commencé par une conscience tribale avant d'atteindre, il y a environ cent trois mille ans, une conscience régionale, moment où les êtres humains ont développé le langage et ont commencé à être conscients de l'existence d'autres groupes humains vivant dans une aire géographique plus vaste.

« Selon le calendrier maya, la phase suivante a été marquée par l'émergence d'une conscience nationale, débutant vers 3115 av. J.-C., lorsque les hommes se sont organisés en empires puis en nations.

« Le 24 juillet 1755[1], une autre phase de la création a débuté, débouchant sur une conscience planétaire. C'est le moment où nous avons réalisé pour la première fois que nous partagions une planète limitée dans l'espace et que nous avons commencé à établir des échanges économiques dans le monde entier. »

Il marqua une pause pour souligner la portée de ce qu'il allait dire.

« Il est très important de se rappeler que ces étapes ne sont pas seulement symboliques. Elles impliquent un réel changement de notre conscience. Par exemple, lorsque nous avons atteint la phase planétaire, nous avons acquis la capacité de nous mettre à l'écoute d'une conscience qui transcendait la conception d'une Terre plate. Il nous était plus facile de concevoir que nous étions littéralement et tous ensemble sur une Terre ronde flottant dans l'espace.

« L'étape suivante de la création a eu lieu le

1. Emmanuel Kant, s'appuyant sur les travaux de Newton, fut le premier, en 1755, à tenter d'expliquer la création du système solaire par des considérations entièrement mécaniques. *(N.d.T.)*

5 janvier 1999[1] – ce qui correspond à la conscience galactique – elle nous a permis d'étendre davantage notre conscience. Elle nous a élevé au-delà de notre planète, accroissant nos capacités à percevoir l'immensité du cosmos. Ce qui a eu pour effet d'accélérer la transformation d'une vision matérialiste et séculière du monde à un état spirituel plus éveillé. Nous avons accepté plus volontiers l'idée que nous flottions dans l'espace, sans réellement comprendre pourquoi. Nous avons voulu connaître la véritable raison de notre existence. La religion a été remise en cause parce que nous exigions des réponses plus précises à nos questions.

« C'est cette remise en cause qui a amené les idéologues fanatiques à penser qu'ils devaient défendre leurs doctrines, et même les imposer à d'autres hommes, parfois avec violence. Cette perspective galactique n'a débuté que deux ans avant 2001, lorsqu'ont commencé de nouvelles guerres dont le but était d'établir la supériorité d'une religion sur les autres. »

Je le regardai, stupéfait. J'ignorais en effet que le calendrier maya donnait des dates aussi précises.

« Les chercheurs débattent encore au sujet des dates, continua Tommy, mais la structure globale du processus de la création demeure le plus important. Il y a des siècles que les Mayas ont

1. Année de la découverte, par des astronomes américains, d'un système solaire identique au nôtre et de la galaxie la plus lointaine de la Terre. *(N.d.T.)*

prédit les séquences de la progression de l'humanité. »

Je me souvins alors que le calendrier avait prophétisé, selon Tommy, neuf phases de création. Or, il n'en avait mentionné que huit. Je l'interrogeai sur ce point.

« Le calendrier a conçu une autre phase de création, poursuivit le jeune homme, une étape qui est en cours et que l'on peut appréhender. Elle a pour but d'instaurer un monde idéal. »

Je dressai l'oreille, me rappelant que Tommy avait informé le groupe que le calendrier représentait en lui-même une prophétie semblable aux visions de la fin des temps propres à de nombreuses religions. La plupart des prédications issues des textes sacrés évoquaient le personnage d'un Messie qui inaugurerait un monde idéal. Tommy expliquait maintenant que le calendrier concevait lui aussi un monde idéal.

« Dis-moi davantage de choses sur les prédictions du calendrier », lui demandai-je.

Il me fit un petit geste d'impatience de la main, souhaitant manifestement faire une autre remarque.

« Ma tribu croit, insista-t-il, que cette dernière phase ne nous sera pas imposée. Il faudra qu'il y ait un nombre suffisant de personnes qui apprennent à se mettre à l'écoute du prochain stade de la création. Afin d'y parvenir, nous devrons d'abord intégrer les niveaux de conscience dont parlent les intégrations, à commencer par celle sur laquelle nous travaillons maintenant : la huitième. » Il me regarda comme s'il fallait à tout prix que je la comprenne bien.

Nous fûmes alors interrompus par des bruits d'allées et venues dans l'autre pièce. Par l'entrebâillement de la porte, j'aperçus Amour de la Montagne et d'autres personnes en train de rouler l'un des tapis persans et d'ouvrir une énorme trappe aménagée dans le sol. Elle regarda Tommy et lui fit signe de venir l'aider.

Coleman et moi-même nous levâmes.

« Tu sais ce qu'ils sont en train de faire, non ? me dit Coleman. Ils s'apprêtent à aller dans la montagne.

— Pourquoi ? lui demandai-je.

— Je ne sais pas et ils ne semblent pas le savoir non plus. Mais ils sont persuadés qu'il faut y aller. »

Nous revenions vers eux quand Rachel apparut tout à coup et me saisit par le bras.

« Il faut que je te parle », me dit-elle avec détermination. Elle m'entraîna dans le solarium où une porte arrière ouvrait sur une petite cour arborée. La cour dallée était entourée de haies fournies et d'arbrisseaux en fleurs. D'un petit bassin situé dans un coin émanait l'arôme de nénuphars.

« Tout le monde est en train de rassembler ses affaires, dis-je. Qu'est-ce qu'ils comptent faire ?

— Ils vont à la Montagne Sœur, répondit-elle. Quelque chose se prépare.

— Comment le sais-tu ? »

Elle me regarda avec gravité.

« Je sais beaucoup de choses, rétorqua-t-elle. Si

tu ne cherchais pas à m'éviter, tu l'aurais compris ! »

Je la regardai sans rien dire.

« Pourquoi est-ce que tu m'évites ? insista-t-elle.

— Parce que j'essaie de rester dans l'alignement », lui répliquai-je d'un ton brusque, pris d'une envie de revenir en courant vers la maison.

Elle sourit et me regarda comme si j'étais un enfant.

« Si tu avais vraiment essayé d'établir une connexion pour me parler sincèrement, tu ne serais pas aussi confus. Sais-tu pourquoi je suis ici, pourquoi j'essaie d'atteindre ton vrai moi ? Ça n'a rien de sentimental. Il s'agit des intégrations. Les groupes d'entente ne sont pas uniquement destinés à contrer les extrémistes qui s'affrontent dans les domaines de la politique et de l'idéologie religieuse. Ils servent aussi à abolir le mythe et la polarisation qui séparent les hommes et les femmes.

« Tu sais ce que ma mère m'a enseigné quand j'étais enfant ? poursuivit-elle en hochant la tête. Que les hommes et les femmes étaient des animaux complètement différents, avec des points de vue et un langage distincts, et qu'ils étaient condamnés pour l'éternité à ne pas se comprendre et à se manipuler. Elle m'a appris à mentir et à me contrôler pour obtenir ce que je voulais des hommes. Allant d'une liaison désastreuse à une autre, j'ai fini par haïr les hommes parce qu'ils me forçaient à agir ainsi.

« Et j'ai aussi haï ma mère qui n'avait pas été

capable d'empêcher le monde d'être comme ça. J'ai coupé tout dialogue avec elle pendant des années... et puis elle est morte avant que j'aie pu revenir à la maison pour lui parler. »

Elle me fixa lentement d'un regard insistant que je tentai de soutenir.

« Je sais maintenant, reprit-elle, que ce n'était pas sa faute. Je n'étais pas la seule à partager ce malentendu. Nous participons tous au jeu du sexe et de la sécurité. Tu penses que tu dois te contrôler et donc tu limites ton rapport avec moi ou tu le manipules d'une manière ou d'une autre. Mais en réalité, cette habitude que tu as de te fermer à certaines femmes est sans doute une attitude que tu as toujours eue.

« Je parie que tu ne t'es jamais réellement ouvert à une femme. Tu as passé ton temps à les influencer, en espérant les entraîner dans une relation amoureuse, ou à l'inverse, à les rejeter carrément si elles ne t'offraient pas l'opportunité d'une relation sexuelle.

« Nous sommes tous dans l'incapacité d'instaurer un rapport satisfaisant avec les personnes du sexe opposé : les femmes se servent de leur sexualité pour manipuler les hommes qui les manipulent à leur tour pour coucher avec elles. Mais maintenant que nous arrivons à comprendre comment être vraiment à l'écoute de l'autre, nous sommes sur le point de balayer complètement les stratagèmes sexuels qui avaient cours dans le passé. »

Je la regardais parler, frappé par l'ouverture et

la sincérité avec lesquelles elle exposait le problème. Cela reflétait le profond rapport spirituel qu'elle avait établi avec moi, d'âme à âme. Toutefois, cette connexion n'allait pas au-delà : il s'agissait uniquement d'un lien spirituel profond.

« D'où te vient cette lucidité ? lui demandai-je spontanément.

— De ma mère.

— Tu viens de me dire qu'elle était morte avant que tu aies pu lui parler ?

— Oui, c'est vrai. »

Je la regardais sans rien dire, songeant aux implications de sa remarque. Juste à ce moment-là, je me rendis compte que ma peur de me relier à elle semblait se dissiper.

« Je te parlerai plus tard de la manière dont je communique avec ma mère, poursuivit Rachel. Il y a d'autres choses à faire à présent. Nous devons régler le problème de la distance entre hommes et femmes. Pour la plupart d'entre nous, dès qu'il s'agissait du sexe opposé, c'était une histoire d'amour ou rien du tout. Nous ne pouvons pas atteindre un niveau de conscience plus élevé si nous ne changeons pas ça.

« Si un groupe d'entente parvient à fonctionner, c'est parce qu'il crée de manière consensuelle un nouveau modèle et projette l'énergie qui en émane dans le monde afin d'établir de nouvelles modalités culturelles dans les mentalités collectives. Ainsi, ce que toi et moi parvenons à résoudre, ici et maintenant, aura une influence sur le monde. Nous devons revenir à ce que nous avons vécu sur la Montagne Secrète. Nous ne devons être que deux âmes l'un pour l'autre ! »

Elle fouilla dans la grande sacoche qu'elle portait avec elle et en sortit une dizaine de pages froissées. « Je ne sais pas où tu en es dans la huitième intégration, mais la voici. »

Je repérai un banc près de la fontaine et repris ma lecture là où je m'étais arrêté. Je fus immédiatement subjugué.

Afin que nos esprits se fondent totalement, disait le texte, nous devons développer l'intention de nous unir, mais nous devons également revenir à une forme d'amour qui transcende complètement les difficultés inhérentes à la sexualité. Il nommait cette émotion *« agapê »*.

Je levai les yeux un instant pour réfléchir à ce mot. *Agapê* est un terme grec qui fait allusion à une forme particulière d'amour : celui de l'âme pour tous les êtres de la création, mais surtout un amour de nature platonique envers autrui. Plus encore que l'intention de s'unir ou la participation à une discussion consciente, se centrer sur cette forme d'amour, poursuivait le Manuscrit, élevait les protagonistes à leur plus haut niveau de sagesse spirituelle. En outre, cette élévation était décuplée lorsqu'elle était pratiquée en groupe.

Je posai les pages et pénétrai dans l'autre pièce où je trouvai Rachel, qui m'attendait, debout près de la porte. Nos regards se croisèrent et, cette fois-ci, je la regardai droit dans les yeux, aspirant à m'unir et m'ouvrant à l'amour.

Soudain, je sentis un mouvement tangible dans

mon cœur, une bouffée d'émotion qui provoqua un sentiment de concentration accrue et qui me libéra de l'appréhension ; c'était un état d'esprit que je n'avais plus ressenti depuis la Montagne Secrète.

Tout était juste, tout se trouvait dans un alignement parfait ; il n'y avait plus de combat à mener. C'était l'*agapê*.

Du coin de l'œil, j'aperçus plusieurs personnes qui nous regardaient depuis l'autre pièce, mais je restai concentré sur Rachel. Elle se rapprocha de moi et me fit pivoter face aux fenêtres qui donnaient sur la cour.

« Regarde comme c'est beau à l'extérieur, me dit-elle. Tu te souviens de la perception du monde que nous avions sur la Montagne Secrète ? Chaque intégration nous permet de revenir à cet état. La prochaine étape consiste à ouvrir pleinement nos sens au monde tel qu'il est lorsque nous sommes tous connectés dans un état d'amour. »

Pendant un moment, je m'imprégnai de cette beauté. Mais une partie de moi-même refusait de s'y abandonner. Par-dessus tout, je voulais revivre ce niveau d'*agapê*.

Je me tournai pour faire face à Rachel.

Je voulus lui poser une autre question, mais je fus happé par le pouvoir des regards qui nous fixaient depuis l'autre pièce. Tout le monde s'était regroupé sur le seuil de la porte et nous observait, y compris Coleman, un peu en retrait, qui sautillait en agitant des pages du Manuscrit qu'il tenait à la main.

Je les regardai à mon tour avec le même profond sentiment d'*agapê* que j'avais projeté sur Rachel sans me soucier le moins du monde s'il se portait sur un homme ou sur une femme. Le niveau d'énergie et le sentiment d'*agapê* partagés avec le groupe jaillirent en moi avec une intensité accrue. Ils semblaient tous enchantés.

« Ouah ! » m'exclamai-je.

Rachel se rapprocha et, se tenant à mes côtés, regarda l'assemblée.

« Chaque fois, dit-elle, que quelqu'un intègre l'*agapê* pour la première fois, cela suscite une vague d'amour exacerbé chez tous ceux qui l'entourent, comme la chaleur dans une serre ou une expérience de conversion dans une petite église de campagne remplie de fidèles. »

Ouvrir sa perception

Pendant vingt minutes, je déambulai, bavardant avec les gens du groupe. Bien qu'ils se dépêchassent de boucler leurs bagages, ils me consacrèrent tous un peu de temps. La plupart parlaient anglais, mais, le cas échéant, ils n'hésitaient pas à traduire pour les autres, de façon naturelle et spontanée, comme si cela allait de soi.

Ils constituaient un large échantillon de la société de la région, comprenant aussi bien des boulangers, des enseignants que des ingénieurs ; ils étaient également représentatifs de la plupart des traditions et groupes religieux connus. En tant que personnes, ils avaient tous fait l'expérience de la Découverte capitale de la connexion au divin, chacun selon sa tradition, et progressaient d'une intégration à l'autre. Tout en parlant, je compris que nous étions en train de former un groupe d'entente élargi.

Certains d'entre eux estimaient que l'*agapê* entre les personnes était essentiellement un concept issu de la pensée occidentale et judéo-chrétienne. Mais ceux qui appartenaient à d'autres confessions firent remarquer que leurs propres traditions incluaient également de nombreuses figures emblématiques qui mettaient l'accent sur l'importance de l'amour spirituel. Je connaissais moi-même un concept propre à la pensée orientale, au jaïnisme en fait, appelé *ahimsa*[1] et qui dans la pratique était identique à l'*agapê*, même si les spécialistes avaient une opinion divergente. Nous finîmes par tomber d'accord sur le fait que même si la plupart des traditions mettaient en évidence, d'une façon ou d'une autre, ce niveau particulier de connexion, c'étaient toutefois les religions chrétiennes et orientales qui lui accordaient la plus grande importance.

À un moment donné, je regardai mon portable et m'aperçus que Wil m'avait envoyé un texto m'informant qu'il était bien arrivé et qu'il avait fait l'expérience de la huitième intégration en compagnie d'un petit groupe au Caire. Hira lui avait également fait signe et disait à peu près la même chose. Elle avait trouvé par elle-même son propre groupe de réflexion à Jérusalem. Wil et elle étaient parvenus à la même conclusion que nous tous ici au sujet de la huitième intégration.

Peu de temps après, et comme en réponse à un

1. Terme sanskrit signifiant « non-violence ». Il s'agit d'un principe moral commun à l'hindouisme, au jaïnisme et au bouddhisme qui enjoint aux pratiquants de s'abstenir de nuire à tous les êtres sensibles, qu'il s'agisse d'hommes comme d'animaux. *(N.d.T.)*

signal, Adjar envoya aussi un texto. Il était également d'accord avec nos conclusions ; il prit toutefois le temps de nous faire part de la difficulté que sa tradition semblait rencontrer avec la forme d'amour exprimée par l'*agapê*, surtout entre des hommes et des femmes qui n'étaient pas mariés. À cet égard, il mentionnait le point de vue de certaines minorités qui, selon lui, serait davantage pris en compte à l'avenir.

Je m'assis à l'écart pour réfléchir un moment, encore transporté par les expériences d'union et d'*agapê* qui nous avaient tous élevés. Je savais que l'honnêteté et la sagesse de Rachel avaient provoqué un changement radical en moi ; j'avais la certitude que dorénavant je ne discuterais jamais plus de la même manière avec les femmes.

Le résumé du calendrier maya que nous avait fait Tommy avait eu le même impact. Bien qu'il n'ait pas fini de m'entretenir de la prédiction ayant trait à la dernière phase de la création, je comprenais mieux maintenant pourquoi il considérait ce calendrier comme une prophétie. La dernière phase de la création verrait l'avènement d'une prochaine vague de création divine, destinée à nous faire progresser vers ce monde idéal que nombre de gens pressentaient.

C'est alors que je commençai à remarquer que certaines personnes déambulaient dans la maison en examinant les tableaux et les plantes d'une façon particulière. Certains sortaient dans le solarium pour regarder le coucher de soleil voilé à travers les vitres. Je compris au bout d'un certain temps qu'ils essayaient de s'imprégner davantage de la beauté environnante. Ce qui était tout à fait compréhensible. Ce groupe semblait avoir maîtrisé la huitième intégration et était en train de passer à la neuvième.

Cette contemplation me remit en mémoire la quête de la neuvième révélation de l'ancienne Prophétie, découverte au Pérou, qui avait prédit qu'un jour nous percevrions l'immense beauté du monde que nous appréhenderions comme débordant de lumière.

Alors que j'étais dans la grande pièce, assis sur l'accoudoir d'un fauteuil, Coleman entra et prit place sur un sofa, en face de moi, comme s'il avait quelque chose à me dire.

« Certaines personnes du groupe, me dit-il, ont déjà commencé à assimiler la neuvième intégration. Ils sont déjà bien avancés. »

Il me regarda comme s'il s'attendait à ce que je poursuive l'idée qu'il venait d'exprimer.

« Le Manuscrit expose une méthode pratique pour maintenir l'expérience de l'ouverture à la perception, lui dis-je.

— C'est vrai ! Et il y a même des scientifiques dans ce groupe ! Ils pensent que le fait de s'ouvrir à la perception est intégré dans la structure de nos cerveaux, tout comme les prises de conscience extrêmement rapides que nous avons expérimentées. Ils estiment désormais que chaque étape correspond à un niveau archétypal et représente, d'une certaine façon, une forme d'alignement plus élevée que nous devons maintenir. »

Ce développement m'ébranla. Ainsi un groupe de scientifiques adoptait-il cette position en se fondant sur le fait que l'expérience spirituelle était analogue pour chacun de nous ! Je me demandai tout à coup dans quelle mesure cette perception commençait à se répandre.

« C'est la raison pour laquelle, poursuivit Coleman, les groupes d'entente représentent désormais la meilleure façon de progresser, car dès qu'un membre accède à cette nouvelle conscience, les autres participants s'en rendent compte et la ressentent. Ce qui fait que chacun active très rapidement la partie concernée de son cerveau. C'est ainsi que chaque personne acquiert la preuve par elle-même, et très vite, de la validité de l'expérience spirituelle. Il s'agit en fait du processus qui sous-tend l'idée d'une *contagion* positive de la conscience.

« Le Manuscrit, poursuivit-il, affirme que plus nous voyons la beauté des choses, plus nous nous rapprochons de la conscience qui prévaut au Paradis. Dans ce lieu, les êtres savent comment utiliser le pouvoir de l'*agapê* envers tout le monde, plus particulièrement avec ceux qui sont prisonniers des idéologies. Ce texte déclare en outre que, pour atteindre ceux qui vivent dans la peur et la colère, nous devons agir de la même manière que les êtres qui œuvrent dans l'Après-Vie.

« À cet égard, la neuvième intégration est une étape importante. Elle nous rapproche d'un niveau de conscience céleste. Elle nous révèle le secret qui nous permettra d'atteindre ceux qui sont dans la terreur et l'agressivité. Nous devons être capables de les élever à cet état.

— Comment faire ? » demandai-je.

Il haussa les épaules.

Je remarquai alors qu'il avait un dossier avec lui. « Tu as la neuvième intégration ?

— Une partie seulement, dit-il. Tu veux la lire ? »

Au fil de ma lecture, je constatai que ce texte épousait en tous points les affirmations de Coleman. Selon ce texte, il était facile de pratiquer l'*agapê* avec des gens qui vous exprimaient cet amour en retour. Par contre, il était plus difficile d'y parvenir avec ceux qui s'opposaient à vous pour des raisons idéologiques. Ainsi que Coleman l'avait mentionné, la seule manière d'établir un échange fondé sur l'*agapê* avec tous était de parvenir soi-même à un état de conscience élevée, proche de celui qui prévalait dans l'Après-Vie.

Tout à coup, le bruit et l'agitation s'accrurent dans la pièce derrière nous. Les membres du groupe ne se contentaient plus de parler et de s'affairer. Ils transportaient des provisions et de lourds sacs à dos dans les voitures.

Coleman et moi nous regardâmes. J'étais sur le point de poursuivre ma lecture quand l'idée me vint de vérifier mes textos sur mon portable. Je trouvai un message d'Adjar. Un ancien membre des Partisans de l'Apocalypse lui avait révélé que les extrémistes savaient que nous étions à Sainte-Catherine. Ils avaient l'intention de nous empêcher d'atteindre le Sinaï.

« Je pense que c'est la raison pour laquelle ils sont si pressés. Ils ont senti le danger. Je vais leur dire ce que nous avons découvert », décida Coleman.

Je voulais réfléchir à cette situation. J'acquiesçai d'un signe de tête tout en le regardant s'éloigner. Coleman et moi n'avions jamais fait d'expérience prémonitoire liée à un danger quelconque. Je me mis donc dans l'état d'écoute afin de savoir si je pouvais nous visualiser en train d'aller vers le Sinaï. Je n'éprouvais pas de difficultés à me représenter le parcours et j'eus l'impression que c'était la bonne décision. En revanche, je ne parvenais pas à nous représenter en train de gravir le sommet. J'essayai à nouveau mais sans succès.

« Prudence, prudence », pensai-je, en me précipitant dehors. Les membres du groupe étaient rassemblés autour des véhicules et se consultaient, manifestement afin de savoir qui avait la meilleure intuition sur la manière de procéder.

Les événements qui se déroulèrent ensuite représentèrent l'un de ces moments de synchronicité et d'intuition dynamiques où chacun exprime ses intuitions au bon moment et avec une grande clarté. Et elles allaient toutes dans le même sens. Chaque membre avait perçu que nous avions raison de nous rendre au Sinaï, mais que nous devrions être extrêmement prudents une fois sur place.

Rachel s'avança soudain au milieu du groupe, impatiente d'ajouter un commentaire.

« Nous ne pouvons pas laisser ces menaces, dit-elle d'une voix forte, interrompre notre progression dans les intégrations. Si nous demeurons dans l'état d'*agapê*, nous trouverons un moyen d'enrayer ce danger. Rappelez-vous où nous en sommes. La neuvième intégration nous apprend à nous servir de l'*agapê* pour inciter les Partisans de l'Apocalypse à atteindre un état supérieur qui les détournera de leur idéologie. »

Le silence retomba puis Tommy intervint. « Nous découvrirons les moyens de le faire une fois que nous serons sur la montagne. La prochaine étape consiste à nous mettre à l'écoute de la nature sacrée, à ouvrir notre perception et à nous rapprocher du monde des esprits. Cette aptitude a longtemps été l'apanage des peuples autochtones. Si nous sommes particulièrement vigilants, la montagne nous indiquera la marche à suivre. »

En dépit du danger, la plupart des membres du groupe étaient d'accord pour partir. Mais certains refusèrent, estimant que leur voie était ailleurs. Ils prieraient pour nous, dirent-ils, laissant douze d'entre nous s'entasser dans les trois véhicules : la Toyota de Joseph, la Subaru d'Amour de la Montagne, et une vieille Volvo appartenant à un autre membre. Coleman, Rachel et moi-même montâmes avec Joseph.

Notre plan prévoyait de nous séparer dans un premier temps puis de nous retrouver à un endroit particulier suggéré par la mère de

Tommy : au départ d'une piste peu connue qui gravissait le flanc sud-est du Sinaï. Amour de la Montagne nous avait informés que cet itinéraire était encore gardé par des troupes égyptiennes, mais qu'il avait l'avantage d'être moins fréquenté. En raison de la topographie de Sainte-Catherine, nous devions nous diriger d'abord vers l'ouest puis obliquer vers le sud avant de retrouver la piste du Sinaï.

Nous aurions dû mettre une demi-heure au maximum pour atteindre le départ de la piste, mais en cours de route nous fûmes pris dans une série de bouchons. Nous étions à nouveau derrière une longue ligne de voitures, en train d'attendre.

« Il y a un monde fou dans cette petite ville, fit remarquer Coleman. Avant de venir ici, j'ai consulté le lien Sainte-Catherine sur Internet. Il y a en moyenne beaucoup de visiteurs au mont Sinaï au cours d'une année, mais rien de comparable à cette foule. Il doit y avoir au moins un millier de personnes de plus que d'habitude. »

J'examinai de près les véhicules autour de nous et les piétons massés sur les trottoirs. Ils avaient pour la plupart le type moyen-oriental, mais un bon quart d'entre eux venaient du monde entier ; on comptait aussi de nombreux Européens et des Américains.

« Vous pensez qu'ils sont ici à cause du Manuscrit ? » interrogea Rachel.

Nous nous regardâmes.

« Nous devrions peut-être nous arrêter et leur demander, proposai-je.

— Je ne crois pas, répliqua Coleman. Il faut gagner les montagnes au plus vite. »

Nous étions tous d'accord. Après être enfin sortis de la petite ville, nous nous dirigeâmes vers le sud et nous abordâmes un désert plat et rocailleux, ponctué de minuscules touffes de végétation et de buissons d'épineux qui chatoyaient dans la lumière déclinante.

Exactement comme à Sedona, pensai-je.

Vingt minutes plus tard, en approchant du début de la piste, nous commençâmes à comprendre la réalité de notre situation. Nous étions sur le point de faire l'ascension, sans permis, d'une montagne située dans un pays étranger et d'affronter un groupe d'extrémistes qui avaient déjà tenté de nous tuer.

Je hochai la tête, tentant de maintenir mon niveau d'énergie, tout en me rappelant que nous n'avions pas d'autre choix. Notre seule chance d'entrer en contact avec les extrémistes était de gravir le Sinaï et de compléter les intégrations.

« J'ai un frère qui est officier supérieur dans cette région, déclara brusquement Joseph. Je voulais que vous le sachiez car il pourrait éventuellement nous aider. Dans le passé, il a parfois adopté des positions extrémistes, mais j'ai tenté de le convaincre de l'importance du Manuscrit. »

Nous nous regardâmes et, pour une raison que je ne pouvais m'expliquer, j'eus le sentiment que son frère jouerait un rôle clé dans ce qui allait se passer sur le Sinaï.

« Je connais également votre amie Hira, poursuivit-il, ça remonte à l'époque de ma jeunesse, quand je vivais à Jérusalem. Ma mère était juive et elle connaissait la mère d'Hira. Nous avons tous étudié les prophéties de la fin des temps dans la Bible et la Torah. Pour moi, le fait que les prophéties des trois religions principales semblent avoir la même structure constitue l'aspect le plus fascinant de ces textes. Chacune d'elles a développé la notion d'un conflit final : l'Armageddon. Chacune a également conçu l'idée d'une figure messianique divine advenant pour établir un monde idéal et spirituel. »

Je me rappelai les propos de Tommy. Selon le calendrier maya, la prochaine étape de la création semblait avoir une structure similaire. Qu'est-ce que la synchronicité cherchait à nous démontrer ?

« C'est troublant, ajouta Joseph. Certaines traditions estiment également que les mêmes événements doivent avoir lieu avant le début de l'Armageddon. Le premier est le retour des Juifs en Terre sainte, ce qui s'est produit. Vient ensuite la reconstruction du Temple de David à Jérusalem sur le site de l'ancienne fondation.

— Le problème, dit encore Rachel, est que le dôme du Rocher, une mosquée particulièrement importante, se trouve déjà sur le site.

— Y a-t-il une raison quelconque qui empêcherait le Temple et la mosquée d'occuper le même endroit ? » demandai-je.

Ils me dévisagèrent tous en silence.

« Mais, finit par dire Rachel, les deux religions revendiquent l'intégralité du site.

— C'est vrai, intervint Joseph. Beaucoup de gens croient que toute tentative pour reconstruire le Temple serait le prélude de l'Armageddon et de la fin des temps avec l'apparition des figures messianiques. Dans notre tradition, ça signifierait le retour du Douzième Imam. »

Il se tourna vers Rachel. « Vous pourriez dire qu'il s'agit du retour du Christ.

— Un instant, intervint Coleman. Vous prétendez en fait que ces événements, à savoir le retour des juifs en Terre sainte et la reconstruction du Temple de David à Jérusalem, sont les indices précurseurs de l'Armageddon ?

— J'en ajouterai un autre, du point de vue arabe, reprit Joseph. L'un de nos prophètes a déclaré que la fin des temps sera proche lorsque le chaos et les brutalités se développeront dans la société et que tous les hommes seront déshonorés. C'est une période où la vérité sera dédaignée au profit de mensonges accommodants.

— Vous faites allusion à l'idéologie de fuite ? fit observer Coleman.

— Oui », acquiesça Joseph.

Je me sentis ragaillardi. L'énergie qui émanait de cette conversation revêtait un aspect sacré ; je savais qu'il y avait une raison derrière tout ça.

« Beaucoup de gens croient qu'à l'approche de la fin des temps il se produira un autre événement, intervint Rachel. Dans le christianisme, on le dénomme “ravissement”, mais d’autres traditions ont également développé une notion analogue. D’après cette idée, lorsque le Messie viendra sur terre et que débutera l’Armageddon, les corps des vrais croyants s’élèveront en un seul esprit et rencontreront la personne du Dieu à venir au Paradis où ils seront protégés. »

Elle regarda Joseph.

« Oui, c’est vrai, dit Joseph. Selon notre religion, lorsque le Douzième Imam apparaîtra, les esprits de nos vrais croyants seront protégés et séparés de ceux des autres hommes. »

Coleman regarda chacun d’entre nous à tour de rôle.

« C’est incroyable. Je n’avais jamais fait le rapprochement. Dans les grandes religions, la fin des temps obéit quasiment à la même structure, seuls les noms diffèrent. »

Notre discussion s’interrompit lorsque Adjar quitta la route principale pour s’engager sur une piste gravillonnée et cahoteuse qui laissa dans notre sillage un tourbillon de poussière dans la lumière déclinante. Quelques instants plus tard, nous nous arrêtâmes dans un endroit où la route s’élargissait en une sorte d’emplacement circulaire avant de disparaître totalement.

« C’est là qu’Amour de la Montagne nous a demandé de nous retrouver », dit Joseph.

Nous attendîmes encore dix minutes avant de voir les phares en veilleuse d’un véhicule qui s’approchait.

« C’est la Subaru d’Amour de la Montagne », commenta Rachel.

Quelques secondes plus tard, apparut la Volvo. Lorsque tout le monde fut descendu de voiture et prêt, Tommy nous donna des détails sur l'itinéraire que nous allions emprunter ; il nous dit que pendant le premier kilomètre et demi le terrain consisterait en un désert relativement plat, mais que le second kilomètre serait très montagneux et nous mènerait sur le versant sud-est du Sinaï. Sa mère suggéra que nous profitions de l'obscurité pour marcher encore un peu, et de dormir ensuite avant d'entreprendre l'ascension de la montagne.

« Et les gardes égyptiens dont vous nous avez parlé ? lui demandai-je.

— Nous arriverons devant un poste de garde, répondit-elle. Avant de passer devant, nous devrons ouvrir notre perception et recueillir les informations nécessaires sur la façon de procéder auprès de ceux qui sont en état de réceptivité. »

Sans ajouter un mot de plus, Tommy et sa mère imposèrent un rythme de marche rapide dans le désert. Nous abordâmes enfin la zone où le terrain commençait à monter et nous aperçûmes d'énormes rochers parsemant le paysage. Environ cent mètres plus loin, certains d'entre eux formaient un cercle. Tommy nous conduisit à travers ce dédale, jusqu'à ce que nous parvenions à un espace ouvert et sablonneux encerclé de toutes parts par des blocs rocheux.

« On peut camper ici », dit-il.

Rachel et moi plantâmes nos tentes l'une à côté

de l'autre. Je m'aperçus que Tommy dressait délibérément la tente qu'il partageait avec sa mère près de celle de Rachel.

Lorsque les tentes furent montées, je fis un petit feu avec les branches mortes des buissons rabougris qui poussaient autour des rochers. C'est alors que je me rendis compte que le cercle d'énormes rochers éclairés par la lune nous renvoyait la lumière de l'astre, créant ce qui ressemblait à un écran de sécurité.

Rachel semblait également contempler ce spectacle ; elle me jeta un bref coup d'œil tout en sortant un petit réchaud sur lequel elle se mit à préparer une soupe lyophilisée près du feu. Je m'assis à son côté.

« Tu sais, me dit-elle, les Amérindiens ne campent jamais près d'un endroit qui ne possède pas un haut niveau d'énergie. La mère de Tommy m'a dit que de toutes les montagnes où elle s'est rendue, le Sinaï est celle qu'elle préfère. Elle m'a aussi confié que c'est l'un des lieux qui s'illumine le plus facilement. »

Le lendemain, je fus le premier à me réveiller. Lorsque je me glissai hors de la tente, seule une faible lumière brillait à l'est. Après avoir rassemblé un peu plus de bois, j'alimentai le feu et m'assis. Des rais de soleil rouge commençaient à rehausser de couleur les volutes de nuages qui s'élevaient au-dessus de nous.

La mère de Tommy sortit de sa tente ; elle semblait chercher quelque chose. Elle quitta le Cercle des Rochers et s'absenta un long moment avant de revenir. Plusieurs autres personnes avaient désormais quitté leurs tentes.

La mère de Tommy finit par s'avancer vers moi et me demanda : « Tu as vu Tommy ? Il est parti dans la nuit.

— Comment ? » lui dis-je en me levant d'un bond.

D'un geste de la main, elle me fit signe de me calmer.

« Ne t'inquiète pas. Il l'a déjà fait. Nous sommes souvent venus ici et il connaît très bien la région. À moins que tu ne sentes les choses différemment, je pense qu'il vaut mieux attendre tout simplement qu'il revienne. »

J'essayai de me mettre à l'écoute sans vraiment parvenir à me concentrer. Je ne comprenais pas comment elle pouvait être aussi calme. On venait juste de nous avertir que les Partisans de l'Apocalypse étaient à nos trousses ; n'importe quel incident pouvait se produire. Elle se leva pour en informer les autres, tandis que Rachel s'avançait afin de s'asseoir à côté de moi.

« Qu'est-ce qui se passe ? » demanda-t-elle.

Je lui dis que Tommy était parti.

« De lui-même ? On ne devrait pas partir à sa recherche ?

— Sa mère ne semble pas s'inquiéter outre mesure. Elle attend juste qu'il revienne. »

Rachel hocha la tête et nous nous regardâmes dans les yeux. Il n'y avait plus de résistance de ma part, et nous soutînmes nos regards jusqu'à ce qu'un sourire éclaire nos visages. Soudain, l'image de Tommy se forma dans mon esprit. Il était dans les montagnes, au-dessus de nous... et j'étais avec lui !

Cette vision était manifestement une intuition ; je regardai à nouveau Rachel qui, plongée dans ses pensées, parut un peu triste.

« Je pense qu'il faut que j'aille chercher Tommy, dis-je. Et toi ? »

Elle secoua la tête, tout en continuant à regarder ailleurs. « Je dois rester ici. »

Je ramassai mon sac à dos. Rachel se dirigea vers sa tente et en revint avec une plume.

« C'est une plume qui te guidera. Wolf me l'a donnée, expliqua-t-elle. Il m'a dit en plaisantant qu'elle aide deux esprits à se rejoindre et que je saurais l'utiliser le moment venu. »

Elle me tendit la plume ; je la pris en souriant, puis je me détournai, prêt à m'en aller.

« Avant que tu ne partes, je veux te dire quelque chose, dit-elle. N'oublie pas à quel stade des intégrations nous sommes parvenus. Il faut être capable d'ouvrir notre perception aussi vite que possible. » Il y avait encore une trace de tristesse en elle.

« Je t'ai vue te mettre à l'écoute, à l'instant, dis-je. Est-ce que tu as senti quelque chose ? »

Sur sa joue une larme coula qu'elle essuya rapidement avant d'afficher une expression plus enjouée.

« Ne t'inquiète pas. Je te verrai quand tu reviendras. La plume y veillera. »

Elle me serra dans ses bras, puis me repoussa d'un air taquin. « Tu ferais mieux de te dépêcher. Nous avons tous un destin à accomplir. »

Tandis que je m'éloignais, la mère de Tommy qui semblait connaître mon intention s'avança vers moi. Elle me décrivit en gros la route à suivre jusqu'à l'endroit où se trouvait le poste de garde et me souhaita bonne chance. Elle ajouta qu'elle était sûre que tout irait bien et que Tommy devait se trouver quelque part dans cette zone. Elle paraissait avoir de bonnes raisons de ne pas y aller elle-même.

Alors que je dépassais le dernier des gigantesques rochers et que je commençais à gravir la pente, j'entendis soudain derrière moi quelqu'un m'appeler. Je me retournai et je découvris Coleman qui accourait avec son sac à dos.

« Je suis censé t'accompagner », dit il.

Je lui saisis le bras, très heureux d'être à nouveau en sa compagnie. Il me lança un regard résolu ; nous nous établîmes dans l'état d'*agapê*.

« Est-ce que quelqu'un dans le campement a expliqué la neuvième intégration ? lui demandai-je.

— Pas vraiment, mais ils sont en train de l'étudier. Tommy est celui qui la comprend déjà le mieux. »

Je hochai la tête et nous continuâmes à marcher en silence, en direction de l'est, vers les aiguilles rocheuses qui se dressaient devant nous.

Au bout d'un kilomètre environ, nous gravîmes une pente raide jusqu'à un promontoire qui s'ouvrait vers l'est, découvrant l'ondulation ascendante de crêtes et de crevasses qui se dressaient devant nous. Tout en haut, le sommet avait la forme d'une couronne.

« C'est le Sinaï, dis-je.

— Et le poste de garde se trouve juste là », répondit Coleman, en désignant du doigt, en contrebas, un bâtiment de béton qui occupait un petit terre-plein sur l'une des crêtes. Plusieurs grandes antennes coiffaient son toit de tuiles et nous entendions le léger vrombissement d'un générateur diesel. À l'extérieur, deux soldats parlaient en fumant des cigarettes. Nous nous assîmes sur des rochers pour inspecter l'endroit. Le bâtiment était suffisamment grand pour héberger au moins vingt soldats.

C'est alors que nous entendîmes quelqu'un qui nous appelait au-dessus de nous. La voix était à peine audible. Nous examinâmes attentivement les environs jusqu'au moment où nous aperçûmes, soixante-dix mètres plus haut, une silhouette qui nous faisait signe. C'était Tommy.

Nous gravîmes rapidement la colline et, quelques instants plus tard, nous contemplions son visage souriant. Il nous proposa un peu d'eau dans un gobelet de métal. Elle était merveilleusement fraîche.

« D'où vient cette eau ? lui demandai-je.

— De là, dit-il. Vous pouvez remplir vos gourdes. »

Une eau très claire sortait des rochers, puis s'écoulait en un doux murmure sur six à sept mètres avant de disparaître dans une fissure.

« Je croyais qu'il n'y avait pas d'eau dans ce désert, dit Coleman.

— On l'appelle la source de Moïse », lui répondit Tommy.

Je croisai le regard du jeune homme. « Tu es monté ici dans un but bien précis, Tommy. Qu'est-ce que tu comptes faire ? »

Il regarda en direction du poste de garde. « Il y a plusieurs mois, j'ai rencontré l'un des officiers de ce poste. Je pense qu'il m'a pris pour un vagabond, un prophète ou quelqu'un dans ce genre-là. Je n'avais plus d'eau et il m'a indiqué la source. Je lui ai parlé à plusieurs reprises au cours de mes randonnées ici. Il est au courant du Manuscrit, mais il s'est toujours montré très réservé. Je pense qu'il connaît aussi le frère de Joseph.

— Quoi ? » m'exclamai-je, en jetant un coup d'œil à Coleman. « Joseph nous a dit que son frère était un officier de haut rang ici, un commandant.

— J'ai vu un homme corpulent qui avait l'air d'être un haut gradé en train de parler à mon ami. »

Je regardai Coleman.

« Où était Joseph ce matin ?

— Il avait déjà quitté le campement, dit Coleman. Sa tente était juste à côté de la mienne et je me suis réveillé au moment où il s'en allait. Il faisait encore nuit.

— Est-ce que tu as vu Joseph, ici, aujourd'hui ? » demandai-je à Tommy.

Il secoua la tête en signe de dénégation. « Sauf les deux soldats en contrebas, personne n'est venu ici.

— Nous pourrions peut-être passer devant eux sans nous faire voir, suggéra Coleman.

— Ce n'est pas le moment, l'avertit Tommy. Nous ne pourrons pas faire l'ascension de la montagne avant d'avoir appris à *voir.* »

Nous restâmes un long moment sur la colline. Tommy nous informa que nous devions attendre que le soleil soit dans une position propice avant d'ouvrir notre perception. « Lorsque le soleil est sur le point de se coucher, nous expliqua-t-il, il diffuse une lueur de mystère, et des événements extraordinaires peuvent alors se produire. »

Coleman et moi-même passâmes la majeure partie de la journée à parler de l'ancienne Prophétie et à évoquer les événements du Pérou. Dans la neuvième intégration, la Prophétie annonçait que l'humanité accroîtrait lentement son niveau d'énergie en même temps qu'elle élèverait de manière systématique son niveau de perception. Toute la question était de savoir comment développer cette faculté. Nous discutâmes de ce sujet un long moment, en nous partageant une barre de céréales pour le dîner ; nous attendîmes patiemment que le soleil baisse dans le ciel. Lorsque arriva le moment, Tommy nous demanda de rassembler nos affaires. Le soleil était juste au-dessus de la ligne d'horizon.

« C'est l'heure magique par excellence, répéta-t-il. C'est à ce moment précis qu'un homme peut faire certaines choses qu'il ne peut accomplir à d'autres. Regardez attentivement cette lumière. »

Tommy pointait son doigt vers l'ouest baigné dans une aura dorée ; le ciel était devenu d'un bleu profond. Au-dessus de nous, les tourbillons de nuages se paraient de bruns somptueux striés de traînées orange. Je fus particulièrement frappé par la manière dont la lumière se reflétait sur les rochers et le sable, rehaussant davantage les contrastes des ondulations.

« Descendons vers le sud, jusqu'au désert, dit Tommy. On aura une meilleure vue. »

Tommy nous conduisit à travers les rochers par un chemin différent de celui que Coleman et moi avions emprunté, se faufilant le long d'aiguilles, de saillies rocheuses et de précipices abrupts, comme s'il suivait un sentier caché que nous ne pouvions discerner.

Lorsque nous parvînmes à un endroit relativement plat, il s'arrêta et s'assit face au Sinaï. Le soleil avait totalement disparu et le paysage était enveloppé de nuances encore plus mystérieuses. Nous nous assîmes à ses côtés.

« Regardez la Montagne Sœur, nous recommanda-t-il, et concentrez toute votre attention sur elle. Observez les lignes délimitées par les ombres. »

M'absorbant dans ce spectacle, je commençai à percevoir la forme unique de l'imposante chaîne. Je me rappelai que chaque chaîne de montagnes sacrée, qu'elle soit rocheuse ou boisée, recelait des contours différents créés par les ombres. C'est pourquoi chaque ensemble montagneux a une apparence absolument unique.

« Maintenant, mettez-vous à l'écoute de sa beauté et, grâce à celle-ci, essayez de ressentir l'état d'*agapê* », dit Tommy.

Je me souvins de mon expérience du Pérou, à Viciente, lorsque je tentai de discerner l'aura, ou le halo, qui entourait les plantes. J'avais toutefois l'impression que Tommy voulait que nous percevions quelque chose de plus essentiel dans le paysage.

Je me concentrai intensément sur la beauté de la montagne, essayant de la voir comme une forme d'expression unique. Puis, du plus profond de moi, une vague d'*agapê* envers la montagne s'éleva. Coleman et moi nous regardâmes. Il éprouvait la même chose.

« Regardez maintenant la plante qui est juste en face de nous, ordonna Tommy. Remarquez son aspect unique et sa beauté, tout en demeurant dans l'état d'*agapê*. »

Il désignait un petit buisson, compact et circulaire, qui ressemblait à une amarante miniature. Elle n'était qu'à un mètre de nous. Je me mis à l'écoute de la plante et tentai d'en percevoir la beauté. Tout comme précédemment, l'émotion de l'*agapê* me submergea.

« Maintenant regardez à nouveau la montagne, dit-il, observez l'accroissement de ses couleurs et de sa forme, comme si elle revêtait dans votre champ visuel une majesté accrue. »

Au moment où Tommy prononçait ces paroles, la grandeur et les couleurs de la montagne me sautèrent littéralement au visage. Je regardai Coleman qui hocha la tête, émerveillé, sans détourner les yeux, me faisant comprendre qu'il voyait la même chose que moi.

Je remarquai alors que, tout en regardant

Coleman, je percevais la présence de la montagne alors que je ne la voyais pas. Je la percevais exactement de la même manière que ma main derrière mon dos, mais avec davantage d'intensité.

« Maintenant, regardez à nouveau la plante et mesurez son impact sur vos émotions, nous recommanda Tommy. Dans notre champ de perception, chaque objet n'a pas qu'une apparence, il a également une identité émotionnelle. C'est ce que la neuvième intégration appelle : "Ressentir l'Identité". »

Je compris instantanément que la petite plante possédait en effet une identité émotionnelle, tout comme la montagne. Une révélation soudaine me fit comprendre pourquoi nous préférons certains meubles et quelle raison nous incite à revenir sans cesse sur un lieu familier. Les objets possèdent une identité qui nous touche émotionnellement.

« Et maintenant posez alternativement votre regard sur la montagne et sur la plante. »

Ce que je fis. Je jouai avec la profondeur de champ de mon regard : je perçus la montagne au loin, et la plante plus près de moi. Au début, rien de particulier ne se produisit. Puis soudain, je les vis toutes deux d'une façon nouvelle et surprenante : pour décrire cette expérience, je dirais que les images étaient toutes les deux nettes en même temps.

Je me levai d'un bond, et je regardai autour de moi, prenant conscience que tout ce qui m'entourait était d'une netteté absolue, ce qui créait un accroissement de l'effet tridimensionnel. Tout ressortait simultanément avec une incroyable clarté : les couleurs, les formes, la beauté et l'existence même. En outre, j'avais l'impression de faire l'expérience d'une expansion de ma conscience, comme si je pouvais atteindre et toucher de ma main le nuage ou le sommet rocheux le plus lointain.

Puis je me rappelai l'expérience de la Montagne Secrète, lorsque j'étais parvenu à appréhender l'espace cosmique. Je retrouvais maintenant ce même état de conscience.

Tommy le remarqua et me dit : « Il est désormais possible d'avoir accès à cet état de conscience, car la prochaine étape de la création est proche. »

Coleman lui aussi se promenait en regardant dans toutes les directions. Il me vint à l'esprit que nous voyions désormais les choses en trois dimensions stéréoscopiques, comme dans les films. Je me demandai si le développement et la popularité croissante des films en 3D venait de l'intuition inconsciente que nous étions sur le point de développer la faculté d'appréhender ainsi la réalité. Un nouveau circuit neuronal était-il sur le point de s'ouvrir dans le cerveau humain ?

Ce qu'il y avait de plus étonnant dans cette nouvelle façon de voir était qu'elle semblait, à ce moment précis, si facile et si naturelle. Coleman, rayonnant, me saisit le bras en me regardant.

« Ça s'était passé comme ça sur la Montagne

Secrète, dit-il, mais maintenant, ça me paraît plus normal. »

Normal : c'était le mot. Sur la Montagne Secrète, l'effet de cette expérience avait provoqué un léger effet hallucinogène, le sentiment d'une poussée d'adrénaline. Mais aujourd'hui, l'effet était plutôt apaisant et semblait tout à fait réel, comme si nous étions déjà en train de l'intégrer, comme un mode de perception que nous serions capables de maintenir dans la vie quotidienne.

En dehors de l'aspect tridimensionnel s'ajoutait un autre effet positif : mes yeux semblaient avoir développé une acuité accrue grâce à laquelle tout me paraissait plus clair et plus lumineux, comme si j'étais soudain entré dans une sorte de pays des merveilles éclairé de l'intérieur. Ce qui incluait nos corps. Ils avaient acquis un éclat qui les rendait plus rayonnants et magnifiques. Et pourtant, cela semblait parfaitement normal.

Tommy me regardait avec un grand sourire et son visage épanoui brillait d'un éclat impalpable. Nous étions tous dans l'état de pur amour, l'*agapê*, l'un pour l'autre, mais aussi envers la beauté et la majesté de ce qui nous entourait.

Je pensai tout à coup à vérifier si j'avais un texto. La joie m'envahit lorsque je constatai qu'il y avait un message de Wil. Il me confiait qu'il sentait que, comme lui-même, nous avions atteint la neuvième intégration. Même si de nombreuses cultures faisaient allusion à ce type de perception, ajoutait-il, les traditions indigènes mettaient davantage l'accent sur cette faculté de percevoir la nature telle qu'elle est. Il terminait son message en disant qu'il était en contact avec quelqu'un qui savait où la douzième partie du Manuscrit avait été diffusée et qu'il se rendrait au Sinaï après s'être entretenu avec lui.

Je rangeai le téléphone et me tournai vers Tommy. « Alors, tu as ce genre de perception tout le temps ?

— Le plus souvent, répondit-il. Mais il faut maintenir et chérir l'*agapê* avec la Terre Mère. Si l'on veut conserver ce niveau de perception, on doit aussi manger une nourriture pure. »

Nous nous regardâmes.

« Il s'agit de la neuvième intégration, non ? s'enquit Coleman.

— Oui, répliqua Tommy. Afin de maintenir une perception supérieure du monde, il suffit d'être à l'écoute d'une nouvelle dimension de la beauté, tout en restant dans l'*agapê*, et de s'entraîner à tout percevoir selon la même perspective. Les montagnes s'illumineront. »

Il regarda Coleman. « Comme tu l'as dit, on peut en établir la preuve par soi-même. »

Juste à ce moment-là, j'aperçus du coin de l'œil un mouvement dans le désert et je me retournai brusquement. Il n'y avait rien. L'expression de Coleman m'indiqua qu'il avait également vu quelque chose.

« Qu'est-ce que c'était ? » demandai-je à Tommy.

Il s'approcha de nous. « À ce niveau de perception, nous sommes très proches de l'au-delà.

— Tu veux dire de l'Après-Vie ? Du Paradis ? interrogea Coleman.

— Oui. »

Coleman regarda à nouveau Tommy. « Tu penses que ce qu'on a aperçu était un esprit ?

— Oui, s'exclama Tommy en éclatant d'un petit rire. Mais les esprits sont également des êtres. Et ils ont quelque chose à nous dire. »

Le savoir du Paradis

Même si je souhaitais ardemment rester dans les montagnes, il faisait maintenant presque nuit noire et Tommy nous pressa de rentrer. L'expression de son visage m'inquiéta et je visualisai notre chemin de retour jusqu'au Cercle des Rochers. J'avais des difficultés à l'imaginer.

Trois cents mètres plus loin, Tommy nous intima l'ordre de nous arrêter. Il scruta le lointain d'un air interrogateur ; il écoutait.

« Qu'est-ce qui ne va pas ? lui demandai-je.

— Je ne sais pas, répondit-il. Soyons prudents. Maintenez votre niveau d'énergie. »

Il scruta l'obscurité encore quelques secondes avant de nous dire : « Vous avez entendu ? »

Je lui fis signe que non.

Tommy reprit sa marche. « Il y a des gens qui sont en train de parler, un peu plus loin. Il faut les trouver. »

Nous avançâmes d'une trentaine de mètres environ jusqu'à un grand affleurement rocheux de dix mètres de hauteur. Au moment où nous nous en approchions, j'entendis le bruit d'une discussion. Nous gravîmes l'escarpement rocheux et nous découvrîmes un point d'observation. À dix mètres devant nous, des Partisans de l'Apocalypse s'étaient regroupés et discutaient bruyamment. Anish, leur chef, se trouvait au centre du groupe. Il s'adressait en arabe à un homme rondouillard, de petite taille, vêtu d'un uniforme de l'armée égyptienne.

« Je comprends ce qu'ils disent, murmura Tommy. Le gros homme est le frère de Joseph. Il est en train de lui parler du Cercle des Rochers et de lui dévoiler l'emplacement. » Tommy nous regarda d'un air inquiet. « Maintenant, ils savent où se trouve notre campement. »

J'éprouvai une bouffée de colère en me rappelant que Joseph nous avait fait part de son intention de contacter son frère. Avait-il révélé l'endroit où nous nous trouvions ?

« Il faut y retourner. Allons-y immédiatement ! » dis-je à voix basse en essayant de me contrôler.

Nous reprîmes le chemin du Cercle des Rochers au plus vite. Je luttai pour ne pas céder à la peur. Je ne sais pourquoi, je me souvins de certaines choses que mon père m'avait racontées sur ses expériences pendant la Seconde Guerre mondiale. Il est impossible de se débarrasser de la peur, m'avait-il dit. La seule chose que tu puisses faire est de te concentrer sur ce que tu es en train de faire, et même si des gens sont tués autour de toi, tu te concentres sur ton action et tu l'accomplis. Je n'avais jamais très bien compris comment il y était parvenu.

Alors que nous approchions des premiers gros rochers, Coleman me prit à part.

« On dirait que ton énergie s'effondre », me dit-il en essayant délibérément de concentrer son regard sur moi pour restaurer la relation d'*agapê*.

J'explosai : « Si les Partisans de l'Apocalypse arrivent là-bas avant nous, les membres de notre groupe seront tous massacrés. »

Lorsque nous revînmes au Cercle des Rochers, nous découvrîmes que nos compagnons étaient déjà en train de lever le camp. Je courus vers Rachel ; elle remarqua immédiatement le changement qui s'était produit en moi.

« Qu'est-ce qui ne va pas ? Qu'est-ce qui s'est passé ? » me demanda-t-elle.

Je lui fis part des propos des extrémistes, en ajoutant d'un ton rageur : « Le frère de Joseph nous a trahis. Il est possible que Joseph lui-même soit dans le coup.

— Calme-toi, dit-elle. Nous avons tous eu la même vision qui nous a signifié de partir immédiatement. Et c'est ce que nous sommes en train de faire. Mais il doit y avoir une erreur. Joseph n'aurait jamais révélé à son frère l'endroit où nous campions. »

Elle me désigna une pile de feuillets posés sur un rocher, près de sa tente. « Joseph nous a apporté les exemplaires de la dixième intégration qu'il avait trouvés avant de repartir. Il est encore à la recherche de son frère. Pourquoi nous trahirait-il ?

— Je ne sais pas. »

Ses yeux m'attiraient à nouveau, et je sentis

revenir graduellement en moi l'*agapê* et un sentiment de paix ; cependant mon niveau de perception accrue avait totalement disparu.

« Nous avons travaillé sur la neuvième intégration en même temps que vous trois, reprit-elle. Nous vous percevions très clairement. Tu dois persister. Nous nous sommes même attaqués à la dixième.

— Il faut partir maintenant ! insistai-je.

— D'accord, d'accord. Tiens, prends le reste de tes affaires. »

Elle indiqua ma tente enroulée et quelques effets personnels que j'avais laissés. Tandis que je les rassemblais, elle parut penser à quelque chose et courut ramasser les exemplaires du Manuscrit qu'elle fourra également dans mon sac à dos.

« Voilà, dit-elle. C'est toi qui en prendras soin pour nous tous, au cas où il se passerait quelque chose. »

Le ton de sa voix laissait à nouveau percer une légère tristesse. C'était la seconde fois qu'elle faisait ce genre de remarque. Je voulus lui demander ce qu'elle savait, mais elle avait déjà ramassé son sac à dos et s'éloignait.

« Viens, dit-elle. Nous avons trouvé un autre chemin par-derrière pour sortir du Cercle. »

Avant que je ne puisse la rattraper, elle jeta un coup d'œil autour d'elle, et son regard se figea sur quelque chose derrière nous.

« Tu as encore cette plume ? s'enquit-elle.

— Oui, pourquoi ? »

Elle continua à regarder fixement derrière moi.

Je fis volte-face et j'aperçus une silhouette solitaire qui se tenait sur un énorme rocher, très loin de nous. Il n'y avait pas de doute possible. C'était Anish.

Nous restâmes pétrifiés un long moment, puis Rachel me regarda et dit : « Écoute. Aucun d'entre nous ne pourra s'en sortir si je n'arrive pas à entrer en contact avec lui. Vas-y, fais sortir tout le monde d'ici. »

Sans bouger, elle concentra son attention sur le chef. Il se retourna et la regarda droit dans les yeux ; dans la nuit, l'échange était palpable. Certains membres de notre groupe le remarquèrent et s'arrêtèrent pour observer la scène, mais Coleman qui savait ce qui se passait les força à avancer. Je criai aux gens les plus proches de moi de s'en aller.

J'entendis Rachel dire : « Je ne suis pas encore assez forte. » Je me retournai vers elle, mais il était déjà trop tard. Anish fit un signe de la main et, instantanément, les balles se mirent à siffler tout autour de nous, frappant la poussière et les rochers. L'une d'elles toucha mon sac avec une telle violence que le choc me fit tomber à la renverse sur un gros rocher. Dans ma chute, la plume que Rachel m'avait donnée glissa de ma poche et se posa sur mon visage.

Je la saisis instinctivement, tout en m'efforçant d'y voir clair au milieu de la poussière et de la confusion. Soudain, je sentis les bras de Rachel me tirer pour me remettre debout.

« Par ici », me pressa-t-elle.

À un moment donné, je pris conscience qu'elle

venait de me lâcher. J'avançai en trébuchant ; puis je finis par recouvrer mes esprits. Contre toute attente, j'éprouvais une parfaite clarté d'esprit ; je ne ressentais ni crainte ni colère. En fait, j'étais revenu, de manière inexplicable, à l'*agapê*. Le ciel nocturne où brillait la lune était éclatant et les rochers plus lumineux que jamais. J'avais retrouvé ma perception.

Rachel était devant moi ; elle marchait maintenant d'un bon pas et j'étais capable de la suivre sans difficulté. Je remarquai que son corps se mouvait avec une fluidité et une grâce inhabituelles et que ses vêtements scintillants semblaient refléter la lumière. Elle me conduisit directement à l'endroit qui surplombait le poste de garde, où Coleman, Tommy et moi avions discuté auparavant. Puis elle emprunta une piste différente, secrète, qui contournait les soldats en faction et montait vers le sommet.

Tout en marchant, je me demandai comment elle avait eu connaissance de cette piste cachée. Tommy ou sa mère lui en avaient-ils parlé ?

« Où allons-nous ? lui demandai-je.

— Un peu plus haut », répondit-elle.

Je fus frappé par le son de sa voix qui avait changé. J'avais l'impression de l'entendre aussi bien à l'extérieur de moi qu'à l'intérieur de ma tête. Brusquement déconcerté, je ralentis et m'arrêtai. Elle le remarqua et revint vers moi.

« On peut aller plus lentement, si tu veux, dit-elle. Il faut un peu de temps pour s'habituer. »

Son visage était encore plus lumineux que jamais.

Je m'assis en faisant un bruit sourd, et je me rendis compte que j'avais toujours mon sac à dos sur les épaules.

D'un seul mouvement plein d'aisance, elle s'assit sans se servir de ses mains, ce que je ne l'avais jamais vue faire. À la différence du moment où nous étions dans le Cercle des Rochers, son visage reflétait maintenant l'optimisme, sans manifester le moindre signe de tristesse.

« Tu sais où nous sommes, non ? me demanda-t-elle.

— Comment ?

— Nous ne sommes plus dans le Kansas.

— De quoi parles-tu ? »

Elle se pencha plus près de moi. « Souviens-toi, je t'avais dit que j'avais lu la dixième intégration.

— Oui.

— Elle affirme que, si nous nous conformons aux principes de la synchronicité, nous serons capables de recevoir des enseignements, de manière directe, de ceux qui sont au Paradis, ce qui nous permettra de nous élever au niveau de conscience suivant. »

D'un signe de tête, je lui fis signe de poursuivre.

« Je n'avais pas fini de te parler de ma mère, reprit-elle. Je la détestais pour avoir fait de moi une personne dominatrice. J'ai ensuite été tenaillée par la culpabilité quand elle est morte sans que j'aie pu lui parler. Et puis, sans doute parce que je pensais à ce que j'aurais dû lui dire, j'ai commencé à remarquer qu'il se passait certaines choses. J'allais acheter des chaussures et je trouvais une paire qui était exactement semblable à celle qu'elle portait. Ou bien je passais devant une boutique de produits de beauté et je sentais l'odeur du savon qu'elle utilisait. Dans les moments les plus inattendus, j'entendais ses chansons favorites.

« Et puis un jour, sans que rien m'y incite, j'ai tout simplement décidé de lui dire à haute voix ce que j'éprouvais, comme si elle était là. Tout de suite, j'ai su intuitivement ce qu'elle allait me répondre, et pourtant, je me suis vite rendu compte que, sans cette intuition, je n'aurais sans doute pas été capable de la comprendre. C'est à ce moment-là que j'ai pris conscience du fait que j'étais vraiment en interaction avec elle.

« Au début, l'idée de communiquer avec les êtres de l'Après-Vie me semblait trop étrange et j'y ai mis un terme pendant un moment. Toutefois, le souvenir de cette première expérience avait été si profond et m'avait insufflé tant d'énergie que, petit à petit, j'ai recommencé à communiquer avec elle. Elle a fini par me dire qu'elle regrettait beaucoup les idées qu'elle m'avait inculquées sur les hommes. Elle m'a aussi avoué que c'était une erreur qui la tourmentait, mais qu'elle était maintenant dans l'*agapê* et parlait au nom de la vérité. Elle a ajouté qu'elle aurait aimé en avoir fait l'expérience plus tôt afin de m'enseigner cette nouvelle voie. »

Je regardai Rachel d'un air perplexe.

« Tu ne comprends pas ? me dit Rachel. Le

Manuscrit affirme que nous pouvons commencer à entrer en contact avec ceux qui sont dans l'Après-Vie et à dissiper tous les désaccords et les ressentiments que nous avons envers eux. Il nous suffit d'utiliser davantage notre pouvoir d'écoute et de converser avec eux. Il n'est jamais trop tard. Et il y a *tant* d'autres choses qu'ils veulent nous faire savoir.

« En fait, ma mère m'a dit qu'ils ont un besoin désespéré de nous parler, maintenant, en ce moment crucial de l'histoire. Ils connaissent le réel Plan divin destiné aux hommes, et le moment est venu pour nous qui vivons ici-bas de le comprendre. »

Elle leva les yeux et regarda derrière moi. Je me retournai sans rien remarquer de particulier. Rachel se rapprocha encore et j'eus la sensation d'une sorte d'étreinte, comme si elle me serrait dans ses bras, alors même que quelques mètres nous séparaient.

« Tu te souviens de ce que dit la neuvième intégration ? me demanda-t-elle. Je suis sûre que Tommy t'en a parlé. Chaque élément de notre environnement a son propre sentiment d'identité, sa propre qualité d'immanence. Eh bien, cela s'applique également aux êtres humains. Chacun possède un sentiment d'identité qui lui est propre et que nous pouvons déceler de manière émotionnelle. »

J'acquiesçai d'un signe de la tête, car je comprenais désormais.

« C'est la raison pour laquelle, poursuivit-elle, nous sommes souvent terrassés de douleur quand nos proches meurent, même si nous pensons être préparés à leur disparition. Ce qui disparaît *est* ce sentiment qu'ils incarnaient, quelque chose que nous avons toujours ressenti et que nous prenions pour acquis. C'est pourquoi les gens ont le sentiment qu'une partie d'eux-mêmes meurt également lorsqu'un être aimé disparaît. Ils pleurent la perte de cette constante émotionnelle qui n'est plus là. »

Elle observa une pause et parut à nouveau regarder dans le lointain ; je sus à cet instant que nous avions, d'une manière ou d'une autre, quitté ce monde. Nous étions dans l'Après-Vie.

« Il y a quelqu'un qui veut te parler, me dit-elle en souriant. Est-ce que tu peux te mettre à l'écoute du sentiment qui te vient en mémoire ? »

Avant même qu'elle ne me l'ait demandé, je savais de qui il s'agissait. Je sentais l'odeur des cigarettes dans la poche avant de sa chemise, comme si j'étais encore un enfant sur ses genoux. Je décelais la force qu'il incarnait, sa façon de parler, le rire enfantin déclenché par ses farces. Tous ces éléments faisaient partie du sentiment d'identité unique qui le constituait.

Et pourtant, au même moment, je me rendis compte que cet aspect de lui-même avait changé. Disparues la colère nerveuse et la frustration qu'il avait manifestées chaque matin de ma jeunesse, forçant tout le monde à marcher sur la pointe des pieds en sa présence ou à faire face à l'inévitable explosion ! Disparu également le regard sévère et désapprobateur qui avait distillé en moi une telle terreur et une telle méfiance envers les autres. Tout cela s'était dissipé.

« C'est ton père », me dit Rachel.

Je me retournai : il était là, rayonnant, jeune. Je recevais à présent des impressions de pensées qui, je le savais, émanaient de lui. Il me confia que les raisons de son comportement – sa méfiance et ses propres griefs familiaux – avaient été résolues avec ses parents dans l'Après-Vie. Seul était inachevé son désir de dénouer le ressentiment auquel je m'accrochais.

« Se fermer aux autres, me transmit-il, est une tendance dont tous les membres de notre famille ont hérité, au même titre que la couleur de nos yeux. Toutefois, essayer de voir l'histoire d'un problème et le reconnaître sincèrement nous permettent de l'évacuer. À présent, l'Après-Vie est en train de changer, poursuivit-il. Nous n'avons pas à attendre d'être réunis ici. Vous êtes désormais suffisamment proches pour entrer en contact avec nous, de telle sorte que nous pouvons résoudre les conflits immédiatement. Une fois ces blocages dissipés, vous pourrez comprendre ce que nous savons. »

En un instant, je sus que mes griefs avaient disparu. Il pourrait certes m'arriver de me montrer distant par la force de l'habitude, mais du moins en serais-je conscient plus rapidement. L'ancienne Prophétie m'avait appris que, lorsque l'on devient conscient du jeu auquel on se livre, son intensité diminue.

Tandis que ces pensées défilaient dans mon

esprit, il commença à s'estomper jusqu'au point où je cessai de le voir.

« Attends, dis-je à voix haute. J'ai d'autres choses à te demander. »

En cet instant, je ne ressentais plus sa présence, et j'éprouvais presque la même panique qu'au moment de sa mort. J'observai Rachel dont le regard fixe me fit comprendre de rester à l'écoute. Je me remémorai le sentiment que j'éprouvais lorsqu'il était présent. Il revint immédiatement, mais cette fois-ci, sous la forme d'une légère distorsion dans l'espace, semblable aux ondes de chaleur qui s'élèvent d'une autoroute brûlante. Mais cela n'avait pas d'importance. Son sentiment d'identité était là, et c'était ce qui comptait le plus.

« Tu m'as dit que je pourrais en savoir davantage, lui demandai-je. Qu'est-ce que tu voulais dire ?

— Contente-toi d'observer », entendis-je.

Après le départ de mon père, je m'aperçus soudain que l'aube s'était levée et que la lumière ajoutait à la beauté du ciel et des rochers qui m'entouraient.

J'eus un choc en me tournant vers Rachel. Elle était maintenant entourée de plusieurs autres personnes. Il me vint à l'esprit que la femme la plus proche d'elle était sa mère, et je compris instantanément que toutes deux avaient vécu la même catharsis que celle qui venait de se dérouler entre mon père et moi.

Je savais aussi que tout cela m'était dévoilé

pour une raison particulière. À l'instar de mon père, la mère de Rachel avait été si obnubilée par le souci de résoudre les problèmes de sa fille qu'elle n'avait pas pu prêter attention à d'autres questions. Par la suite, lorsque Rachel et elle avaient clarifié le passé, elles étaient entrées en communication alors que Rachel était dans le monde terrestre et que sa mère évoluait dans l'Après-Vie. Ce type de communication ainsi que d'autres du même genre représentaient une innovation. La guérison des blessures et du ressentiment s'opérait grâce à une interaction des deux dimensions. Cela signifiait que les deux dimensions de l'existence étaient devenues, grâce à un acte de réconciliation, plus libres et plus ouvertes, et pouvaient donc entrer en résonance l'une avec l'autre à un niveau de conscience supérieur.

Je m'étais mis à l'écoute de mon père et j'en avais reçu la confirmation irréfutable. Tout comme ceux qui vivaient sur terre, de nombreux êtres qui demeuraient dans l'Après-Vie aspiraient à cette même libération des regrets refoulés : les vérités cachées, les actions larvées. Désormais, grâce aux intégrations qui élevaient notre niveau de conscience, nous étions devenus suffisamment proches pour établir une communication entre les deux dimensions. En conséquence, le Ciel et la Terre voyaient tous deux leur énergie s'accroître et s'élever à un niveau supérieur.

Je pensai soudain à une prophétie biblique extraite du Livre des Révélations, au sujet de la fin des temps « ... Puis je vis un ciel *nouveau*, une terre nouvelle... (XXI, 1). Nous savions désormais comment cette prophétie devenait réalité.

Au moment précis où j'eus cette pensée, tout mouvement cessa autour de moi, et tous, Rachel en particulier, se tournèrent vers moi pour me regarder. La conclusion à laquelle j'en étais venu semblait les transporter de joie.

« Tu es en train de recevoir la dixième intégration, me dit Rachel. Il te suffit de rester à l'écoute et tu détiendras bientôt tout le savoir du Paradis. »

Le groupe qui entourait Rachel descendit ensuite la pente, si l'on pouvait toutefois qualifier leur progression de marche. Elle ressemblait plutôt à une sorte de glissement. Ceux qui étaient, semblait-il, les résidents permanents de l'Après-Vie avaient des corps semblables aux nôtres, mais leurs jambes paraissaient danser sur le sol plutôt qu'exercer un effort. Rachel et moi n'avions d'autre choix que de courir du mieux que nous pouvions pour suivre leur rythme. Mais je ne tardai pas à remarquer que Rachel commençait à adopter la même allure que les autres.

À ce stade, cela n'avait pas d'importance. Je n'éprouvais toujours aucune peur et, jouissant d'un total état d'*agapê*, je ne doutais pas un seul instant que de multiples découvertes s'ouvraient à moi. Nous gravîmes une pente bordée d'aiguilles rocheuses acérées et nous frayâmes un passage jusqu'à un belvédère naturel dont les rebords surélevés s'incurvaient, comme la rambarde du pont d'un navire. De là, nous avions une vue magnifique sur le sommet du Sinaï et sur les pistes qui, en contrebas, menaient à la montagne.

Soudain, tout le monde se mit à observer, vers le nord, une troupe de soldats égyptiens, serrés les uns contre les autres. L'un d'eux semblait être en difficulté. Ses compagnons tentaient désespérément de le ranimer, l'aspergeant d'eau et l'éventant pour le rafraîchir.

« Une insolation », dit Rachel.

Ils finirent par renoncer, couvrirent le corps, le soulevèrent et le ramenèrent au poste de garde. Nous apercevions des dizaines d'êtres lumineux qui marchaient à leurs côtés et semblaient leur parler. Cependant, les soldats ne les voyaient pas et ne leur prêtaient aucune attention.

« Qu'est-ce qu'ils disent aux soldats ? demandai-je à Rachel.

— Écoute-les toi-même », répliqua-t-elle.

Je me mis à l'écoute de leur conversation, et je sus immédiatement ce qu'ils tentaient de leur communiquer.

Les êtres de lumière avaient recours à l'intention de s'unir et à l'*agapê* pour fondre leurs esprits à ceux des soldats, tentant d'élever leur niveau de conscience afin qu'ils se rendent compte qu'ils allaient au-devant d'un danger.

Soudain, je compris. À quarante mètres devant eux, des hommes armés se cachaient derrière une butte rocheuse. J'en aperçus plusieurs que je reconnus. Il s'agissait des Partisans de l'Apocalypse ; ils étaient des douzaines prêts à faire feu pour protéger quelque chose situé de l'autre côté de ce tertre.

« Ils vont tomber droit sur les extrémistes », m'écriai-je, en regardant Rachel et les autres. Ils ne répondirent pas à mon regard. Leurs yeux étaient résolument braqués sur le groupe de soldats.

Je regardai alors les extrémistes et je découvris, à ma grande stupéfaction, qu'ils étaient eux aussi entourés de douzaines d'êtres lumineux qui tentaient également d'élever leur niveau de conscience, afin qu'ils accèdent à leur moi supérieur.

Je compris que les êtres lumineux voulaient que les soldats découvrent une bifurcation de la piste, un peu plus loin, qui les mènerait plus au nord et les mettrait ainsi hors de danger.

Je m'empressai d'ajouter ma propre énergie à l'effort collectif, en suivant le processus qui consistait tout d'abord à essayer de m'unir à l'esprit des soldats jusqu'à ce que je puisse me sentir en état d'*agapê* avec eux. Je les visualisais en train d'ouvrir leur esprit et de sentir le danger. Mais ils ne semblaient pas effrayés et pressaient le pas en direction des extrémistes.

Soudain, j'éprouvai à nouveau cette sensation apaisante que j'avais connue quand j'avais fait ces chutes dans ma jeunesse, un sentiment qui m'assurait que tout allait bien se passer. Je vis aussi des petites lueurs étranges qui entouraient les soldats. Pendant un instant, rien ne changea. Le capitaine du groupe semblait les conduire tout droit à leur perte. Puis il ralentit l'allure avant de s'arrêter ; il fit alors un signe de la main à ses hommes pour leur ordonner de prendre la piste nord, vers le salut. Une atmosphère de célébration se répandit parmi les auxiliaires lumineux.

« Qu'est-ce qui s'est passé ? demandai-je à Rachel.

— L'esprit des soldats s'est élevé à un niveau de conscience céleste, du moins partiellement, de sorte qu'ils ont eu une prémonition qui les a avertis du danger, m'expliqua-t-elle.

— S'agit-il simplement du souhait profond émis par plusieurs personnes qu'un événement particulier se produise ?

— Non. Dans certaines situations il n'est pas nécessaire de visualiser la solution parce qu'elle est évidente. Mais dans d'autres cas, ce n'est pas aussi clair. Par conséquent, les êtres de l'Après-Vie cherchent simplement à joindre leurs esprits à ceux qui sont dans le monde terrestre. Ce n'est apparemment pas plus compliqué que ça. Une conscience plus élevée a toujours la capacité d'en amener une autre à un niveau supérieur. »

Elle me fit un grand sourire. « Ou comme le dirait sans doute Coleman : si quelqu'un dont les circuits neuronaux ont une activation importante mêle son esprit à celui d'une personne dont les mêmes circuits ont une moindre activation, les circuits de cette dernière tendent à s'ouvrir subitement en raison de l'effet de contagion. Comme tu le verras dans la prochaine intégration, il existe bien entendu d'autres moyens d'amplifier encore notre influence. Mais d'une manière générale, cela fonctionne selon ce principe fondamental. »

Bien que je sache déjà la réponse, je lui posai néanmoins la question.

« Quelles étaient ces petites lueurs autour des soldats ?

— Des anges. Ils viennent spontanément en aide, surtout si nous pensons à la leur demander », me répondit-elle en souriant.

Rachel me dit soudain que je devais encore voir autre chose. Nous descendîmes la pente jusqu'à un endroit d'où notre vue s'étendait vers l'est, loin du Sinaï. Nous nous assîmes en silence et nous contemplâmes le panorama de crêtes qui descendaient en gradins vers le désert.

À ma gauche, un mouvement attira mon attention. Nous aperçûmes un soldat solitaire, hébété, qui descendait en trébuchant sur les rochers. Il semblait plus lumineux que les militaires que nous avions vus auparavant.

« Ce doit être le soldat qui est mort », dit Rachel.

L'homme s'assit soudain et fixa l'espace sans bouger.

« Qu'est-ce qu'il fait ? » murmurai-je, avant de me rappeler de me mettre à l'écoute. J'eus immédiatement plusieurs impressions de ce qui se produisait. L'homme était en train de passer sa vie en revue, prenant conscience des nombreuses occasions de changer son destin qu'il avait ratées ou qu'il n'avait pas osé suivre. Il se concentra alors sur sa femme et je perçus la moue qui s'afficha sur son visage lorsqu'il comprit l'immaturité de son comportement, lui qui avait préféré passer son temps avec ses amis et ne pas en consacrer assez à leur enfant de cinq ans.

Et cependant, il était sûr que cet enfant représentait la plus belle part de son destin. Il avait su, dès qu'il avait vu sa femme, qu'ils se marieraient et qu'ils auraient un enfant qui atteindrait de nombreux buts. Il savait également qu'il aurait dû inculquer certaines leçons à sa fille au cours de son existence. Il se demandait désormais comment s'acquitter de cette tâche. Je regardai Rachel.

« Il va bientôt découvrir le moyen de lui venir en aide. Tu ne crois pas ? » me dit-elle, le regard pétillant.

Tout à coup l'homme se leva d'un bond et regarda autour de lui d'un air très agité.

« Que lui arrive-t-il maintenant ? demandai-je.

— Il sait qu'il y a un différend avec son père qui n'a pas été réglé. Et il n'arrive pas à le trouver », me répondit-elle.

Le soldat commença à s'estomper jusqu'à disparaître presque totalement de notre vue.

« Que fait-il ? Où va-t-il ? » demandai-je.

Elle me regarda d'un air inquiet. « Tu ne voudras sans doute pas y aller.

— Pourquoi ?

— Ce n'est pas particulièrement beau. »

D'anciens souvenirs de mes expériences de l'Après-Vie, lorsque j'étudiai la Prophétie et la dixième révélation, me revinrent en mémoire.

« Tu parles de l'Enfer, n'est-ce pas ? »

Elle fit non de la tête. « Pas de la façon dont la plupart des gens le conçoivent. Ça ressemble plutôt à une forme de perdition, au fait d'être en proie à un tel refoulement psychologique que l'on choisit volontairement de se condamner à une sorte d'état limbique. »

Je décidai de me mettre à l'écoute ; le résultat fut un voyage dans une atmosphère de froid et de faible énergie où cet homme retrouva son père. Ce dernier avait été officier de carrière toute sa vie et n'avait bénéficié d'aucun modèle spirituel. Il en avait pourtant eu l'occasion : nombre de ses amis, pieux et conscients, avaient grâce à la synchronicité, croisé son chemin. Mais il avait chassé leurs messages de son esprit.

Après sa mort, l'anxiété du père du soldat devint telle qu'il bâtit un monde imaginaire fondé sur le même matérialisme inconditionnel, peuplé de fantasmes d'ennemis, de guerres et de conquêtes qui reflétaient à l'identique ce qu'il avait vécu sur terre. Je perçus la force motrice à l'œuvre derrière cette illusion : le Cycle de la Revanche. Il s'était plongé dans un état de sommeil où régnaient la haine et le désir irrésistible de faire payer les crimes de ceux qui avaient tué ses amis. C'était sans fin. Il avait continué à provoquer des morts, et ses ennemis avaient riposté, puis il avait cherché à nouveau à se venger, éprouvant du plaisir à nuire à ceux qui lui avaient fait mal.

Mais j'aperçus, comme précédemment, de nombreux proches décédés autour du père qui s'efforçaient de fondre leurs esprits avec le sien, en visualisant qu'il s'élevait à sa propre connexion intérieure et s'éveillait. Néanmoins le père demeurait inébranlable alors même que l'absence de lumière suscitait un tourment inconscient en lui. Je finis par ne plus supporter l'obscurité et je jetai à nouveau un regard vers Rachel, interrompant ma connexion avec le soldat. Je repris mon souffle et j'insufflai la chaleur de l'*agapê* que j'appréciais d'autant plus.

« Est-ce que qu'il y a des gens qui arrivent à sortir de là ? demandai-je à Rachel.

— Oh, oui. Chacun a le sentiment latent qu'il existe une autre réalité. Le problème réside dans le fait que ceux qui vivent dans la peur et sont dominés par une idéologie conservent ces mêmes obsessions dans l'Après-Vie. C'est pour cette raison qu'il est si important de rester dans l'alignement afin d'aider ceux qui sont sur terre à parvenir à s'éveiller. »

Elle hocha la tête. « Les plus difficiles à atteindre sont ceux qui s'accrochent avec ténacité à différents dogmes religieux. Ils sont persuadés qu'ils connaissent la vérité intellectuellement et oublient qu'ils doivent ressentir l'amour et ouvrir leur conscience pour accéder à la connexion au divin. Viens, me dit-elle. Il y a autre chose que l'on sait ici. »

Elle me conduisit plus bas, vers l'est, le long de la pente. Nous parvînmes à un endroit de la montagne relativement plat, où un autre groupe d'êtres lumineux était rassemblé autour d'une personne : une femme. Elle nous apparut de manière légèrement trouble.

Rachel sourit tandis que je me concentrais sur

cette femme et que je me mettais automatiquement à l'écoute, tentant de percevoir ce qui se passait. Je finis par comprendre. La créature qui commençait à s'estomper était en train de renaître dans le monde terrestre.

Je regardai de plus près et me mis à saisir les intentions des autres êtres qui se tenaient autour de la femme. Ils encourageaient l'aspiration de sa vie future. Son objectif était d'aider à instaurer dans le monde une nouvelle génération de scientifiques honnêtes. Il était évident qu'il s'agissait là de sa contribution au Plan.

Le Plan ? Je me retournai vers Rachel et la dévisageai avec intensité. Il était à nouveau question d'une sorte de Plan que l'on connaissait, semblait-il, dans l'Après-Vie, mais qui n'était pas encore bien compris dans le monde terrestre. Rachel fit un signe de tête en direction de la femme.

J'employai toute mes forces à me concentrer et je finis par avoir une plus ample compréhension du contexte de sa nouvelle vie sur terre. Sa perspective historique était beaucoup plus vaste que celle que nous avions atteinte lors de la deuxième intégration. Elle englobait tout ce qui s'était passé lors de la création et comportait une signification plus profonde de la vie.

Je le compris en un instant. Le seul but de l'existence humaine était de transmettre à ceux qui vivaient sur terre la connaissance et la conscience détenues par ceux qui demeuraient dans l'Après-Vie afin que les deux dimensions soient à la fois parfaitement unies l'une à l'autre ainsi qu'avec la conscience divine. Elle portait ce Plan en son esprit – cet objectif de vie plus vaste –, aussi certainement qu'elle savait ce qu'elle comptait faire personnellement après la naissance.

Tout en approfondissant la qualité de l'écoute, je commençai à entrevoir comment cette aspiration à l'unité s'était déroulée dans l'histoire. Elle avait débuté il y avait environ seize milliards d'années, par la création de la dimension terrestre elle-même qui a établi le fondement physique nécessaire à notre voyage collectif. Tandis que je restais à l'écoute, l'histoire entière de la création se déploya dans mon esprit.

Au début de l'univers, les gaz et les premiers éléments chimiques gravitèrent ensemble, puis ils atteignirent une telle densité qu'ils s'échauffèrent et se transformèrent en étoiles qui vécurent, disparurent et rejetèrent de nouveaux éléments dans l'univers. Sur terre, l'eau et ces éléments plus complexes interagirent dans des bassins de marée peu profonds et, pour répondre à ce puissant désir d'unité, les acides aminés s'unifièrent pour former des cellules plus importantes. À leur tour, celles-ci continuèrent à fusionner et se transformèrent en organismes multicellulaires, selon une progression constante vers un plus haut niveau de complexité et vers un développement potentiel de la conscience. Au cours des millénaires, apparurent les poissons, les amphibiens, les reptiles, les mammifères et enfin les êtres humains.

À ce stade, le point central de l'histoire de la

création se déplaça vers l'humanité. Désormais, la force motrice de cette aspiration à l'unité devint la conscience humaine en expansion constante qui se porta sur le monde qui l'entourait. Au fil des millénaires, les familles se regroupèrent en tribus et en villages, puis firent un bond en avant en se constituant en coalitions régionales, en empires et en nations.

Et à chaque étape de cette évolution, des héros venus de l'Après-Vie naquirent dans la sphère terrestre – certains d'entre eux furent reconnus tandis que d'autres œuvrèrent dans l'anonymat –, et luttèrent afin de faire progresser graduellement les acquis de leur compréhension du monde. Nous passâmes lentement d'une conception des divinités de la nature à des dieux archétypaux, comme dans le cas des Grecs, pour parvenir enfin à la vérité majeure du monothéisme, le concept d'une unique source divine. Au cours des siècles, apparurent les trois grandes religions, le judaïsme, le christianisme et l'islam, chacune d'elles estimant qu'il n'y avait pas d'autre voie que la leur.

Avec les temps modernes vinrent le siècle des Lumières, l'avènement de la Science et une aspiration grandissante à unifier la compréhension humaine. Je compris tout à coup comment la conscience planétaire avait progressé au cours de la dernière partie du XXe siècle pour atteindre une perspective plus élevée, un niveau galactique. Le questionnement sur le sens de la vie s'était de nouveau posé à grande échelle. Que faisions-nous sur terre ? Quel était le but de l'existence ?

Je me rendis compte que la nécessité d'avoir des réponses spirituelles claires avait créé une profonde insécurité au sein des anciennes religions. Elles avaient l'impression que l'on pourrait remettre en question leur doctrine ou qu'elles pouvaient même disparaître. Au tout début du XXIe siècle, des guerres s'étaient déclenchées pour déterminer la suprématie d'une religion sur les autres.

Je m'aperçus alors que la femme connaissait le Manuscrit ainsi que cette récente aspiration à l'unité : l'intégration de connaissances spirituelles dans notre vie quotidienne jusqu'à ce qu'émerge une conscience pleinement éveillée reliée à un Dieu unique. Elle était consciente des efforts d'unification des religions autour de l'expérience commune de cette connexion divine et de l'apparition des groupes d'entente... Enfin, elle connaissait le processus de l'Émergence de l'Influence sur autrui...

Pour la première fois je vis clairement l'intégralité de la longue histoire de la création. Mon niveau d'énergie s'éleva brusquement et je sus que j'étais en train de recevoir davantage d'enseignements de la dixième intégration. Je compris parfaitement que nous avions le potentiel, maintenant, en cette vie même, d'intégrer pleinement ce Plan à notre conscience. Tel serait l'apogée des milliards d'années de la création.

Et cependant, j'avais le sentiment que je

n'avais pas encore compris le dernier aspect du Plan.

« Est-ce que tu as repéré quelque chose de familier dans le Plan que tu viens de voir ? » me demanda Rachel.

Je compris immédiatement ce qu'elle voulait dire. Les étapes du long développement de la création étaient très semblables à celles prophétisées dans le calendrier maya.

« C'est vrai, me dit-elle, en lisant dans mon esprit. Les anciens Mayas firent leur propre Découverte capitale à leur époque, alors qu'ils se souvenaient de la plus grande partie du Plan de la création. Toutefois leur civilisation ignorait la notion d'alignement, et ils savaient qu'ils ne réussiraient pas à préserver la connaissance liée à cette Découverte capitale. Ils inscrivirent donc le tableau chronologique de ce Plan dans leur architecture de pierre et dans leurs inscriptions, en espérant qu'à l'avenir, des hommes découvriraient leur message et le transcriraient. Et c'est exactement ce qui s'est passé. »

Elle marqua un temps d'arrêt et me regarda. Je sentis à nouveau l'énergie de son étreinte.

« Mais les Mayas ont montré que la création était incomplète, qu'une autre avancée allait se produire pour nous permettre de nous unir totalement, pourvu que nous nous mettions dans l'alignement et que nous soyons capables d'être à l'écoute. Certains chercheurs ont parlé de Conscience Universelle. Il semble que les Mayas l'aient conçue comme étant la dernière phase de la création ; elle guidera les âmes dans les deux dimensions de la vie, vers la complétude finale et l'unité. Ce ne sera possible que si un nombre suffisant d'entre nous adhère à cette Conscience Universelle. »

Elle semblait déterminée à bien cerner la question. « Nous pouvons déjà prévoir l'avènement de cette force de la création, et d'ici peu, nous la percevrons mieux. Nous en avons tous fait l'expérience sur la Montagne Secrète. »

Elle fit une autre pause.

J'étais totalement transporté. « Tu fais allusion au point de connexion que j'ai essayé de comprendre depuis si longtemps ? Tu en as fait l'expérience, toi aussi ?

— Oui. La dernière étape qui nous permettra de parvenir à l'unité commence par la compréhension de ce phénomène et la manière de s'y relier plus profondément. Nous sommes sur le point de découvrir notre nature spirituelle dans sa totalité, phase qui marquera le début de la dernière expansion de la conscience humaine vers l'unification. »

L'image de Rachel commença à se brouiller, comme si elle était sur le point de disparaître. « Souviens-toi de ce que nous venons de dire, poursuivit-elle. La plupart des prophéties issues des traditions religieuses ont développé une certaine idée du Ravissement : devenir un corps spirituel et être transporté au Paradis afin d'éviter l'Apocalypse. Les hommes ont répandu cette idée dans nos civilisations terrestres parce qu'elle fait également partie du Plan – ils y ont toutefois introduit une légère distorsion par rapport aux dires des Prophètes. La notion de Ravissement doit être interprétée dans un sens symbolique. Les prophéties et les références scripturaires se sont manifestées dans l'histoire grâce à des hommes qui tentaient de se souvenir de ce qu'ils avaient appris dans l'Après-Vie. Toutefois, ils n'ont pas restitué cette connaissance correctement. La vérité leur est apparue à travers le prisme de leurs propres religions qui sont responsables de ces rivalités. En fait, les prophéties font toutes référence à autre chose, à un événement qui nous concerne tous. »

Je n'arrivais toujours pas à comprendre.

« Tu ne vois pas ? reprit-elle. Il n'existe qu'un seul Ravissement ! Il s'agit d'une transformation corporelle qui se produit grâce à un accroissement de la perception et de la conscience, comme celle que nous avons entrevue. Nous ne devons pas attendre de Dieu qu'il fasse advenir ce Ravissement. C'est Dieu qui attend que nous le fassions advenir ! Nous devons nous ouvrir à la Conscience Divine de telle sorte que notre perception et notre énergie se développent suffisamment pour que celle-ci puisse se manifester. Et il faudra peut-être beaucoup de temps pour y parvenir. La chose la plus importante est de savoir précisément ce sur quoi nous travaillons et ce que nos efforts peuvent accomplir pour parvenir à l'Unité. Il faut aussi garder présent à l'esprit le fait que nous bénéficierons d'une aide supplémentaire si nous apprenons à nous mettre à l'écoute. »

Je la regardai. Cette fois-ci, j'avais parfaitement compris.

« Tu fais à nouveau référence à cette Conscience Universelle que les Mayas avaient pressentie ?

— Oui. Mais ne te focalise pas sur un nom. C'est plus personnel que ça... et c'est la dernière étape pour comprendre le savoir du Paradis. Nous percevons déjà... »

Elle s'effaçait maintenant presque totalement ; je ne pus entendre ses derniers commentaires. Il n'émanait d'elle qu'un appel vague mais suppliant.

« Agis comme nous, et accrois ton influence. Tu en auras une parfaite compréhension quand tu auras maîtrisé la onzième intégration et que tu découvriras la douzième. » Tel était le message qu'elle paraissait me communiquer.

J'essayai de lui poser une autre question, mais mon regard se troubla irrémédiablement. Je m'éloignai dans un tourbillon ; je tombai à la renverse dans un éclat de lumière aveuglant.

L'Émergence de l'Influence

Il me sembla que des heures s'étaient écoulées avant que je parvienne à entendre parler autour de moi. Je fis des efforts pour ouvrir les yeux.

J'entendis Coleman crier : « Il se réveille. »

Avant même de les voir, je perçus les membres du groupe qui m'entouraient. Je me trouvais à nouveau sur le surplomb rocheux qui dominait le poste de garde situé sur le versant sud-est du Sinaï. Je vis mon sac à dos sur le sol à mes côtés. Le rabat avait été ouvert et on avait sorti les exemplaires de la dixième intégration qui gisaient épars sur le sol. Aucune trace de Rachel.

Je baissai les yeux vers la plume qui était encore dans ma main. À cet instant précis, je compris.

« On t'a trouvé ici. Tu as dû te cogner la tête. Tu es resté inconscient, me dit Coleman.

— Où est Rachel ? » demandai-je.

Il posa sa main sur mon épaule. Les autres semblaient accablés.

« Elle n'a pas réussi à s'en tirer, murmura-t-il. Elle a été tuée dans le Cercle des Rochers. »

Je hochai lentement la tête. Je savais que

j'aurais dû m'en douter depuis le début, mais la nouvelle me plongea néanmoins dans un profond état de choc. J'étais avec elle, à l'instant.

J'implorai Coleman. « Tu es sûr ? Elle m'a fait sortir du Cercle pendant la fusillade. Je suis resté longtemps avec elle. Nous avons observé l'Après-Vie ensemble. Nous avons découvert le Plan.

— C'est moi qui ai constaté son décès, dit Coleman. Un groupe de soldats égyptiens est venu juste après pour enquêter sur la fusillade. Les Partisans de l'Apocalypse ont dû reculer. Nous avons tous réussi à nous échapper, sauf Rachel. Tu avais disparu. J'ai vu les soldats emporter son corps. J'ai envoyé un texto à Wil et aux autres pour leur annoncer la nouvelle. Je suis désolé. »

À cet instant, je fus emporté par le plus profond sentiment de perte que j'eusse jamais éprouvé. L'énergie de Rachel m'avait accompagné au cours de ce voyage, depuis notre première connexion au Pub. Elle avait été la partenaire qui m'avait permis d'accéder à l'état d'*agapê*. Maintenant, elle n'était plus. Mon cerveau me disait qu'elle vivait encore dans l'Après-Vie, mais l'éclat de ses yeux et sa vigilance qui m'avait donné cette stabilité me manquaient. En larmes, je laissai libre cours à mon chagrin devant les autres.

Et puis, au moment le plus désespéré, je sentis cette étreinte à distance que j'avais déjà connue dans l'autre monde ; je humai ce parfum de rose familier qu'elle avait toujours utilisé.

Je sus alors qu'elle n'était pas seulement en vie. Elle était ici même, avec nous !

« Elle m'a aidé à traverser tant de choses au cours de ce périple. Et maintenant elle est morte, dit Coleman.

— Elle n'est pas morte ! répliquai-je.

— Je sais. Je sais. Je connais la dixième intégration. Nous sommes tous à l'écoute du Plan. Mais le fait de savoir qu'elle est encore vivante n'est pas la même chose que de l'avoir à nos côtés, ici, de lui parler ou d'être serré dans ses bras, comme elle savait si bien le faire, répondit Coleman.

— Non, tu ne comprends pas, m'écriai-je avec conviction. Elle est ici, avec nous. Maintenant ! Elle m'a enlacé de loin dans l'Après-Vie afin que je sache qu'il est possible d'éprouver la même expérience ici-bas. Mets-toi à l'écoute ! Tu peux encore sentir son étreinte ! »

Les membres du groupe se rapprochèrent. Ils écoutaient attentivement ; peu à peu, ils commencèrent également à percevoir la présence de Rachel. Plusieurs heures d'affilée, je leur transmis tout ce qui s'était passé dans l'Après-Vie, particulièrement ce qui avait trait au Plan, à la finalité de l'histoire qui consistait à faire connaître sur terre la connaissance et la conscience qui existaient au Paradis. Je leur fis également part des déclarations de Rachel sur l'avènement de la Conscience Universelle. Tommy me sourit.

Ils me racontèrent à leur tour ce qui s'était passé lorsqu'ils avaient lu la dixième partie du Manuscrit qu'ils avaient trouvée dans mon sac à dos. Au moment où nous en parlions, notre énergie nous éleva ensemble à la dixième intégration.

« L'objectif de cette intégration est de nous faire prendre conscience que l'Après-Vie est ici même, suggéra Coleman. Nous pouvons résoudre nos conflits avec nos proches disparus et apprendre d'eux ce qu'ils savent. La solution est de faire exactement comme eux : utiliser leur faculté d'influence et la Loi de la Connexion afin d'élever chacun au niveau d'une conscience interconnectée. Ce qui représente un degré supérieur de l'alignement.

— Les Amérindiens, intervint Amour de la Montagne, n'ont jamais perdu cette capacité de communiquer avec l'autre monde. Les pays développés ont tourné en ridicule ce niveau de conscience en le traitant de culte des ancêtres. Mais nous avons toujours considéré cette connexion comme très importante depuis que les vivants ont accédé à la conscience. »

Elle nous regarda avec insistance, et je sus qu'elle avait raison. Nous étions désormais en train de discuter comme les groupes d'entente. Tout le monde acceptait l'idée que les traditions amérindiennes étaient celles qui avaient plus particulièrement mis l'accent sur cet aspect de la dixième intégration, bien que le christianisme mystique et certains écrits des traditions de la Cabale aient également fait allusion à l'existence de liens avec l'Après-Vie.

« Par ici ! » nous dit la mère de Tommy.

Nous avions commencé à rassembler nos affaires, pressentant que nous devions continuer notre ascension du Sinaï. Nous nous précipitâmes vers le rebord du surplomb rocheux et nous vîmes Joseph franchir la porte d'entrée du poste de garde et se diriger vers nous. Il s'arrêta et prit plusieurs directions opposées à l'endroit où nous nous trouvions, essayant manifestement de cacher sa véritable destination aux soldats. Après avoir disparu de leur vue, il fit demi-tour et revint vers nous.

« Il faut partir avant qu'il n'arrive ici. S'il était impliqué dans l'attaque, ses hommes sont peut-être en train de se diriger vers nous », s'écria tout à coup Coleman.

Certains membres de notre groupe semblaient également effrayés. J'éprouvai à nouveau une puissante colère. Mon énergie retomba à zéro. Se pouvait-il que Joseph soit responsable de la mort de Rachel ? Quelle sorte de monstre était-ce ? Il était là, en train de marcher tranquillement, libre et en vie, mais Rachel, elle, avait disparu. Mon émotion passa de la colère au désir vengeur de lui rendre la monnaie de sa pièce.

Je mis soudain un frein à ces pensées, hochant la tête en signe de dépit : j'étais entré inconsciemment, et avec une rapidité incroyable, dans le Cycle de la Revanche.

Tommy regarda Joseph, en contrebas, et dit d'une voix forte : « Attendez ! Il semble être seul. Je ne vois aucun soldat. Je pense que nous devons lui parler.

— Il a raison. Il faut découvrir la vérité », dis-je.

Nous tombâmes tous d'accord et nous attendîmes donc qu'il nous rejoigne. Il parut bouleversé de nous trouver en cet endroit.

« Vous êtes ici, dit-il en s'avançant rapidement vers nous. Je n'ai pas réussi à retrouver mon frère. Personne ne l'a vu. J'ai peur qu'il soit maintenant avec les extrémistes. » Le visage de Joseph était triste, comme s'il estimait avoir échoué.

Aucun d'entre nous ne réagit ; il poursuivit : « L'un des soldats à l'entrée du poste m'a dit que mon frère leur avait ordonné de ne plus patrouiller dans certaines zones de la montagne. »

Il regarda Tommy. « Je pense que ce soldat vous connaît. »

Nous demeurions silencieux.

« Écoutez, dit Joseph en désignant son sac à dos du doigt. Il m'a aussi donné ça. » Il sortit une liasse de feuillets. « C'est la onzième intégration. Elle nous dit comment... »

Sa voix s'estompa. Il constata que nous le fixions toujours avec autant d'intensité.

« Qu'est-ce qui ne va pas ? » questionna-t-il.

Nous l'entourâmes et nous lui demandâmes s'il savait ce qui s'était passé au Cercle des Rochers. Il n'en savait rien. Lorsque nous l'informâmes de la fusillade, il fut si sincèrement bouleversé qu'il dut s'asseoir – ce qui nous incita à l'accueillir chaleureusement, avec force embrassades et paroles de réconfort.

« Joseph, pourquoi êtes-vous venu ici, maintenant ? s'enquit Coleman.

— Parce que les gardes m'ont dit qu'il y a beaucoup de gens d'un peu partout qui convergent sur Sainte-Catherine. Je suis monté ici pour voir si je pouvais en repérer de ce côté. »

Coleman et moi nous regardâmes, puis nous observâmes la piste en contrebas qui menait à la montagne. Des dizaines de personnes semblaient se diriger vers nous.

Tandis que les autres membres du groupe continuaient à parler avec Joseph, discutant de la dixième intégration, je m'éloignai d'eux, me tenant à l'écart sur le large surplomb rocheux : j'avais besoin de réfléchir. J'étais encore préoccupé par la rapidité avec laquelle j'avais cédé au désir de revanche.

Dans quelle mesure cette émotion imprègne-t-elle le monde à présent ? Était-ce l'émotion prédominante, celle qui était à l'origine des fusillades dans les écoles, des débordements des employés et, sur la scène internationale, de la détermination des kamikazes à se faire exploser afin de se venger de l'ennemi ? Représentait-elle l'expression de la peur et de la colère des hommes dans cette période de transition la volonté de voir les autres souffrir comme nous avions souffert ?

Le colonel Peterson avait déclaré que le Cycle de la Revanche entrait dans une phase nucléaire et, mu par l'envie irrésistible de faire advenir l'acte final de rétribution, détruisait tout. J'eus soudain l'impression que les jours de l'humanité étaient comptés.

Où est Tommy ? me demandai-je. J'avais besoin

de lui parler. En me retournant, je constatai qu'il s'avançait déjà vers moi. J'éclatai de rire, ce qui suscita une expression de perplexité sur le visage du jeune homme.

« Je dois te parler. C'est important, me dit-il.

— Au sujet de la Conscience Universelle ?

— Oui. Il faut que je te dise quelque chose. Ma tribu est persuadée qu'elle va se renforcer et beaucoup plus tôt qu'on ne le pense.

— Mais quand est-ce que ça va avoir lieu ?

— La plupart des chercheurs pensent que le calendrier maya se termine le 21 décembre 2012, mais d'autres estiment que le début de la dernière phase de la création commence beaucoup plus tôt, au printemps 2011.

— Comment ? Mais nous y sommes !

— Oui. Et nous serons incapables de comprendre la prochaine avancée de la création si nous ne découvrons pas ce qu'est réellement ce point de connexion que nous avons perçu sur la Montagne Secrète, et comment nous y relier. Il est urgent de maîtriser les dernières intégrations ! »

Soudain, Coleman se fraya un chemin jusqu'à nous pour observer à nouveau le poste en contrebas.

« Regardez ça », dit-il avec inquiétude.

Une cinquantaine de soldats se déployaient tout autour de la zone du poste de garde.

« Ils ne veulent pas que ces nouveaux arrivants empruntent les pistes, dit Joseph. Je pense aussi qu'ils savent que les extrémistes sont dans les parages et ils veulent les empêcher d'avancer.

— Les Partisans de l'Apocalypse les ont déjà dépassés, insistai-je. Ils sont terrés près d'une butte rocheuse sur la crête qui est devant nous.

— Comment tu le sais ? me demanda Coleman.

— Je les ai vus auparavant, quand j'étais dans l'Après-Vie avec Rachel. »

Ils me regardèrent avec étonnement.

« Ça va être difficile de contourner ces soldats, dit Coleman.

— Ne t'en fais pas, répondis-je. Rachel m'a montré un itinéraire qui permet de les éviter. Il fait presque nuit. Il faut y aller maintenant. »

En quelques instants nous avions quitté le surplomb rocheux et descendions la pente.

Je me souvenais très distinctement de l'itinéraire. Nous devions descendre la crête jusqu'à un endroit situé à environ une centaine de mètres à droite du poste de garde. La piste se terminait sur un à-pic qui ouvrait sur une large gorge, manifestement infranchissable. Personne ne semblait savoir, en dehors de Rachel, qu'il existait juste en dessous du rebord du surplomb rocheux un chemin en corniche suffisamment large pour permettre à une personne de l'emprunter.

Il se prolongeait vers le nord sur une centaine de mètres jusqu'à une petite brèche dans la paroi rocheuse que l'on pouvait escalader. Une fois franchie, nous serions à l'abri de la surveillance du poste de garde et nous pourrions alors gravir directement les rochers en gradins qui surplombaient les extrémistes, jusqu'à l'endroit où Rachel et moi-même étions parvenus auparavant. Le point le plus proche du poste était l'endroit où nous avions sauté sur le chemin en corniche.

Tandis que nous marchions, je me rendis compte que Joseph avait assimilé les neuvième et dixième intégrations et qu'il était en train de lire la onzième, en même temps que Coleman et d'autres personnes. Je me remémorai l'ancienne Prophétie et la onzième révélation qui en était issue. Elle prédisait le recours à l'intention et à la prière ainsi que l'apprentissage des secrets qui nous permettraient d'utiliser ce pouvoir.

J'entendis soudain Coleman crier : « Ce qu'affirme le Manuscrit est à peine croyable ! »

Je me retournai et constatai qu'il discutait avec l'un des scientifiques. Coleman hochait la tête en signe de stupéfaction ; il se dirigea vers moi en désignant du doigt le Manuscrit.

« Il est d'une précision incroyable sur la question de l'influence, dit-il. En raison de la Loi de la Connexion, l'ensemble de nos croyances et de nos convictions – la qualité distinctive de notre caractère – projette un champ d'influence qui a un impact sur chaque individu avec qui nous entrons en contact. Cette influence agit en l'attirant vers notre niveau de conscience et de comportement, pour le meilleur comme pour le pire, et soit facilite ses efforts pour demeurer dans l'alignement, soit les entrave. En même temps, notre influence individuelle fusionne également avec l'influence globale de tous les individus, et contribue à chaque instant dans le monde à établir collectivement un niveau d'énergie de la conscience qui affecte toute l'humanité. »

Tandis que nous descendions le terrain accidenté, il s'efforçait de rester à mes côtés.

« C'est incroyable ! poursuivit-il. C'est comme s'il y avait dans le ciel une énorme balance qui pesait la force relative de deux champs d'influence contraires. Sur l'un des plateaux se trouvent ceux qui s'ouvrent à une spiritualité personnelle supérieure et qui, par conséquent, œuvrent à élever les hommes à cette conscience. L'autre plateau de la balance regroupe ceux qui sont encore dans la peur et la colère et qui agissent pour entraîner autrui dans le bouillonnement d'une terreur et d'une rage mensongères. »

Cette affirmation m'ébranla. Cela signifiait qu'il y avait une contagion des deux côtés, et que la balance penchait tous les jours d'un côté ou de l'autre, en fonction de la capacité de ceux qui étaient dans l'alignement à maintenir la vérité pour les autres.

« Tu vois ce que ça veut dire, ajouta Coleman. C'est la confirmation de l'impératif catégorique de Kant. "*Agis uniquement d'après la maxime qui fait que tu peux vouloir en même temps qu'elle devienne une loi universelle.*" Ses pairs pensaient qu'il était fou. Mais son intuition était absolument juste. L'influence fonctionne exactement de cette manière ! »

Je croisai son regard. « Rachel a dit que nous apprendrions à développer ensemble notre influence positive. Est-ce que le Manuscrit nous dit comment y parvenir ? »

Coleman scrutait attentivement les pages qu'il tenait à la main. « Il affirme que la première chose à faire est de garder constamment à l'esprit les plateaux de la balance et de se rappeler que chaque pensée et chaque action ont une résonance qui va bien au-delà de nous-mêmes.

« Il affirme également que s'il y a parmi nous trop de gens qui ne parviennent pas à maintenir l'énergie de l'alignement, le monde pourrait sombrer dans une peur et une fureur encore plus grandes. Dans le domaine politique, cela signifierait que l'extrême gauche et l'extrême droite poursuivraient la déshumanisation de leurs adversaires, jusqu'à ce que l'une des deux factions commette un acte extrême – généralement un acte de despotisme destiné à prendre le pouvoir ou à exercer le contrôle –, afin de répondre à la nécessité de sauver le monde. Sur le plan de l'idéologie religieuse, la polarisation deviendrait également encore plus négative. Le Manuscrit déclare que, dans l'histoire passée, l'antagonisme est allé aussi loin dans la destruction que la technologie de l'époque d'alors le permettait. »

Nous nous regardâmes, sachant qu'en cette période de notre histoire, cela signifiait une escalade nucléaire.

Soudain, je me rendis compte que nous approchions du poste de garde et que nous devions nous montrer très prudents. Nous apercevions des soldats qui patrouillaient dans la zone située juste en contrebas. Je suggérai alors aux autres membres du groupe de se cacher pendant que je remonterais la pente pour examiner la situation de plus près.

En montant, je décelai un mouvement au-dessus de moi ; je m'immobilisai. Je plissai les yeux pour tenter de discerner la silhouette qui sortit de l'ombre et se détacha distinctement. C'était l'un des agents de Peterson qui me faisait signe de monter. Lorsque j'arrivai à sa hauteur, il me poussa sur le côté pour éviter que l'on ne me voie et murmura quelques mots dans un micro placé près de sa bouche. Cinq minutes plus tard, Peterson se tenait devant moi.

« Qu'est-ce que vous faites ici ? me dit-il. Nous avons suivi vos déplacements. Et nous n'arrivons pas à y comprendre quoi que ce soit.

— Nous suivons notre intuition, répondis-je. Le Manuscrit affirme que, pour augmenter notre influence, nous devons revenir au Sinaï. Il va se passer quelque chose là-haut. »

Il hocha la tête d'un air sceptique. « Qu'est-ce que le Manuscrit dit d'autre sur l'influence ?

— Nous avons fini par comprendre le pouvoir de l'intention et de la prière. Nous allons apprendre comment accroître notre influence.

— C'est tout ? Il ne vous reste plus qu'à prier ! s'exclama-t-il.

— Il ne s'agit pas d'une prière ordinaire mais de rechercher une expérience d'un niveau supérieur. Sinon, notre énergie ne fait que s'ajouter à celle des Partisans de l'Apocalypse qui se trouvent là-haut, protestai-je en regardant la crête qui s'élevait devant nous.

— Oh, là, là ! fit-il, manifestement ébranlé. Vous

êtes en train de me dire que les extrémistes sont quelque part dans la montagne ?

— Oui, ils sont un peu plus haut, à environ cinq cents mètres d'ici. Nous pensons qu'un commandant de l'armée égyptienne empêche à tout prix les soldats de s'approcher d'eux. »

Il détourna le regard, réfléchit, puis déclara : « C'est une autre pièce du puzzle. Nous savons qu'ils trament quelque chose à Jérusalem et dans une montagne d'Arabie saoudite où se trouve une base de missiles. Et maintenant, ils sont ici. Ils projettent une série d'événements qui, selon eux, provoquera une guerre mondiale. Je vous l'ai dit : ils ont déjà placé des explosifs sous le dôme du Rocher. »

Je le regardai, médusé.

« Vous ne comprenez pas ? poursuivit-il. Ils pensent qu'ils doivent exécuter leur plan en conformité avec la prophétie des Écritures, ce qui signifie que l'Armageddon ne peut pas avoir lieu tant que le Temple de David à Jérusalem n'est pas reconstruit. La mosquée du dôme du Rocher représente un obstacle qu'il faut écarter. Ils vont la faire sauter.

« La faction judéo-chrétienne du groupe des Partisans de l'Apocalypse fait pression dans ce sens, car ils ont déjà la pierre de faîte du Temple originel. Ils pensent que s'ils peuvent placer rapidement cette pierre sur les fondations, cela signifierait, de fait, que la reconstruction est en cours. Il leur serait alors possible d'affirmer que la prophétie biblique a été accomplie. Il ne leur resterait plus qu'à engager le combat, expliqua-t-il.

— Mais toutes ces prophéties peuvent se dérouler de manière différente ! rétorquai-je, en comprenant intuitivement l'ensemble des événements qui se préparaient.

— Écoutez, soyons réalistes, dit-il. Nous sommes juste au bord du gouffre. Vous ne comprenez donc pas ? Au bord du gouffre ! Tôt ou tard ce complot extrémiste va éclater, ce qui va provoquer un chaos total dans les pays occidentaux.

« L'Iran a déjà des missiles qui peuvent fermer complètement le canal de Suez et le détroit d'Ormuz. C'est par là que transite la majeure partie du pétrole. Lorsque la guerre éclatera, l'essence atteindra trente dollars le gallon. Cette hausse, à elle seule, pourrait provoquer des pénuries alimentaires et une thésaurisation de la part des spéculateurs. Si la Chine est impliquée, il y aura des cyber-attaques simultanées contre nous. L'électricité pourrait être coupée. D'après vous, que se passera-t-il à ce moment-là ? Plus d'essence, plus de nourriture dans les magasins. Des centaines de milliers de gens dans les rues, en train de manifester. »

Il fit une pause et me regarda. « Si une instance quelconque, la nôtre ou une autre cherche à arrêter ces extrémistes sans plan d'ensemble concerté, ils déclencheront les charges d'explosifs et ce sera l'escalade. L'inconnue est l'Arabie saoudite. Nous ne savons pas exactement comment les choses vont tourner ; votre gouvernement devrait être capable de savoir si ces missiles vont être lancés ou non. Et je ne sais pas non plus ce qu'ils ont projeté de faire ici, dans le Sinaï, mais je parie que leur venue ne présage rien de bon. C'est pourquoi nous maintenons notre plan d'intervention. On ne peut pas attendre.

— Non, écoutez-moi, plaidai-je. Vos actions sont aussi extrêmes que celles des Partisans de l'Apocalypse. Vous avez l'intention d'imposer votre tyrannie parce que vous pensez que c'est la seule façon de sauver la culture occidentale ! »

J'entendais, en contrebas, les membres de notre groupe qui me cherchaient et m'appelaient.

« Écoutez, lui dis-je, je dois y aller, mais vous devez comprendre ceci : le Manuscrit affirme que, si un nombre suffisant de personnes s'impliquent consciemment et ont recours à leur influence, nous serons en mesure d'empêcher le déclenchement de ce conflit par d'autres moyens. »

Il secoua la tête en signe de désapprobation.

« On ne peut pas l'empêcher. Il va éclater au Moyen-Orient et nous ne pourrons contrer les Chinois et contenir cette guerre que si mon groupe agit rapidement. Beaucoup de gens vont protester, mais nous pouvons également faire face à cette situation. D'ailleurs, vous n'allez plus nulle part. Je vais vous fournir une escorte pour quitter les lieux à l'instant même. On vous avait laissé une chance. »

Il porta le petit poste émetteur à hauteur de sa bouche.

« Attendez ! répliquai-je. Vous m'aviez donné

cinq jours ; vous vous en souvenez, non ? Ça nous donne jusqu'à demain. »

Je maintins l'état d'*agapê* que je mêlai avec son moi supérieur. Son expression parut s'adoucir légèrement et il me regarda avec une sorte d'envie nostalgique, comme s'il souhaitait que la situation ne soit pas aussi désespérée.

Au bout d'un long moment, il me dit : « D'accord, vous avez un jour de plus. En vous laissant crapahuter dans les parages, nous courons le risque que vous déclenchiez une guerre. Mais croyez-moi, je pense que ça ne représente pas vraiment un problème. Nous avons tout mis en place pour faire ce que nous avons à faire. Nous sommes prêts. »

« Venez. Allons-y », murmurai-je à mes compagnons quand je les rejoignis. Les mains légèrement tremblantes, j'empoignai mon sac à dos. Le groupe me suivit, contourna un gros affleurement rocheux puis descendit vers la gorge.

Par chance, les soldats égyptiens gravissaient la pente en courant et se dirigeaient vers l'endroit où se trouvait Peterson. Nous profitâmes de cette occasion pour sauter, sans être vus, sur le chemin en corniche qui montait en direction du Sinaï.

Tandis que nous remontions la pente en toute hâte, je me rapprochai de Coleman pour lui relater ce que Peterson m'avait dit. Il hocha la tête et se força à sourire. Je me rendis compte qu'il faisait des efforts pour maintenir son énergie.

« Qu'est-ce que le Manuscrit dit d'autre ? lui demandai-je.

— Il déclare que la solution est la même pour toutes les périodes de l'histoire. Il faut que dans le domaine politique un groupe centriste éclairé, aligné sur une discussion ouverte de la vérité, voie le jour afin de mettre un terme à la manipulation éhontée dont sont victimes les électeurs et à la corruption de la gauche comme de la droite.

« Sur le plan religieux, un groupe, également attaché à la vérité, et constitué d'individus représentant la position médiane de la tolérance au sein de chaque religion, en quête de l'expérience directe à laquelle nous avons accès, devra occuper le devant de la scène. Aucune tradition ne pourra plus tenter d'imposer sa doctrine à d'autres croyants ni prétendre que leur voie est le seul chemin vers la connexion divine. Toutes les religions devront commencer par mettre l'accent sur les aspects de leurs traditions qui ont un lien direct avec la connexion au divin afin qu'elles se rapprochent non seulement de la vérité mais aussi les unes des autres. »

Il s'arrêta pile sur la piste, en baissant les yeux sur le Manuscrit.

« Cette partie est très importante, insista-t-il. Elle déclare que la dernière section de la onzième intégration se produira lorsque ceux qui sont dans l'alignement, partout, dans toutes les civilisations et les religions, commenceront consciemment à se mettre à l'écoute les uns des autres. »

Bien sûr, pensai-je. Il faut une fois de plus nous mettre à l'écoute, à un niveau supérieur.

« Et comment fait-on ? questionnai-je.

— En se reliant consciemment dans l'état d'*agapê* non seulement à ceux que nous rencontrons personnellement, mais aussi aux hommes du monde entier. On y parvient en ayant l'intention d'établir cette connexion et en l'imaginant très clairement dans nos esprits. Le Manuscrit déclare que lorsque l'on réussit à instaurer un tel lien, l'influence naturelle des individus impliqués dans ce processus est démultipliée. »

J'approuvai d'un signe de tête tout en me concentrant sur l'ascension qui s'avérait de plus en plus difficile. Après de nombreuses heures passées à contourner les crevasses, à sauter par-dessus les ravines – nous devions alors nous lancer nos sacs à tour de rôle –, nous atteignîmes le belvédère naturel, semblable à un fort, où nous nous étions tenus, Rachel et moi, auparavant. Le soleil s'était couché depuis longtemps ; un crépuscule voilé s'étendait sur la montagne. Le contour de la butte rocheuse se détachait en contrebas. Au-delà, je le savais, se trouvaient les Partisans de l'Apocalypse.

Je me réveillai le lendemain matin avant l'aube, comme d'habitude, et je me levai rapidement, sachant que la journée serait mouvementée. Dehors, je constatai que tout le monde dormait encore, ce qui n'était pas surprenant. Nous avions veillé tard, passant la soirée à discuter de la onzième intégration.

La pensée de Wil s'insinua dans mon esprit. Nous n'avions eu aucune nouvelle de lui depuis son dernier texto nous informant qu'il comptait bientôt partir nous rejoindre. Le tout était de savoir comment il allait nous retrouver. Je sortis mon portable et vérifiai les messages. Pas de SMS de sa part. Je n'en étais pas surpris. Il ne prendrait pas le risque d'utiliser son téléphone pour avoir des indications sur le chemin à emprunter.

Tout à coup, j'aperçus la faible lueur de torches tout en bas de la pente. Je me penchai au-dessus des rochers pour observer ce qui se passait. Par chance, les lumières s'éloignaient de l'endroit où nous étions, et je me détendis. Notre ascension avait été beaucoup plus difficile que le souvenir que j'en avais gardé lorsque j'étais monté avec Rachel ; je savais qu'elle le serait également pour quiconque essaierait de nous atteindre.

Tout en me dégourdissant les jambes, je m'aperçus tout à coup que Coleman s'agitait à l'extrémité de sa tente. Dès qu'il me vit, il me tendit une tasse de café. De son autre main, il tenait une paire de jumelles.

« C'est bientôt l'aube, dit-il. Tu veux voir si on peut repérer les extrémistes ? »

J'acquiesçai. Nous nous dirigeâmes vers le rebord du belvédère rocheux et nous accroupîmes derrière sa rampe naturelle. En jetant un coup d'œil en contrebas, dans la lumière voilée du petit matin, je me rendis compte que notre position était idéale. De ce poste d'observation, nous pouvions apercevoir non seulement la butte rocheuse où se cachaient les extrémistes, mais également l'imposant sommet du Sinaï qui nous dominait ainsi que toutes les pistes qui y menaient.

La butte se trouvait environ à une centaine de mètres au bas de la pente, directement en face de nous. Nous attendîmes un quart d'heure, jusqu'à ce qu'il fasse suffisamment jour pour que Coleman puisse utiliser ses jumelles. L'un après l'autre, les membres du groupe s'éveillèrent et nous rejoignirent.

« Je les vois ! s'écria tout à coup Coleman. Ils sont en train de faire quelque chose sur le sol, derrière la butte. »

Une image se forma brusquement dans mon esprit : je me vis en train de descendre pour examiner cela de plus près. Cette image s'accompagna d'une irrésistible poussée d'énergie. Cette idée me fit faire la grimace et je baissai la tête. Tommy, qui était derrière moi, s'en aperçut.

« Qu'est-ce qui ne va pas ? me demanda-t-il.

— Je pense qu'il faut que je descende pour jeter un œil. Est-ce que quelqu'un d'autre a eu la même idée ? »

Personne ne répondit.

« Tu es sûr de vouloir le faire ? s'enquit Coleman. Souviens-toi de la deuxième intégration : la logique d'abord.

— Je sais que c'est dangereux, mais il s'est passé trop de choses pour que je ne suive pas mon intuition maintenant. Rachel a écouté toutes ses intuitions. »

Les membres du groupe me regardèrent un moment ; je sentis monter ma détermination.

« Il vaut mieux que j'aille avec toi », finit par dire Coleman.

Je me mis à l'écoute afin de savoir si j'étais seul en bas ou avec quelqu'un d'autre ; je ne vis que moi-même.

« Cette fois-ci, on dirait bien que je doive y aller tout seul. »

Je me tournai vers Tommy et sa mère pour leur demander conseil sur l'itinéraire à emprunter. Ils m'indiquèrent le chemin qu'à leur avis je devais prendre ; ils me prodiguèrent leurs encouragements.

« Nous allons nous concentrer sur toi pour t'aider, comme font les Anges », dit Tommy.

Je lui tapotai l'épaule et me laissai glisser par-dessus le rebord, tandis que le soleil commençait à poindre au-dessus de l'horizon. Je me concentrai sur cette beauté et parvins à maintenir mon énergie, tout en descendant sans bruit la pente rocheuse. Je me remémorai le conseil de mon père sur la manière de garder sa présence d'esprit dans des situations d'extrême danger. Et je souris. Je savais qu'il était à mes côtés.

Je finis par arriver devant l'arête rocheuse qui se dressait à une dizaine de mètres devant moi. J'avançai en rampant avec une grande prudence, tout en regardant attentivement autour de moi. À quinze mètres de là, une douzaine d'hommes recouvraient de pierres un objet qui était enfoui dans une fosse d'environ quatre mètres de profondeur. Aucune trace d'Anish.

Puis je repérai un homme assis, seul, les mains

attachées dans le dos. Il tourna la tête et mon estomac se noua. C'était Wil !

Je le regardai fixement jusqu'à ce qu'il sente que je l'observais. Il se retourna brusquement et me vit. Il me désigna des yeux un endroit, sur sa gauche, où se trouvait un poste émetteur-récepteur mobile posé sur un vieux porte-documents de cuir à même le sol. J'étais perplexe. Que voulait-il que je fasse ? M'emparer de la radio ? Je ne comprenais pas en quoi cela pourrait nous aider.

J'entendis tout à coup un bruit provenant des rochers situés immédiatement au-dessous de moi. Je roulai en arrière sans faire de bruit et je m'abritai dans une légère dépression creusée dans le rocher, en espérant passer inaperçu. Le bruit persista et je compris, à ma grande horreur, que quelqu'un tentait de gravir l'arête derrière laquelle je me trouvais. Je me baissai vivement, mais c'était trop tard. L'homme, muni d'une paire de jumelles, était monté jusqu'à un endroit situé à trois mètres en dessous de moi. Anish.

Il se retourna et me regarda. Il me reconnut immédiatement.

« Je pensais bien que tu étais dans les parages dit-il. Je sentais que tu n'étais pas loin. Tu es comme moi. Tu ne laisses jamais tomber. »

Le ton de sa voix et son attitude étaient décontractés, et même sereins, comme quelqu'un qui se sent invulnérable. Rachel avait tenté de dialoguer avec lui ; maintenant c'était à mon tour. J'essayai de mon mieux de me concentrer et m'unir à sa conscience supérieure, en espérant qu'il puisse ainsi percevoir sa propre connexion au divin.

« Il faut que je te parle, répondis-je. Je ne sais pas ce que ton groupe et toi êtes en train de faire, mais vous devez reconsidérer votre décision. Il existe une autre voie.

— Vous autres, quand cesserez-vous d'introduire votre corruption dans notre monde ? Quand arrêterez-vous de vouloir réformer notre religion ? »

Je m'assis de façon qu'il puisse me voir bien en face.

« Nous avons tous des âmes. Au niveau spirituel, nous sommes tous identiques. C'est vrai, il y a trop de corruption partout dans le monde. Mais nous pouvons résoudre ce problème, tous ensemble, si nous nous unissons dans une expérience spirituelle commune. »

Il rit et me lança un regard de pitié.

« Les Prophètes ne mentent pas ! La fin des temps doit avoir lieu maintenant. »

Un silence s'instaura. Je ne savais pas quoi dire. Puis je me souvins de Rachel et me remémorai ma dernière conversation avec elle.

« Toutes les prophéties font référence à l'Armageddon, insistai-je. Et au Ravissement qui protégera les vrais croyants et leur permettra d'échapper à cette guerre. Et si le message des Prophètes s'adressait à nous tous ? Et selon ce message, nous pourrions découvrir ensemble une connexion supérieure à Dieu qui nous permettrait d'éviter la fin du monde ? Tu vois ce que je veux dire ? Il n'est pas nécessaire que l'Armageddon ait lieu ! »

Je sentis que Rachel désirait que j'ajoute quelque chose sur le calendrier et la source de la connexion que j'avais entrevue sur la Montagne Secrète, mais j'étais incapable de formuler ces idées.

Anish me regarda ; il parut tout d'abord troublé, puis la colère monta. Au moment où il porta la main à sa ceinture pour dégainer son arme, j'étais prêt. Je fis un roulé-boulé et me laissai tomber du haut de l'arête rocheuse. Dans ma chute, j'aperçus du coin de l'œil l'objet que les extrémistes étaient en train de recouvrir. Il avait la taille d'une valise et comportait plusieurs lumières clignotantes sur l'un de ses côtés.

Pendant quelques instants, je remontai la colline en courant à en perdre haleine, pensant qu'il me poursuivait. Puis je l'entendis hurler du haut de la butte : « Si je te revois, ton ami sera le premier à être exécuté. »

De retour auprès de mes compagnons, j'étais tellement à bout de souffle, et exténué par l'ascension, qu'il me fallut une minute avant que je ne puisse leur parler.

« Ils ont capturé Wil, finis-je par lâcher. J'ai essayé de convaincre Anish d'arrêter ce qu'il trame, mais ça n'a pas marché. Je n'avais pas suffisamment d'énergie en moi. Ils ont une sorte d'engin. »

Coleman écoutait attentivement. « À quoi ressemblait cet engin ?

— À un genre de boîte, comme une petite

valise avec des poignées et des lumières sur un côté », répondis-je.

Il eut une moue désapprobatrice et nous dévisagea tous. Nos cœurs se serrèrent. Nous devinions ce qu'il allait dire.

« Ce doit être une petite bombe nucléaire », énonça-t-il.

Nous étions tous sous le choc et sans voix. Nos craintes venaient de se concrétiser.

« Pourquoi ici ? finit par demander Tommy.

— Probablement, suggérai-je, pour faire croire que quelqu'un a attaqué l'Égypte, afin que d'autres pays ripostent, ce qui déclenchera la guerre. »

Pendant un long moment, nous demeurâmes plongés dans nos pensées, conscients que c'était la fin. Nous allions tous mourir ici même, sur le Sinaï.

Puis je discernai un mouvement en contrebas. Des centaines de personnes, venant de toutes les directions, s'approchaient du mont Sinaï, se pressant aux postes de contrôle où des soldats les tenaient sous la menace de leurs fusils.

« Dépêchons-nous, cria Tommy. Nous devons établir une connexion avec eux. »

Le Retour

Tommy nous rassembla tous au sommet du belvédère naturel. En bas, la foule grossissait de minute en minute.

« Nous devons tout d'abord intensifier l'*agapê* entre nous et ensuite avec l'Esprit Suprême », dit Tommy qui avait le Manuscrit sur les genoux.

En quelques secondes, nous nous élevâmes tous à ce niveau de connexion.

« Le Manuscrit déclare que nous devons étendre ce sentiment d'*agapê* à des groupes de plus en plus importants, dans l'intention de nous unir avec tous ceux qui désirent sincèrement instaurer une connexion spirituelle, quelle que soit leur religion, et plus particulièrement avec tous ceux qui se trouvent en contrebas », continua-t-elle.

Après avoir suivi ses instructions, notre énergie s'accrut davantage jusqu'à atteindre le niveau d'intention collective que nous avions ressenti spontanément sur la Montagne Secrète. Pendant un moment, nous nous regardâmes les uns les autres, éprouvant pleinement la onzième intégration. Puis nous entamâmes immédiatement une discussion, selon le principe des groupes d'entente.

Joseph fit immédiatement remarquer que si la plupart des traditions mettaient l'accent sur la prière, d'autres, tels que les soufis dans l'islam, préconisaient une prière intensément vécue, très proche de celle que nous expérimentions en ce moment.

« Le christianisme aussi met fortement l'accent sur le pouvoir de la prière collective », m'empressai-je d'ajouter. En quelques instants, nous étions tombés d'accord sur le fait que l'importance accordée à la prière dans l'islam et le christianisme reflétait le plus fidèlement la réalité des intentions d'un groupe uni par un fort lien spirituel. Cet accord unanime suscita un accroissement d'énergie qui nous éleva à un niveau encore supérieur.

Je regardai mon téléphone, sachant ce qui allait se passer. La sonnerie annonçant un texto retentit à deux reprises ; je l'ouvris et trouvai les messages d'Hira et d'Adjar qui exprimaient leur immense chagrin au sujet de la disparition de Rachel. Ils nous disaient, en outre, qu'ils avaient travaillé sur les onzième et douzième intégrations et qu'ils éprouvaient un sentiment d'union avec nous et avec elle. Ils se préparaient à atteindre davantage de gens et mentionnaient que des centaines de personnes étaient en train de se rassembler à Jérusalem et près du djebel el-Lawz en Arabie saoudite.

Pendant de longues minutes, nous nous

concentrâmes sur la foule au-dessous de nous, puis sur ceux qui se trouvaient à Jérusalem et en Arabie saoudite. Au début rien ne se passa ; puis graduellement nous nous aperçûmes qu'aux postes de contrôle, certaines personnes se regroupaient comme si elles captaient ce que nous faisions. Plusieurs avaient des exemplaires du Manuscrit et les montraient aux autres. Les gens qui étaient proches des soldats commencèrent à établir un contact avec eux et à leur parler.

« Faites partager aux soldats notre état d'*agapê*. Visualisez-les en train de s'élever et d'atteindre leur propre connexion avec l'Esprit Suprême », dit Tommy.

Nous constatâmes presque instantanément que certains militaires abaissaient leurs fusils. Quelques-uns se joignirent même au groupe qui était en train de se former près d'eux. Des officiers, apparemment furieux, s'avancèrent et tentèrent de mettre fin à cette interaction, tandis que quelques soldats laissaient passer des gens vers les pistes menant au sommet.

Nous aperçûmes sur la butte rocheuse les Partisans de l'Apocalypse qui observaient la scène en contrebas. Anish leva les yeux et nous lança un regard furieux ; il semblait manifestement préoccupé.

« Regarde-le. Il sait ce que nous sommes en train de faire, fis-je à Coleman.

— Concentrez-vous sur les extrémistes ! » hurla Tommy.

J'imaginais qu'une expression spirituellement

plus noble apparaissait sur leurs visages, reflétant l'aspiration de leurs âmes à s'établir dans la connexion. Au bout d'un certain temps, plusieurs extrémistes quittèrent, de fait, leur position de repli pour voir ce que faisait la foule.

Soudain mon téléphone sonna à deux reprises. Hira et Adjar m'apprenaient que des foules se pressaient vers le mont du Temple de Jérusalem et le djebel el-Lawz, en Arabie saoudite.

« Regardez ce qui se passe sur la butte ! » cria Coleman.

Anish, au milieu de son groupe, hurlait et gesticulait de manière théâtrale. Ses hommes ramassèrent leurs armes en vitesse et renforcèrent leurs positions. Derrière Anish, un autre homme s'avança d'un pas hésitant. C'était le général replet que nous avions vu auparavant.

« C'est mon frère ! s'écria Joseph. Je me suis concentré sur lui. Aidez-moi ! » Joseph sauta par-dessus le rebord du belvédère naturel et descendit la pente en courant vers la butte.

Avant que je ne puisse réagir, j'entendis la mère de Tommy étouffer un cri de stupeur. Elle regardait dans la direction de la foule en contrebas. D'autres contingents étaient arrivés en renfort et refoulaient les gens vers le bas de la pente. Certains militaires commencèrent à tirer en l'air avec leurs armes automatiques. Après chaque salve, je sentais mon énergie diminuer.

Mon téléphone sonna à nouveau et un texto s'afficha ; je le lus rapidement. Adjar m'annonçait que d'autres soldats arrivaient également au djebel el-Lawz et repoussaient tout le monde.

Quelques secondes plus tard, une sonnerie m'avertissant d'un autre texto retentit. C'était Hira qui disait que la même chose était en train de se produire à Jérusalem.

Je regardai à nouveau la foule et je m'aperçus qu'elle avait été refoulée encore plus loin. On installait des barricades. Nous étions en train d'échouer.

« Maintenez votre énergie », ordonnai-je, en essayant de me concentrer.

Coleman m'empoigna par les épaules. « Nous ne sommes pas assez forts ! Nous n'avons pas encore retrouvé le niveau de pleine conscience que nous avions sur la Montagne Secrète. Il nous faut la douzième intégration ! »

Je pensai immédiatement au point de connexion dont nous avions fait l'expérience sur la Montagne Secrète et, l'espace d'un instant, il me sembla le percevoir à nouveau. Je regardai Coleman et son expression m'apprit qu'il éprouvait la même sensation. Tommy qui, quant à lui, s'en était visiblement aperçu, se précipita vers nous.

« C'est le niveau de connexion que nous avions atteint sur la Montagne Secrète ! Il faut le maintenir et le renforcer ! »

À peine Tommy avait-il achevé sa phrase que ce niveau de connexion nous échappa jusqu'à disparaître totalement.

« Qu'est-ce qui s'est passé ? » nous questionna Tommy.

Je m'efforçai de me remémorer mon expérience précédente.

« Attends, insistai-je. On ne peut pas le forcer à se produire. On doit le laisser survenir de lui-même, avoir confiance en lui ; c'est de cet ordre-là. »

À peine avais-je prononcé ces mots que nous le ressentîmes à nouveau, mais toujours de façon sporadique : il apparaissait un moment pour disparaître l'instant d'après.

« Il y a quelque chose que nous ne comprenons pas. Qu'est-ce que c'est ? » me demandai-je à haute voix.

Puis je m'en souvins. Lorsque nous étions à l'apogée de la connexion, sur la Montagne Secrète, nous avions éprouvé une autre émotion que j'avais oubliée : un sentiment vibrant d'appréciation.

Je me rappelai également ce que j'avais pensé à ce moment-là. L'appréciation était l'acte de reconnaissance qui nous instaurait dans la connexion. Je ressentis immédiatement la connexion avec davantage d'intensité et, en même temps, l'*agapê* s'accrut progressivement, jusqu'à atteindre quasiment le niveau que nous avions connu sur la Montagne Secrète. Tommy et Coleman, ayant déjà perçu ce qui était en train de se passer en moi, rassemblaient nos compagnons, pour leur expliquer comment maintenir cette émotion d'appréciation.

Puis une autre idée me vint. Nous avions baptisé ce phénomène « point de connexion », alors qu'en réalité, il s'agissait d'autre chose. Rachel m'avait dit qu'il ne fallait pas se focaliser sur un nom. L'important était de mieux comprendre ce que nous éprouvions. Au moment où j'eus cette pensée, l'image de Wil, en bas, avec les Partisans de l'Apocalypse me traversa l'esprit. Puis une autre image lui succéda : celle d'un poste émetteur-récepteur posé sur un porte-documents. Je compris en un éclair. Wil n'avait pas fait un signe de la tête en direction du poste émetteur comme je l'avais cru auparavant. Il voulait attirer mon attention sur le porte-documents !

En bas, près des pistes, les tirs d'intimidation avaient cessé ; les soldats et la foule se trouvaient dans une sorte d'impasse embarrassante. Les gens continuaient à faire pression et certains soldats leur résistaient.

« Il faut que je redescende », dis-je aux autres.

Ils approuvèrent ma décision ; sans dire un mot, je me laissai glisser par-dessus le rebord et je dévalai la pente, tout en tentant de maintenir la connexion. Les autres étaient juste derrière moi. Coleman me rattrapa ; il me sourit alors que nous sautions par-dessus une large crevasse rocheuse. En nous approchant de la butte, nous distinguâmes deux hommes qui se disputaient un fusil et plusieurs autres qui se battaient à quelques mètres de là. Nous les évitâmes et courûmes de l'autre côté de la saillie rocheuse. Nous aperçûmes Anish et quelques-uns de ses hommes armés qui se faisaient face. Ceux dont l'esprit s'était éveillé braquaient leurs armes sur Anish et le suppliaient de renoncer à son plan. Joseph et son frère faisaient partie de ce groupe. Toujours en possession de la bombe, Anish et plusieurs autres combattants leur faisaient face, inflexibles. L'un des hommes tenait une petite télécommande à la main, qui était de toute évidence le déclencheur de l'engin nucléaire.

Plus proche de nous, Wil était toujours assis au même endroit. Mais, à la faveur de la confusion, il avait réussi à détacher les liens qui lui ligotaient les mains et les pieds. À ses côtés, se trouvait le porte-documents, ouvert. Quatre ou cinq feuillets étaient éparpillés sur le sol. Nos regards se croisèrent et je sus instantanément qu'il s'agissait de la douzième intégration qu'il avait déjà lue. Je remarquai également que mes mains tremblaient à nouveau. Confronté à ce conflit, j'avais perdu en grande partie ma connexion. Les yeux rivés à ceux de Wil, j'entrai dans un profond état d'*agapê* jusqu'à ce que je perçoive à nouveau le point de connexion.

À cet instant même, je me rendis compte que Wil tentait à nouveau de me dire quelque chose que les éclats de voix m'empêchaient d'entendre.

« Préparez-vous à faire exploser la bombe », dit Anish, en recueillant l'attention générale. Il semblait avoir retrouvé sa détermination tranquille.

Je regardai Wil. Il me fixait toujours avec une intensité particulière, essayant de me transmettre un message de ses yeux. Derrière moi, se trouvaient Coleman, Tommy et sa mère. Les autres membres du groupe les suivaient, un peu en retrait.

Au pied de la colline, je vis la foule qui se pressait contre les barricades des soldats.

Anish, sur le point de déclencher la bombe, jeta un dernier coup d'œil qui traduisait sa résolution sans appel. Je regardai Wil une fois encore et je compris enfin. Rachel. Il voulait que je me mette à l'écoute de Rachel. Je sentis immédiatement qu'elle me disait : « Lâche prise ! On te montrera la voie. »

« Attends, un inst... instant, bredouillai-je en m'adressant à Anish. Tu ne comprends donc pas ce qui est en train de se passer ici ? Tu as eu la douzième intégration pendant tout ce temps. Tu as dû la lire, non ? »

Anish fit signe que non. « Tout ce que je vois, c'est l'approche de la fin des temps.

— Mais c'est de ça qu'il s'agit ! Quelque chose va arriver, mais ce n'est pas ce que tu penses. C'est une chose que tu dois ressentir à l'intérieur de toi. »

Anish me regarda d'un air soupçonneux.

« Demande-toi d'abord pourquoi tu as formé ce groupe qui comprend des membres appartenant aux traditions occidentales et orientales, poursuivis-je. Ils étaient tous des ennemis mortels, mais tu es parvenu à les rassembler. C'est la douzième intégration qui t'a donné cette idée ? Tu as commencé à réconcilier les religions. Et tu as continué pendant longtemps à rechercher les autres parties du Manuscrit. Pourquoi ? Tu savais sans doute que tu n'étais pas allé assez loin. »

Il détourna les yeux en hochant la tête.

« Pourquoi as-tu appelé ton groupe les Partisans de l'Apocalypse ? repris-je. Tu ne sais pas que le terme *apocalypse* signifie révélation ? Nous avons maintenant la chance d'avoir la révélation de la signification authentique de la fin des temps. J'ai essayé de te le faire comprendre. Les prophéties s'adressent à nous tous. Si nous sommes tous impliqués dans le même Ravissement, nous pourrons éviter la destruction finale. Nous pourrons vivre le Retour sans qu'il y ait de guerre. Nous percevons déjà... »

Je m'arrêtai. J'étais encore incapable d'expliquer ce point de connexion que pourtant nous sentions.

« Non ! » hurla Anish en jetant un coup d'œil à l'homme qui tenait le détonateur. Il semblait à nouveau sur le point de faire détoner la bombe.

« Arrête tout ça ! » hurla quelqu'un à sa droite.

Le général qui était le frère de Joseph s'avançait maintenant vers Anish. Joseph marchait à son côté.

« Tu sais que nous avons tous deux lu ces mêmes mots, ajouta-t-il. Nous nous sommes moqués de ces pages, nous en avons ri, mais elles nous ont néanmoins touchés. »

Anish, fou de rage, pointa son index vers le général.

« Qu'est-ce qui te prend ? s'écria-t-il. Tu sais que notre plan est infaillible. Une explosion nucléaire ici, au Sinaï, et la destruction simultanée du dôme du Rocher à Jérusalem vont pousser l'Iran à détruire le canal de Suez. Les missiles d'Arabie saoudite, qui sont sous notre contrôle, vont être lancés sur l'Iran. Nos alliés en Chine saisiront cette occasion pour neutraliser le dispositif militaire américain dans cette région. Et tout va exploser ! Personne ne peut s'y opposer, pas même Peterson. Ce sera la fin pour laquelle nous avons tous prié.

— Non, dit fermement le frère de Joseph. Les prophéties disent la même chose parce qu'elles sont toutes issues d'une unique source divine. J'en suis désormais convaincu ! Il n'y a qu'un seul Créateur et qu'un seul Ravissement : celui qui provient de l'atteinte d'un niveau de connexion et de conscience toujours plus élevé. Nous percevons déjà le retour du divin. C'est une "présence" que nous pouvons sentir en nous.

— C'est exactement ça ! m'exclamai-je. C'est ce que nous ressentons. C'est une Présence divine ! »

Le son de ces paroles résonna en chacun de nous. Wil et moi nous regardâmes. C'est ce que nous avions éprouvé sur la Montagne Secrète : la Présence de Dieu comme une réalité tangible. C'était le Retour auquel toutes les prophéties avaient constamment fait allusion, l'alignement définitif.

Dans mon esprit, des pensées se bousculaient sur l'ampleur de ce qui était en train de se dérouler. Il ne s'agissait pas simplement d'une théorie abstraite ni d'une simple notion de présence. C'était une Présence *authentique* : le sentiment d'une identité au divin – un sentiment réel, personnel et ancré en nous en cet instant même.

Cette pensée provoqua une élévation de mon

énergie et de ma conscience ; je sentis que cette Présence s'intensifiait au fond de moi. Le temps s'arrêta. Les Partisans de l'Apocalypse semblaient figés. Je regardai à nouveau Wil. Il hochait la tête, dans un état d'excitation. Coleman envoyait un texto à Adjar et à Hira leur relatant ce que nous venions de découvrir. Tommy et les autres étaient stupéfaits.

Lorsque nous échangeâmes des regards, l'énergie ambiante s'accrut. Nous étions en train de retrouver le niveau d'énergie ultime que nous avions entrevu dans les étendues sauvages de Sedona. Je perçus immédiatement ce que le reste du groupe pensait. C'était bien ça : la douzième révélation et son intégration. Nous pouvions ouvrir suffisamment notre conscience pour accéder à l'authentique Présence du divin, ici même, là où elle nous avait toujours attendus.

Nous parvînmes tous, spontanément, à un accord modèle. Je perçus notre conclusion commune. Toutes les traditions affirmaient que Dieu est une réelle Présence, toutefois, seuls les enseignements religieux les plus ésotériques avaient souligné et reconnu ce point.

J'entendis Tommy qui murmurait aux autres : « Reconnaissez la Présence et appréciez-la pleinement, et ce lien s'en trouvera renforcé. Tous ceux qui, dans le monde, font la même expérience seront ainsi reliés à notre ultime conclusion modèle. »

À peine nous étions-nous conformés à l'injonction de Tommy que nous sentîmes notre énergie s'accroître encore davantage.

« Reliez-vous maintenant au moi supérieur des extrémistes, ajouta Tommy et élevez-les avec nous au niveau de cette nouvelle connexion. »

Au fur et à mesure que se déroulait cette expérience, la Présence s'accrut pour atteindre un autre niveau, tandis que sa nature changea. Elle n'était plus seulement en nous, mais également à l'extérieur de nous ; elle se manifestait sous la forme d'une onde de luminosité perceptible tout autour de la butte rocheuse. Puis elle descendit et se propagea vers la foule en une vague qui illumina les rochers sur son passage.

En contrebas, nous aperçûmes la foule qui débordait à nouveau les soldats, repoussant les barrières, se faufilant rapidement entre les fusils braqués sur elle, et s'élançant d'un seul bloc à l'assaut des pistes, comme si elle ne formait plus qu'un seul esprit.

Puis dans une scène qui rappelait la chute du mur de Berlin, les soldats rompirent les rangs, refusèrent de faire feu et jetèrent leurs armes à terre. Résignés à l'inévitable, les officiers cessèrent de donner des ordres. Certains soldats se joignirent au flot de gens qui se dirigeaient vers le sommet.

Anish se tourna et me regarda ; je crus un instant qu'il avait compris. Mais son visage se durcit à nouveau.

« Fais sauter la bombe ! cria-t-il.

— Non ! hurlai-je. Tu ne comprends pas ? Il n'y a rien de mal à changer le cours de ta vie. Tu n'as pas à appuyer sur ce bouton. Tu peux changer. »

L'homme qui avait le détonateur dans les

mains hésitait ; il m'écoutait, immobile. Soudain, Anish fonça sur lui, et tenta de s'en emparer ; l'engin tomba sur les rochers. Anish se précipita à terre et tendit le bras pour le saisir. Mais le frère de Joseph se rua vers lui pour bloquer son geste.

Puis des tirs se firent entendre : les deux factions venaient d'ouvrir le feu. Réagissant avec rapidité, Joseph courut vers son frère et le plaqua au sol, derrière un rocher. Au même moment, Wil se rua vers moi et me heurta de plein fouet, me mettant ainsi à l'abri du danger. Une grenade explosa, nous couvrant de fumée et de poussière.

Quand ma vue s'éclaircit, je me rendis compte que la plupart des Partisans de l'Apocalypse s'étaient enfuis. Wil et Coleman étaient assis à mes côtés. Nous nous regardâmes simplement, comprenant notre chance que la bombe n'ait pas explosé. Examinant les alentours, nous constatâmes qu'Anish et un autre extrémiste étaient grièvement blessés et que le frère de Joseph n'avait que des coupures superficielles. Personne d'autre n'était atteint. Au-dessus de nous, des centaines de personnes se trouvaient au sommet du Sinaï, agitant les mains en signe de célébration.

En quelques minutes, nous fûmes entourés par un bataillon de soldats égyptiens au grand complet, venu en renfort pour prodiguer les premiers soins d'urgence et assurer l'ordre. Des centaines d'autres soldats gravirent rapidement les pistes, forçant la foule à quitter le sommet. Ayant pleinement conscience d'avoir gagné la bataille, les gens ne leur opposèrent pas de résistance. Tous les membres de notre groupe se réjouirent également. La menace était écartée, du moins dans l'immédiat.

L'un des officiers, un lieutenant, mit notre groupe en état d'arrestation et nous fit asseoir près de la butte. Il s'intéressa plus particulièrement à Tommy et à Joseph, et les entraîna à part. C'était l'officier avec lequel Tommy avait discuté pendant des mois. Ils s'entretinrent avec animation pendant plusieurs minutes, faisant des gestes dans notre direction.

C'est à ce moment-là que mon téléphone se mit à sonner. Adjar nous donnait les dernières nouvelles sur la situation au djebel el-Lawz, nous informant que leurs groupes d'entente avaient atteint les douzièmes révélation et intégration simultanément, en même temps que nous. Les extrémistes infiltrés dans la base de missiles avaient fui. Tout de suite après Adjar, Hira, comme si elle lui emboîtait le pas, envoya un texto. Son groupe n'était pas parvenu au Temple du Mont, mais il s'était par contre rassemblé au mur des Lamentations au moment où il avait atteint la douzième révélation. Aucune confirmation, disait-elle, au sujet des charges explosives sous le dôme du Rocher.

J'entendis finalement l'officier dire : « Faites-les partir d'ici ! »

Joseph et Tommy se précipitèrent vers nous

et nous indiquèrent le chemin qui revenait vers Sainte-Catherine, nous informant que nous étions libres de partir. Nous nous regardâmes à tour de rôle, puis nous éclatâmes de rire.

Je remarquai soudain plusieurs pages poussées par le vent vers la butte rocheuse. Je me précipitai. J'étais sur le point de me baisser pour les prendre, quand un homme que je reconnus comme étant l'un des agents de Peterson me devança et les ramassa. Il ébaucha un sourire tout en secouant légèrement la tête.

Je constatai qu'autour de moi les gens étaient systématiquement fouillés. Tout ce qui pouvait avoir une vague ressemblance avec les exemplaires des intégrations était confisqué. Lorsque les agents de Peterson s'approchèrent de nous, nous ne leur opposâmes aucune résistance.

Est-ce que Peterson estimait que le Manuscrit représentait maintenant une menace pour lui ? me demandai-je. Agissait-il de la sorte pour découvrir et détruire tous les exemplaires, de la même manière que le gouvernement du Pérou avait réussi à supprimer tous les textes de l'ancienne Prophétie ? Au mieux, raisonnai-je, Peterson réussirait à effrayer suffisamment les gens pour qu'ils évitent de parler du Manuscrit et cachent leurs exemplaires. Je savais qu'une telle suppression nécessiterait un nettoyage immédiat de toute référence au Manuscrit sur Internet.

Lorsque je revins vers les autres, Joseph faisait ses adieux ; il nous informa qu'il restait ici pour être auprès de son frère légèrement blessé.

« Merci de nous avoir rencontrés sur la colline lors de notre arrivée, près de Sainte-Catherine », lui dis-je.

Il me sourit et inclina légèrement la tête.

« Et merci également de ne pas avoir renoncé à convaincre votre frère. Ce que vous lui avez dit a eu de l'effet. Si on arrive à toucher une personne, ça peut faire une énorme différence : voilà ce que ça nous prouve, ajouta Wil.

— Je lui ai simplement répété ce que Rachel m'avait dit. Tout le monde peut s'éveiller et changer du jour au lendemain, répondit Joseph.

— Au fait, poursuivit-il, est-ce que je vous ai dit que les trois montagnes – le djebel el-Lawz, le Sinaï et la Montagne Secrète de Sedona – sont approximativement situées sur le même axe ? »

Il nous regarda encore quelques instants ; le visage ruisselant de larmes et débordant d'un sentiment d'*agapê*, il nous serra très fort dans ses bras.

« Je voulais voir le visage de Dieu, dit-il d'un ton pensif, mais je pense que sentir sa Présence est encore mieux. »

Tandis qu'il s'éloignait, notre petit groupe, chacun plongé dans ses pensées, redescendit la montagne jusqu'au moment où nous rejoignîmes la piste plus large qui nous ramenait à Sainte-Catherine. Wil était en train de téléphoner. En regardant les autres autour de moi, j'étais certain qu'ils percevaient encore la Présence divine. Elle nous accompagna tout au long de la descente, rehaussant la luminosité des rochers au fur et à mesure de notre progression. Lorsque nous croisions des gens qui venaient en sens inverse, certains ralentissaient même leur allure pour nous examiner de près, comme s'ils percevaient l'élévation de l'énergie.

Lorsque Wil éteignit son portable, je me rapprochai de lui.

« Alors, Wil, et la douzième intégration ? Raconte-nous ce que le Manuscrit en dit réellement ? » lui demandai-je.

Ses yeux pétillèrent un instant, tandis que tout le monde se regroupait autour de lui.

« Il déclare que la douzième intégration active les circuits neuronaux les plus élaborés de nos cerveaux, dit-il. Elle inclut toutes les intégrations. Réfléchis à ce que la Présence t'a fait ressentir. Tu n'as plus aucun problème pour te mettre en attente de la synchronicité et la maintenir, non ? Ni pour dire la vérité et accepter celle des autres au moment où nous élaborons les détails de notre nouvelle conception spirituelle du monde ? Est-ce que l'on veut manipuler les gens et subir les conséquences de tout ce karma ? Est-ce que l'on veut recommencer tout ça ?

« Non, poursuivit-il. Nous voulons rester dans l'alignement et dans l'état de conscience qui nous confère ces capacités : les prémonitions qui nous assurent une protection, l'intuition qui nous guide, les relations plus élevées dans l'état d'*agapê* et l'ouverture à une perception totale, sans oublier, bien entendu, tous les messages que nous recevons de l'Après-Vie.

« La douzième intégration déclare que si un

nombre suffisant d'entre nous demeure dans l'alignement et dans la Présence, l'humanité prendra conscience du Plan. Lorsque cette connaissance se répandra, une voie médiane se développera dans le domaine de la politique. Les êtres humains redeviendront courtois et agréables. Les gouvernements et tous les secteurs de l'activité humaine seront caractérisés par l'intégrité.

— Et les accords modèles ? demanda Coleman.

— Elle affirme qu'ils feront peu à peu évoluer toutes les traditions vers la reconnaissance d'une Présence unique, ce qui permettra d'amoindrir ainsi les différences qui divisent les religions. Étant donné que nous nous focaliserons sur cette expérience qui est réalisable, la réconciliation suscitera une unité révolutionnaire, répondit Wil qui fit une pause. Ce qui compte, reprit-il, c'est d'être nombreux. Tout dépendra du nombre de personnes capables de se maintenir dans l'alignement. »

Tandis qu'il parlait, une question me vint à l'esprit.

« Est-ce que la douzième intégration précise combien de gens seraient nécessaires pour inverser le fonctionnement actuel de nos sociétés et commencer à créer le monde idéal que prédisent les prophéties ?

— Simplement pour mettre les choses en route, beaucoup de gens. Le Manuscrit affirme à nouveau qu'au cours de l'histoire de nombreux petits groupes sont parvenus au stade où nous en sommes actuellement mais qu'il leur a été impossible de poursuivre leurs efforts. Le monde est toujours en proie à une profonde peur. Et comme nous l'avons vu, les enjeux sont de plus en plus élevés. »

Nous formions un cercle, serrés les uns contre les autres, à l'écart de la piste.

« Est-ce que la douzième intégration mentionne un chiffre ? insistai-je.

— Oui. C'est le même que celui qui est cité par d'autres prophéties, répliqua Wil.

— Quel est ce chiffre ?

— Cent quarante-quatre mille. »

Dès que nous parvînmes à Sainte-Catherine, Tommy et sa mère nous firent leurs adieux, déclarant qu'ils voulaient revoir leurs amis de la grande maison. Après nous avoir serrés dans leurs bras, ils s'éloignèrent. Mais au bout de quelques pas, Tommy s'arrêta et se retourna vers moi.

« Il y a encore beaucoup à faire. Je te verrai donc à Sedona », dit-il.

Il sourit, puis courut rejoindre sa mère ; resté seul, je me demandais ce qu'il avait voulu dire.

La plupart des autres membres de notre groupe nous dirent également au revoir et s'en allèrent avec eux, laissant seulement Coleman, Wil et moi-même, debout dans la rue. Coleman me tendit la main.

« Je pars aussi avec eux, dit-il. Certains de mes amis scientifiques veulent créer un institut pour faire des recherches sur ces sujets. C'est incroyable, non ? »

Il s'avança et nous serra très fort dans ses bras.

« Écoute, merci d'avoir été présent dans tous ces moments, lui dis-je.

— C'est moi qui devrais te remercier, répondit-il. C'est toi qui as établi le contact avec moi. Ça nous montre comment les choses changent chaque fois que nous avons une discussion consciente. »

Nous lui fîmes signe de la main tandis qu'il courait rejoindre les autres. Wil se retourna pour me faire face.

« J'ai réussi à trouver un vol pour Le Caire », m'annonça-t-il en souriant.

Il me confia alors qu'il était enfin parvenu à contacter son ami archéologue qui lui avait initialement envoyé la première partie du Manuscrit. L'homme avait dû se cacher et Wil voulait partir immédiatement afin de s'entretenir avec lui.

Il observa une pause et nous continuâmes à nous regarder, retardant le moment de nous séparer.

« Et le colonel Peterson ? me demanda Wil.

— La dernière chose qu'il m'a dite, lui répondis-je, était que ses hommes étaient prêts, et qu'il ne lui restait plus qu'à réaliser une coalition entre l'extrême gauche et l'extrême droite pour exécuter son plan. Je ne comprends toujours pas ce qu'il voulait dire.

— Je pense que tu vas le découvrir. Reste sur tes gardes. »

Je hochai la tête avant d'ajouter : « J'ai oublié de te demander : est-ce que tu as réussi à trouver les gens qui sont à l'origine de la diffusion du Manuscrit ?

— Tu sais déjà de qui il s'agit », me répliqua-t-il en souriant.

Je réfléchis un instant.

« Les gens de Shambhala ?

— Ils sont plus nombreux que je ne le pensais. Ils vont nous être d'une grande aide pour beaucoup de choses. Je te tiendrai au courant de mes découvertes. »

Il s'apprêtait à partir, quand je songeai à lui poser une dernière question.

« Pourquoi ont-ils envoyé la douzième intégration à Anish ? »

Wil rit et passa la bretelle de son sac à dos sur son épaule.

« Ils sont comme Wolf. Ils savent », assura-t-il.

Et là-dessus, il s'en alla, me laissant seul. Mais je n'étais plus seul. Je savais que je ne le serais plus jamais.

Épilogue

Le lendemain, je réservai des places sur plusieurs vols transitant par Le Caire. Mais je ne retournai pas en Georgie. Je me rendis à Sedona. Au cours du voyage, la Présence demeura en moi sans s'estomper, à moins que je ne me laisse dominer par l'ego ou la distraction.

Si cela se produisait, il me suffisait de me remettre à nouveau dans l'alignement et dans l'état d'appréciation, et la Présence revenait immédiatement. Le moins qu'on puisse dire est qu'il était extrêmement facile d'établir soi-même l'authenticité de ce niveau de conscience.

La Présence s'accompagnait du sentiment d'*agapê*, d'une sorte d'attente automatique de la synchronicité ainsi que de la certitude d'avoir dit aux autres l'absolue vérité – et plus particulièrement d'avoir énoncé les idées intuitives qu'à mon avis ils devaient connaître. L'intention de fondre nos états d'esprit supérieurs avec ceux d'autrui constituait une différence fondamentale. Lorsque je mettais ce principe en pratique, la plus banale des conversations devenait tout à coup magique, et j'en retirais toujours quelque chose de positif en retour.

Au bout d'un certain temps, je devins capable d'expérimenter ce que Wil avait appelé l'« intégration des intégrations », en étant simplement conscient que cette Présence enveloppante m'accompagnait aussi bien dans un avion que dans une pièce remplie de gens qui, eux aussi, la percevaient souvent distinctement. Le fait de reconnaître le partage de cette Présence me maintenait dans l'alignement à un niveau encore plus élevé.

Je découvris que la douzième révélation qui venait d'apparaître n'était en aucun cas une simple théorie. Il s'agissait d'un nouveau niveau d'existence que n'importe qui pouvait découvrir et pratiquer, quelle que soit sa culture ou sa religion. Si nous gardions cette Présence en nous et si nous demeurions vigilants, les moyens requis pour nous rendre utiles et pour améliorer le monde ne nous feraient jamais défaut.

Je savais que la seule véritable difficulté qu'il y avait pour chacun de nous à maintenir cette conscience était l'effet insidieux de l'ancienne conception matérialiste du monde. Elle était toujours là, à murmurer à notre oreille, à nous susurrer que le monde était dur et sans pitié et qu'il s'avérait impossible de mener une vie consacrée à la bonté et à l'ésotérisme. C'était vrai, effectivement, si nous considérions que nous étions seuls dans un univers dénué de sens. Mais, en fait, il n'en était rien. Nous pouvions demeurer dans l'alignement et nous prouver à nous-mêmes que nous vivions dans un univers qui était, par essence, une Machine à Rêves qui attendait simplement que nous la mettions en marche.

Deux jours plus tard, en arrivant à Sedona, je me rendis immédiatement au tourbillon de l'Aéroport et j'escaladai les rochers pour contempler le coucher de soleil. Il n'y avait là que deux ou trois autres personnes. Je m'assis tout en haut et fermai les yeux, sentant sur mon visage la chaleur du soleil déclinant.

Soudain quelqu'un s'assit à mon côté en faisant un petit bruit sourd. J'ouvris un œil et je vis le visage souriant de Tommy.

« Tu es venu me dire que tout va bien se passer, c'est ça ? » le questionnai-je.

Il me jeta un regard qui parut le vieillir considérablement.

« Je suis venu te dire qu'il ne faut pas laisser s'éteindre la flamme de cette conscience. Ce moment historique est trop important. C'est l'heure cruciale de la décision et chaque être vivant doit faire un choix. »

Il me regarda alors comme s'il était sur le point d'éclater de rire. « Après tout, la balance du Dr Coleman est toujours là-haut dans le ciel, et chaque pensée compte. »

J'approuvai d'un signe de tête avant de lui demander : « Tommy, as-tu reçu ton nom tribal ?

— Oui, la nuit dernière, les Anciens me l'ont donné.

— Quel est-il ?

— "Gardien du Temps de la Montagne." »

Je souris, sachant que ce nom lui convenait parfaitement. Il accomplirait la tâche qui lui était impartie, à savoir transmettre la vision du calendrier maya.

Nous restâmes silencieux ; je fixai mon regard sur le spectacle familier du coucher de soleil : d'angéliques volutes de nuages roses se détachaient sur le ciel d'un bleu profond.

Au fil de ma contemplation, mes pensées dérivèrent à nouveau sur l'état du monde. Serions-nous assez nombreux à nous mettre dans l'alignement afin de relever le défi ? Alors que je réfléchissais à cette question, j'entendis un corbeau croasser dans le lointain. Et à cet instant même, je sentis dans l'air un très subtil arôme de rose. Oui, me dis-je, je parie que oui.

Si vous sentez la vérité de ce qui se passe et si vous croyez que les gens intègres peuvent changer les choses, agissez.
Si vous souhaitez nous faire savoir ce que vous faites ou si vous voulez recevoir les derniers commentaires de
James Redfield, allez sur le site suivant :
celestinevision.com.

REMERCIEMENTS

Je tiens à remercier les nombreuses personnes qui d'une façon ou d'une autre ont contribué à cet ouvrage. Tout d'abord, je voudrais exprimer ma gratitude à tous ceux qui, dans le monde entier et quelle que soit leur religion, préservent l'idée d'une conscience spirituelle vivante et authentique. Ce sont la force et le calme de votre courage qui nous permettent de sauver le monde, au sens littéral de l'expression.

Je tiens à mentionner particulièrement Larry Dossey, pour son livre intitulé *La Science des prémonitions*. Il parvient toujours à créer une œuvre qui fait date au moment même où il devient nécessaire de mieux faire connaître les avancées de la conscience humaine.

Je remercie également le Dr Russell Blaylock qui mène le combat contre les dangereux additifs qui se trouvent dans notre nourriture, ainsi que Michael Murphy qui a offert une opportunité de s'exprimer à tous ceux qui tentent de combler le fossé des grands sujets de notre temps qui nous divisent : tout d'abord la Guerre froide puis aujourd'hui l'intolérance culturelle et religieuse.

Je désire également remercier ici Carl Johann Calleman et John Major Jenkins pour leurs travaux sur le calendrier maya, ainsi que Phil Cousineau pour sa brillante analyse de la pensée religieuse comparative.

Plus proches de nous, j'aimerais remercier également Larry Kirshbaum, et mon éditeur Jamie Raab qui ont compris la vision qui a présidé à cet ouvrage et qui m'ont aidé à la mettre en forme, sans oublier les nombreuses personnes de Grand Central Publishing qui ont contribué à transformer un manuscrit en un livre. Je remercie également Kelly Leavitt, dont le regard avisé détecte les problèmes de compréhension du texte, Albert Clayton Gaulden, pour sa chronologie cosmologique, Larry Miller dont les multiples conversations ont éclairé ma pensée. Mes remerciements vont également à Steve Maraboli dont la communauté Better Today est un exemple vital de la douzième révélation.

Mais je tiens à exprimer plus particulièrement ma gratitude et mon amour à mon épouse Salle, dont le soutien et la compréhension profonde ont enrichi mon esprit au cours de la rédaction de ce livre.

Table

Cet ouvrage a été composé et mis en pages
par ÉTIANNE COMPOSITION
à Montrouge.

Achevé d'imprimer par N.I.I.A.G.
en novembre 2013
pour le compte de France Loisirs, Paris

N° d'éditeur : 75041
Dépôt légal : septembre 2013

Imprimé en Italie